當個便宜娘

上

風文創 1129

宋可喜 著

風文創
1129

目錄

序文

宋可喜

我經常捧著小說不肯撒手，枯燥的文字在腦海裡勾勒成一個精彩絕倫的世界，暗嘆神奇。

於是想寫出我喜歡的世界，於是便有了這本書，於是分享給你們。

女主角白芸是現代的女道士，意外穿越到一個古代村落後，貧困潦倒、食不果腹。為了活下去，她靠著自己的看相神通，在另一個世界大放異彩。

我很榮幸，靠著文字見到了相隔千里的你，也讓你透過文字認識了我，希望大家都能熱愛自己所熱愛的，希望大家萬事順遂。

第一章

「你們都是死人啊？動作那麼慢！吃酒的人都要來了，要是誤了吉時，我要你們好看！」一聲乾啞又異常尖銳的怒罵聲響徹在堂屋裡，跟打雷了似的。

原本一直坐在凳子上沒有動靜的白芸也被這聲音震到了，身子微微地顫了顫，甦醒了過來。

白芸此刻只覺得頭疼得厲害，像是有人用尖針不斷地扎她的腦袋，讓她痛苦萬分。

她緩緩地睜開瘦澀的眼睛，想看看到底是誰在說話，卻發現有一塊紅色的布擋住了她的視線，什麼也看不見；嘴裡也堵著一塊布，直通嗓子眼，讓她發不出任何聲音；手腳則被麻繩緊緊捆綁著。

這一切像極了被人綁架。

發現動不了以後，白芸皺起了眉頭，但還是逼迫著自己冷靜下來。

到底是怎麼回事？她不是已經死了嗎？怎麼又活過來了？

而且，她能明顯感覺到，自己的骨相發生了翻天覆地的變化，換句話說，這根本就不是她的身體！

難不成她是……穿越了？

「一個死丫頭你們都搞不定，還能指望你們做什麼！」那怒罵聲還在白芸耳邊連綿不絕的響起，吵得白芸沒辦法繼續思考，只能靜靜地聽著旁邊的人講話，看看能不能聽出什麼線索來。

「吳婆子，不是我們搞不定，妳孫女睡著了，身子一碰就倒，我們都是大男人，也不好硬搬是不是？」一個男人回答道，語氣裡也有些不悅。這老婆子罵了他們一天了，要不是為了賺點錢貼補家用，誰會來幹這種喪良心的事情？

睡著了？聽到這兒，吳桂英才想起來，這丫頭已經兩天沒吃上飯了，可別是餓死了吧？吳桂英越想心越慌，也不跟別人吵了，而是三兩步走到白芸跟前，把她的紅蓋頭掀了起來，想看看她還活沒活著。

蓋頭掀開了，就見白芸活得好好的，那一雙眼睛睜得老大，像是在聽他們說話。這下可把吳桂英氣得不輕，她一把揪住白芸的耳朵就開罵。「好啊，妳個死丫頭，給我裝死是吧？我告訴妳，妳今日若是敢整什麼么蛾子，我就把妳的腿打斷！」

白芸感覺耳朵上傳來了火辣辣的痛意，心裡的怒火就騰騰地燃燒起來了，眼睛更是凶狠地盯著吳桂英。

他X的，她堂堂一個相神，走到哪裡別人不是客客氣氣地對她，現在居然在這裡被人揪著耳朵罵？

要不是現在手腳被綁著不能動，她定要跳起來給這婆子一腳！

本來還很生氣的吳桂英，看見白芸這精氣十足的模樣，不像是要死的，心頭的怒火瞬間就消了一半。

「哼，妳給我老老實實地待著，別想那些有的沒的！一會兒好好地嫁進宋家，不然我可饒不了妳！」她冷哼一聲，鬆開了手，轉身就走。

吳桂英也不是傻的，若是現在發怒打了她，臉上起了紅印子，那可就不好了。

只要這丫頭能乖乖地拜堂，嫁進宋家抵債，自己可以大度的不同她計較。

吳桂英離開了，那兩個留下來的男人相互看一眼，也沒有留下來。

趁著人都走光了，白芸忍著頭疼，掙扎著想要脫開手上的麻繩，奈何繩子綁得太緊了，她嘗試了好幾次也沒有起到一點作用，反而把她所有的體力都耗盡了。

她坐在凳子上喘息，眼睛一刻也沒閒著，打量著周圍的一切。

紅燭在昏暗的房間裡搖曳著，屋頂已經舊得發黑了，牆上斑駁一片，還有許多蟲子咬爬留下的痕跡，看起來破敗不堪。

對面牆壁的左右兩邊各貼了紅紅的大「囍」字，與整個屋子格格不入。

而在她旁邊的凳子上，居然還有一隻活著的大公雞！

大公雞的雙腳用紅繩綁得牢牢的，雞頭上被人放了一粒指甲蓋大小的石子。

這雞就像被一座大山壓制住了一樣，不敢亂飛亂跑，只乖順地趴在木凳子上，任人擺佈。

白芸看這陣勢也大概明白了，這是一場喜宴，公雞是用來替婚的，就是不知道被替的那個是死人，還是快死的人？

自己這個身體的原主，則是這場喜宴的新娘，才剛剛離世不久。

頭越來越疼，白芸額角不停地冒著冷汗，嘴唇都發白了。

她強忍著疼痛，在心裡默唸了一段口訣，周遭就有一股看不見的氣流湧動著，最後這些氣流匯集在她的眼睛裡，消失不見了。

這氣流叫相氣。

所謂相氣，便是她能斷相識人的根本，是她祖傳的本事。

上一世，她便是靠著這一手好神通才混得風生水起。

相氣在她的身體裡流轉，她的頭疼一下子就緩解了不少。

突然，她腦子裡湧入了一段不屬於她的記憶，一遍遍地播放著，她才大概明白了事情的前因後果。

原來是宋家的兒子宋清已經病入膏肓，眼看著就要死了，按老一倍的說法得找人沖喜。

可宋清都那樣了，又有一個三歲大的兒子，敢問誰家的姑娘願意小小年紀就嫁過去又當寡婦又當後娘的？

只有白芸的奶奶吳桂英是個狠心人，自己上門說願意結這門親事，把孫女嫁過去抵當年的債。

可沒想到白芸的大伯母更是惡毒，居然跟吳桂英說，丫頭片子嫁出去就是別人家的人了，何必還要給她吃飯？反正餓兩天又餓不死，讓她到時候吃宋家的飯去。

吳婆子想想也是這麼一回事，自己兩個兒子天天下地幹活，累得跟牛一樣，還不如把白芸的糧食省出來，讓他們吃飽點，活兒也能多幹點。

可沒想到，白芸身子骨弱，本來平日裡吃得就很少了，偏那兩天她大伯母硬是要她多幹點活，說她不幹也要去別人家幹的。

直到今日，白芸已經餓得有點走不動道了，吳婆子偏以為她是不想嫁，便喊人把她綁了送來宋家，白芸一下子沒撐住，活活餓死在凳子上。

再後來，就是原主白芸餓死了，而自己這個倒楣的現代版白芸，因為天花板墜落，被砸了個正著，一瞬眼就來到了這裡，接手了這個爛攤子。

正當白芸消化著這些事時，堂屋的門被推開了。

吳桂英走了進來，身後還跟著兩個人。

一個臉上塗著厚重的胭脂，頭上戴著紅花，看樣子是個喜婆。

另一個則是穿著棉衣的婦人，年紀看著比吳桂英小許多。

「親家，我孫女就在那兒呢！」吳桂英指了指白芸，笑著對那個婦人說道。

「嗯。」馮珍輕輕地點了點頭，打量了白芸一眼，臉上閃過一絲滿意之色。

白芸聽見吳桂英這一聲「親家」，也抬頭往婦人的方向看去。這就是她的婆婆馮珍了？兩個人的目光交織在一起，只一瞬間，馮珍便挪開了目光，心底還有些愧疚，不敢看她。

白芸也沒在意，反正她知道自己反抗不了，倒不如順從著來，還能少遭點罪。不就是嫁個人嘛，橫豎那男人是個短命鬼，又不在這裡，只是走個儀式，她也不用洞房，不算太為難。

「東家，吉時到了，開始吧？」喜婆問道。

「開始吧。」馮珍點了點頭，搬了張凳子，正對著白芸坐下了。

吳桂英則站在白芸身側，時不時用眼神示意，讓她規矩著點。

喜婆在心裡嘆息一聲，然後按照規矩，硬生生地把牽紅塞進白芸的手裡，又把牽紅的另一頭放在那隻大公雞的身下。

場面一度十分詭異。

吃飯的時間還沒到，外面卻已經陸陸續續來了不少人。

他們早就聽說了，這喜宴可不是一般的喜宴，這是個沒新郎官的喜宴，誰不想早點來看兩眼？

甚至有些人忍不住，一個個伸長了脖子往堂屋裡面瞧，睜大了眼睛，不肯錯過片刻。

「一拜天地！」

「二拜高堂！」

「夫妻對拜！」

隨著喜婆高昂的聲音落下，白芸彎腰對著那公雞拜了拜，大家才放下心來。

「禮成！」

拜堂禮結束了，白芸被喜婆送進新人房裡。

村民們也沒繼續留下來看，更沒多說什麼，而是到院子裡找了個席面坐下來，準備敞開肚皮大吃一頓。

在他們看來，沖喜這種事情雖然少見，但也不是沒聽說過，那些鎮子裡的人家都這麼幹。

再說了，把女兒賣進窯子裡換錢的都大有人在，何況只是嫁個人？

與其操心別人家的事情，還不如多想想今天吃啥，畢竟他們都是隨了十個銅板的。

這年頭吃食貴，十個銅板都夠買半斤瘦肉了，不吃回來，那就要虧死了！

別說，宋家的為人還是不錯的，收了大家夥兒的禮，就沒少往菜裡放豬油渣子。還有雞蛋炒菜、雞蛋油花湯，連炒肉塊這種硬菜都有，雖然量不多，但每人都吃上了幾塊，足夠大家解饞了。

「大家夥兒都吃，甭客氣啊！」

馮珍這會兒也笑著出來了，招呼大家吃好喝好。

「嗐，咱們不客氣，馮嫂子一看就是大氣的，這肉香的喲，我們隔老遠都聞到了！」

「馮嫂子，妳這兒媳婦討得好，白芸是咱們從小看到大的，錯不了！」

有人立即給面子地說菜好，有人則是藉機誇耀新娘子漂亮、懂事之類的。

馮珍點頭稱是，就連吳桂英這種平日不笑的人都難得的笑了，倒是一片其樂融融。

白芸坐在一個灰暗的房間裡，屋頂的草已經脫落了，房子裡的木床和木桌被蟲子咬得斑駁一片，牆上時不時有些灰塵掉落下來。

一切都破舊得不像話，但好在她坐著的被褥是乾淨的，沒有補丁也沒有掉色。

儘管白芸已經被鬆綁了，但她現在餓得不行，剛剛那股生氣就像突然被抽乾了一般，就算坐著也覺得累，嘴唇都乾燥得裂開了，更別提站起來或者走出去。

「新娘子吃飯啦！」喜婆笑咪咪地推門進來，給她端進來一碗熱騰騰的飯。雖然是陳米做的飯，但飯上面還有肉絲呢，簡直香得不得了。她放下碗就一臉喜色地說道：「要我說啊，妳婆婆是個難得的好婆婆，還特意讓我去席面上給妳挾菜呢！多少姑娘家成親第一天都沒飯吃，可是都得餓著呢！」

白芸看著那碗飯，肚子便咕嚕地叫了起來。原主這身體起碼幾年沒有見過油水了，所以連帶著她也特別饞肉。

可饞歸饞，她身子沈得就跟灌了鉛似的，嗓子也因為極度缺水，連開口道謝都沒力氣，更何況是起來吃飯？

「好了好了，妳吃妳的，我這就出去了啊！」喜婆只當她是新娘子頭一天，害羞不好意思見人，便識趣地出去了。

白芸無奈極了，她現在多麼希望那碗飯能自己跑到她的嘴裡啊！難不成自己重活了一回，又得望著一碗飯而吃不到，最後把自己活活餓死嗎？那樣死了也會被別的鬼笑話吧？

吃不到飯，白芸只能迷迷糊糊地靠在床頭休息。過沒多久，她聽見床板上有聲音，像是有人爬上來了。

白芸費勁地睜開眼睛，就看見來的是一個小男孩，眼睛大大的，臉蛋生得白淨，腦袋後面還留了個小小的老虎尾巴，可愛得很。就是比尋常孩子瘦了不少，穿著寬大的灰布衣裳，鬆鬆垮垮的很不合身，好像一陣風就能把他吹倒似的。

只見他小心翼翼地跪坐在床邊，即使脫了鞋襪，也沒有把腳踏上來。

他手裡捧著一碗水，眼神真摯地望著白芸，軟軟糯糯地問了一句。「妳要喝水嗎？」

白芸看著他，微微地點了點頭，小包子就輕輕地把水送到她的嘴邊。

整整一碗水，順著她的喉嚨滑下去，白芸嗓子裡那股冒乾煙的感覺才消失了。

喝足了水，下一刻，她的肚子居然沒出息地「咕嚕咕嚕」叫喚了起來。

白芸尷尬地看了一眼小包子，雖然她不是什麼臉皮薄的，但是讓她在一個孩子面前表演肚子叫，她還是很不好意思的。

小傢伙看了她一眼，拿著小碗轉身下了床。

正當白芸懵逼，懷疑是不是自己肚子叫得太大聲，把他嚇跑的時候，就見他捧起了桌上的那碗飯，又拿著小勺子重新爬上來了。

小傢伙沒說話，舀起一勺結結實實的米飯，送到她嘴邊，白芸嚼了兩下便吞了下去。

胃裡總算有點東西了，渾身上下那股發虛的勁頭也在緩緩消退下去。

小傢伙還要餵，白芸卻擺了擺手。「我自己來吧。」雖然她還是很累，但自己已經有點力氣了，若是還讓一個小孩伺候自己，那不是惹人笑話嗎？

小傢伙也不堅持，慢慢把碗放到白芸的手裡，看著白芸把飯吃完了，才伸出手接過她手裡的空碗。「阿娘，碗給我吧。」

阿娘？是在喊她嗎？這稱呼讓白芸愣了愣，傻眼了。

她轉念一想，好像記憶裡說過，她嫁的這個男人是個二婚的，有一個三歲大的兒子。

所以，面前這個可愛的小娃娃就是那個孩子咯？

那麼自己可不就是這個奶娃娃的繼母嗎？

想來孩子會這樣叫，也是因為馮珍提前跟他說過了。

白芸習慣性地先看了一眼孩子的面相，位於額頭的父母宮黯淡一片，母宮已經完全沒有生氣了，而父宮也是烏黑一片，隱隱有孤兒之兆，注定了他從小就是沒爹又沒娘。

白芸不由得有點同情這個小奶娃。在這個無憂無慮的年紀卻沒有雙親的保護，那得多難受啊！

見白芸不說話，小狗蛋就想到了昨日回來的路上，村頭大娘跟他說的話——

「喲，狗蛋回來啦？你明日就要有後娘啦！」

「大娘，什麼是後娘？」小狗蛋疑惑地問。

他從小就沒有娘，聽見自己要有娘了，還是很高興的，可為什麼他的娘跟別人的娘不一樣，要叫後娘？

「你這孩子怎麼傻裡傻氣的？後娘就是你爹的新媳婦，你得好好伺候著，不然後娘不喜歡你，得打死你，然後跟你爹再生一個呢！」

大娘的話猶在耳邊徘徊，他今年三歲了，雖然不懂什麼叫新媳婦，但他也聽出了主要意思，那就是如果後娘不喜歡他，那麼他就要變成沒爹又沒娘的孩子了！

小狗蛋害怕極了，跪坐得越發端正，生怕自己有一點點不好的習慣，讓他娘嫌棄他。

看他那麼害怕，白芸立即扯出一張笑臉，摸了摸他的頭，溫柔地問道：「你叫什麼名字？」

「娘，我叫狗蛋。」狗蛋回答道，看著覆蓋在自己頭上的大手，還有些拘謹。

「狗蛋？誰給你取的名字？」白芸問了一嘴。這名字確實難聽，但她也沒有太驚訝，她知道農村是有這種說法的，取名要取賤，越賤越好，這樣孩子才好養活。

「奶奶取的，奶奶說狗蛋適合這個名字。」狗蛋乖巧地回答，生怕慢了一點，他娘就不喜歡他了。

白芸點點頭，還想說點什麼，卻控制不住地打了個哈欠。

小傢伙便自覺地拿著碗下了床，連同桌上喝水的碗一起收拾了，準備拿出去。

白芸立即攔住他。「小……狗蛋，放在那兒吧，我一會兒拿出去就成。」

白芸叫狗蛋名字的時候梗住了，不是她結巴，主要她是個有素質的人，喊這個名字感覺特別像在罵人，她怕損口德啊！

估計日後暫時要在這個家裡住著，或許她可以跟馮珍商量一下，給小包子改個好聽點的名字，反正這個時代改名也不麻煩。

而且她看過了，狗蛋的命格還是很好的，用好名字也不用怕壓不住。

小狗蛋搖了搖頭。「阿娘，妳好好休息，狗蛋不會把碗摔壞的。」

看著他認真的小模樣，白芸心裡有絲絲觸動。這麼小的孩子，就如此懂事貼心，簡直乖得讓人心疼。最後她點了點頭，笑著說道：「謝謝你。」

狗蛋出去了，白芸便挪著身子躺下來了，蓋著被子慢慢整理著原主留下來的記憶。

要說記憶，其實也不多。

原主今年十六歲，可能是因為古代多子多福的思想，家裡人口很複雜。

今日罵人的那個吳婆子就是她的奶奶。

這吳桂英生了三男一女，都住在一起，原主的父親是最小的一個兒子。

而她爺爺跟她爹娘早早就離世了，整個三房只留下她一個人。

至於宋家的人口就比較單薄了，馮珍是她的婆婆，她還有一個公公，目前沒見到，估計是在馮珍的娘家照顧生病的宋清。

兩人只生了兩個孩子，一男一女，男的就是她的丈夫，女兒叫宋嵐，已經嫁人了。

主要記憶大概就是這些。

白芸嘆了一口氣，她真不知道自己到底是幸運還是不幸？

要說幸運，可她一個算盡人事的小相神，居然被一塊天花板砸死了，她那些前世道友，估計會把這事當成經典例子逗趣吧？

可要說不幸，偏偏老天爺又給了她一次重生的機會。

但無論如何，她是個惜命的，既然來了，那就得好好的活著。

想著想著，白芸覺得越來越睏，躺在床上瞇著眼睡著了。

可能是太累了，她這一覺從白天睡到了第二天晌午，還是肚子餓了，才強制把她從睡夢中喚醒。

她撐著身子坐了起來，揉了揉自己發麻的脊背，發現自己身上還穿著昨天的那套紅色喜服。若是穿著這衣服走出去，還怪彆扭的。白芸想著，忽然看見床邊放著一套有些舊的衣裙，應該是馮珍準備的。她想也沒想，拿起來便往身上穿。

等穿戴整齊了，白芸才推開房門走了出去。

她住的房間連著堂屋，堂屋裡一個人都沒有，原先貼在牆上紅燦燦的「囍」字不見了，紅燭也被收了起來。

她才發現，這個家比她想像中的還要落魄，整個家裡連一件像樣的家具都沒有，牆皮都快脫落了，簡直可以用家徒四壁來形容。

白芸沒有停留，向門外走去。

今天天氣不錯，太陽照下來暖洋洋的，不會讓人覺得悶熱，很是舒服。

白芸剛在屋簷下站了一會兒，院子裡的門就開了。

先進來的是小狗蛋，小狗蛋揹著一個小竹筐，看見白芸起來了，便乖巧地喊了一聲。

「阿娘，妳起來啦？」

白芸點了點頭，臉有些發熱，也不怪她害臊，自己起得還沒一個孩子早。

馮珍同樣是揹著個背簍走進來，看見白芸站在那兒，先是愣了愣，隨後一臉關切地詢問道：「阿芸，睡醒啦？怎樣，睡得可還習慣？」

「睡得很好。」白芸點了點頭，回答道。

雖然她的床板有點硬，但她確實沒什麼感覺，只是睡得久了，所以背後有點發麻，想來原主這個身體已經適應了床板的硬度。記憶裡，原主還睡過雞舍呢，能睡床已經很好了。

「那就好、那就好，娘還怕妳不習慣呢！」馮珍聽她這樣講，臉上頓時揚起了笑臉，急匆匆地走到院子裡，放下自己身上的背簍。「妳肯定餓了吧？等著，娘去做飯給妳吃！」

不等白芸答話，馮珍就往灶房裡走，看樣子也很是緊張。

狗蛋看了看奶奶的背影，又看了看站在院子裡的阿娘，一時間有些拿不準主意。他是要去幫奶奶做飯呢，還是留下來陪阿娘呢？

白芸看著小傢伙還傻站在那裡，就走了過去，拎起他身上的小竹筐，幫他把竹筐脫下來，才發現竹筐裡都是一些野菜。

「阿娘，這個菜很好吃。」小傢伙指了指筐裡的野菜，為白芸介紹起來。

白芸點了點頭，用手擦著小傢伙臉上的汗，問道：「這些野菜都是你自己採的嗎？」

狗蛋點頭，表情有些小驕傲。「是我採的，我很會採野菜喔！奶奶下地幹活，我就去採野菜，只要下了雨，一天能採一筐呢！」

白芸聽著小傢伙說的話，心裡很不是滋味。在她的世界觀裡，這麼小的孩子都應該在玩，而不是去山上採野菜，為家裡吃什麼發愁。

「阿娘，妳怎麼了？」見白芸不出聲，狗蛋有些害怕，是不是自己講錯話，惹得阿娘不高興了？

「沒有，你很棒。」白芸立即收拾好情緒，拉起他的小手。「下一次，你帶著我一起去採野菜好不好？」

小傢伙聽說白芸要和他一起去，高興地跳了起來，連聲說「好」。平時別的孩子都不願意和他一起玩，說他是沒娘的野孩子，這下好了，他有娘了，他也可以和娘一起出門了！

馮珍端著一個簸箕出來，正逢兩人說說笑笑的這一幕，也跟著欣慰地笑了。

想了想，她從雞窩裡掏出來一個雞蛋臥在鍋裡，又多倒了點油，嗞啦一聲，香味就漫出來了。

兒媳婦瘦得太不像話了，他們家條件雖說不是很好，但也得盡力給兒媳補身子，不然豈不是委屈了人家？想到白芸，馮珍內心還是有些愧疚的，但她也是沒辦法，那算命的老道說，她兒子若不找個人來沖喜，就沒法活命了。

聽著外面兒媳和孫子你問我答地交流著，想起剛剛兒媳面色有些慘白，馮珍狠了狠心，又從櫥櫃裡拿出一個雞蛋，叩一聲打進鍋裡。

白芸跟小傢伙玩了一會兒，就想進去幫馮珍做飯，還沒走兩步，院子的門就被敲響了。

馮珍在裡面做飯，聲音有些嘈雜，聽不到。

「誰呀？」白芸問了一句，可外面並沒有人答話，敲門聲還在繼續著。「來了來了！」

她微微蹙眉，讓小包子進屋坐好，自己起身去開門。

門打開了，白芸看見來人時有些驚訝，喲呵，這不是吳桂英嗎？

吳桂英站在門口，看到來的是白芸，便開口問：「怎麼那麼久才開門？可把我熱死了！」

白芸看了她一眼，說實話，自己對吳桂英可沒留有什麼好印象，昨日她那嘴臭的樣子，自己記得清清楚楚、明明白白，於是也沒有什麼好臉色地問：「妳有什麼事嗎？」

「我是來找妳婆婆的，躲開躲開！」吳桂英的鼻子嗅了嗅，聞到了屋裡飄來的飯菜香味，臉上閃過一絲笑意，掠過白芸往裡面走，邊走邊親熱地喊著。「親家，我來了！」她的聲音大，別說馮珍了，怕是隔壁家的人都要聽見了。

馮珍放下手裡的活，沖了一把手，急匆匆地走了出來。「親家來了，快進屋坐！」馮珍對吳婆子到來沒啥意外的，把她往屋裡請。

吳桂英便大搖大擺地進屋，找了個凳子坐下了。

白芸也跟著兩人進去，想看看是怎麼回事？

吳婆子坐下後也不忘正事，從衣服袖子裡拿出一張有些褪色的紙，遞給馮珍，臉上有些討好的樣子。「親家，我孫女也嫁過來了，妳看，這欠條是不是……」

馮珍知道她肯定是為了這事來的，也沒猶豫，當即從自己屋裡拿出了另一張欠條，當著她的面撕毀了。

吳婆子這才滿意地笑了。但欠條撕了，她也沒打算起身離開。笑話，她可是特意趕在飯點來的，不吃飽了再回去，那她就是傻子！

白芸看著吳桂英這作派，心裡有點不齒，這老太婆面相粗看過去，本就是強勢、咄咄逼人的，細細看還有貪婪、好吃之相。

看到這種面相之人在哪兒都得躲得遠遠的，與她相處根本得不了好。

馮珍一眼就看出了吳桂英的算盤，家裡糧食只剛好夠他們三個人吃幾天，但想著兒媳婦還在這兒呢，她也不能駁了兒媳婦的面子，便笑道：「親家，來都來了，外頭太陽曬死人，親家留下來跟我們隨便吃點吧？我去端過來。」

「那敢情好，妳去忙妳的吧，不用管我！」吳桂英一聽，便喜笑顏開地答應了，連客氣兩聲都沒有，屁股定定地黏在椅子上不肯挪開。

白芸在心底翻了一個老大的白眼，這老婆子是真不要臉！橫豎留在這裡也是糟心，白芸就跟著馮珍去了灶房，看看能不能幫忙打打下手。

馮珍看她跟著進來了，連忙擺手，趕她出去。「阿芸，妳身子虛，別跟著進來嗆油煙。」

「娘，我沒事，我來幫妳。」白芸搖搖頭。她這身子是長年累月積出來的營養不良，也不在乎這一時的油煙。

馮珍見她堅持，只讓她站在旁邊，幫著洗洗菜。

兩人在灶房裡洗洗刷刷，她們之前在村子裡是見過的，但不太熟，所以都有點拘謹。

還是馮珍看著白芸身上穿的布衣，笑了一下，打破了這份尷尬。「這是妳小姑子留下來的衣裳，沒想到妳穿著還挺合身，就是長了一點。」

「謝謝娘。」白芸點點頭，她知道身上的衣裳是舊的，本以為是馮珍的衣裳，沒想到是宋嵐的衣裳。都這種時候了，有衣裳穿就不錯了，她也不在意是新的還是舊的。只是這衣裳只有一件，日後換洗還是個問題。

「謝啥，都是一家人。」馮珍心思細膩，注意力又一直在白芸身上，立即就察覺出了她的糾結，出聲安慰道：「別擔心，明日娘帶妳去鎮子上買兩疋布，做新衣裳，不愁沒得換。」

馮珍知道吳婆子是個什麼樣的人，想從她那裡拿衣裳回來，那就等於往老虎牙裡扣食，幾乎是不可能的。

但是白芸是她家的媳婦，一直穿著宋嵐的舊衣服也不像話。

家裡是有點拮据，大不了她晚上去遠點的山上摸點毒蠍子，再拿到鎮上的藥鋪賣了，好歹能置辦出一套衣裳來。

白芸沒接她這話，而是問起了一些村子裡的事情，把話題岔開了。

宋家這個樣子，她看得很清楚，別說買布，怕是所有的錢都拿去給宋清治病了，連吃飯都很困難。

看馮珍鍋裡乾煎的草籽餅，都是用狗蛋採回來的野菜團的，綠油油的、沒放多少油，有點糊底。

唯一的兩個雞蛋餅，則是被馮珍小心翼翼地放在盤子裡，看著油汪汪的，明顯摻了不少的豬油，香味撲鼻。

白芸嘆息一聲，既然來了，那她也不能光在這兒混吃等死，讓一老一小養著自己，得想個法子掙點銀子回來。

「餅子烙好了，咱們出去吧，吃飯了。」馮珍拿起兩個盤子，準備往外走。

白芸瞬間回過神來，點點頭接過她手中的一個盤子，跟著出去了。

兩碟餅子剛剛放到院子裡的桌上，吳桂英就從屋裡走出來了，看著桌上的兩個雞蛋餅，眼睛裡簡直要放光了。

她也不用人招呼，自己率先一步坐在凳子上，直勾勾地盯著桌上的餅，嘴裡不忘誇道：「親家，妳這餅子做得真好，水靈水靈的，看著就香！」

白芸皺了皺眉頭，喊來狗蛋，帶著他去洗手，才坐回飯桌上。

吳桂英趁眾人剛落坐還沒反應過來前，便迫不及待地用手抓起了一張雞蛋餅就往嘴裡塞，眼睛還直盯著另一張。

眼看吳桂英又要伸手再拿，白芸眼疾手快地抓起那最後一張雞蛋餅，塞進狗蛋碗裡。

「狗蛋，要好好吃飯，才能長身體。」白芸自顧自地說著，看都不看吳桂英一眼。

吳桂英的手就那樣舉在半空中，臉色一下子就難看了起來，狠狠地瞪了白芸一眼。

這個吃裡扒外的丫頭！那麼好的雞蛋餅，不拿來孝敬孝敬她，居然拿去給一個小崽子吃？也不怕噎死！

不過吳桂英臉皮向來厚，看雞蛋餅沒有了，便拿起另一盤的菜籽餅。

狗蛋採的野草嫩，餅子也不難入口，只是吃著沒那麼香。

馮珍看著白芸搶食給狗蛋的動作，有些感激，但這兩個餅子都是她做給白芸補身子的，於是便對狗蛋說道：「狗蛋，你娘身子不好，把餅子給你娘吃好不好？」

狗蛋聽話地點頭，把餅子挾進白芸的碗裡。「阿娘，妳吃。」他也覺得阿娘得吃好吃的，奶奶說阿娘嫁到他們家裡來，可不能讓阿娘受苦。

白芸看他這懂事的樣子，心都化了，摸了摸他的頭。「狗蛋吃，吃了才能快快長大。」

吳桂英的眼珠子滴溜溜的一轉，看著那塊被謙讓的雞蛋餅，用開玩笑的語氣問：「喲，你們都不想吃啊？那不如……」說著就要伸筷子，往白芸碗裡挾。

「吃，怎麼不吃？」白芸看了她一眼，比她快一步地把餅子拿起來，放到狗蛋嘴邊，餵著他咬了一口。

這死老太婆臉皮也太厚了吧？怪不得村裡的人都叫她吳虔婆，生怕被她纏上。這人一旦纏上你，就跟吸血螞蟥似的，甩都甩不掉。

吳桂英看餅子沒了，又死盯了白芸一眼，氣得她心都顫了顫，要不是馮珍在這裡，她能打死這個賠錢貨！

這丫頭肯定是記恨自己，恨自己在她出嫁前餓了她兩天，可那能怨她嗎？誰讓她是個丫頭！

白芸才不管她是怎麼想的，擦了擦狗蛋的嘴，開口問了一句。「奶，我以前的衣裳，是妳給我送來，還是我自己回去拿？」

吳桂英懵了，反問了一句。「衣裳？什麼衣裳？」

「我之前穿的衣裳啊！昨兒妳也沒給我帶來，妳不是忘了吧？」

人家嫁女兒，收了男方家的彩禮，都是要給陪嫁的。好一點的人家陪嫁櫃子、被褥什麼的；條件差一點的也會把姑娘以前穿的衣裳給姑娘，讓她帶走，不至於在婆家沒衣裳穿，再隨心意給點碗盤之類的。

可吳桂英倒好，直接接過宋家給的喜服讓白芸換上，便把人綁了送來了，什麼也沒準備。

吳桂英恨鐵不成鋼地看了白芸一眼，頭一撇。「妳哪有衣裳？兩個妹妹還要穿呢！妳走了，衣裳理應給兩個妹妹不是？嫁出去的女兒潑出去的水，妳怎麼還向娘家要東西？」

白芸笑了，吳桂英說的是白芸二伯的兩個姑娘，雖說是女孩子，待遇肯定沒兒子好，但也不會比她這個沒了爹娘的差，怎麼會看得上她那兩件滿是補丁的衣裳？

「奶，妳就把衣裳給我吧，我真的沒衣裳穿。妳也不忍心看我被村人笑話不是？」見吳桂英不肯給，白芸也不急，只委屈巴巴地說道。

她就是故意開口朝吳桂英要東西的！桌上的餅都要被吳桂英吃乾淨了，再不把人趕走，他們三個人誰也吃不飽。

果然，吳桂英臉一沈，抓起碗裡的餅子就起身，丟下一句「沒有」就跑了，生怕白芸再問她要東西。

吳桂英逃一般地走了，看得白芸想笑，卻又笑不得，只能低頭忍著。

馮珍還以為白芸是傷心了，心裡也跟著生氣。吳桂英怎能這樣對待自己的親孫女？真是損陰德！

她走到白芸身邊，給狗蛋使了個眼色。

狗蛋便跳下凳子，用手扯出一張鬼臉，腦袋左右搖晃，像逗小孩似的哄白芸。

白芸本來就想笑，看見他這可愛的小模樣，噗哧一下就樂了，伸手捏了捏他嫩嘟嘟的小臉，笑道：「我們家狗蛋真可愛！」

馮珍見她笑了，才安心了些，上前牽起她的手，安慰道：「莫怕，娘明日就帶妳去鎮上挑點布料，不怕沒衣裳穿。」

溫柔的聲音讓白芸心裡有了點感動，她搖搖頭，笑著回道：「娘，沒什麼的，我不會放在心上。」

她是個相師，最講究的就是因果報應。

既穿越到這個農女身上，就等於是接手了原主一生中所有的因果關係和冤親債主。

穿越本就是另一種意義上的借屍還魂，若是不解決了因果，而執意拋下一切離開，絕對不會有好下場的。

吳桂英是原主的奶奶，她避無可避，總歸是要碰上的，若是這點事都受不了，那她乾脆直接自裁算了。

下午時分，太陽沒有那麼烈了，馮珍便扛著鋤頭要下地，狗蛋也揹起了背簍準備去採野菜。

白芸自然不會在家裡閒著，不顧馮珍的勸阻，跟著他們一塊兒去了。

鳳祥村裡種植的都是稻穀，今年冬天過得久，現在稻田還沒放水，田裡到處都是村民，佝僂著背在田地裡翻土。

這個時代的稻穀產量少得可憐，卻已經是人們主要的食物之一了。米少人多，糧價自然就高了。

更可憐的是，村民們雖然種米，卻吃不起米。

他們種出來的米，大半都要上交糧稅給朝廷，剩下的哪裡夠一家人吃一年？因此只能全都低價地賣到糧店裡，再買點粗糧和摻了糠皮的粗麵，才能繼續活過下一年。

白芸換了一雙髒點的鞋，踩在地裡，拿著一個小鏟子幫著馮珍一起鬆土，嘆息了一聲。她沒辦法，她不是救世主，更不會轉基因水稻的技術，根本改變不了大環境。她能做到的，也只是盡力改變家裡的情況，讓自己活得好一點。

馮珍看白芸留著汗還在盡力幫自己鬆土，不禁又欣慰、又心疼，整個稻田裡也沒有像他們家一樣的，一個男人都沒有。

任憑誰家男人好心想來搭把手，回頭都要被人說幾句閒言碎語。

她現在只祈禱自己的兒子能快點好起來，然後和丈夫一起回來耕地，這樣兒媳婦就不用因為心疼自己，跟著自己來下地了。

農人們日出而作，日入而息，到了傍晚，村民們三五成群離開了稻田，馮珍和白芸收拾好農具，也準備回去了，卻遲遲不見狗蛋回來。

馮珍擔憂地看了一眼遠處，嘴裡奇怪地喃喃道：「這孩子跑哪兒去了？平時這個時候早該回來了，怎麼今天這麼晚了還沒回來……」

聽馮珍這麼一說，白芸也跟著擔心了起來。

兩人當即放下農具，往山那邊走去。

「狗蛋！」

「狗蛋！」

兩人在田埂裡叫著狗蛋的名字，找了將近半個時辰。

就在馮珍想跑回去請村長幫忙的時候，白芸在一處草堆裡瞧見了一個小小的身影。

白芸立即跑了過去，扒開那堆乾草，就看見小狗蛋躺在那裡，手上和腳上被人用草搓成的繩子綁住了！

白芸立即回過頭喊了馮珍。「娘，別去了，我找到了！」

「阿娘……妳們來了……」小狗蛋抬頭看見來人是阿娘，顫抖地喊了一聲。

白芸看清了狗蛋的樣子，他的頭髮上掛著不少雜草，小小的臉頰上此時烏青了一塊，腳上和手上也有傷口，好在沒流血。

白芸「嘶」了一聲，沒猶豫，立即把狗蛋手腳上的草繩解開，又伸手把瑟瑟發抖的小傢伙抱進懷裡，輕輕拍著背，無聲地安撫著。

馮珍趕來，看見這一幕，胸口起伏得厲害，眼淚控制不住地往下流，忍不住破口罵了起來。「哪個背時鬼？這麼欺負一個孩子，不怕遭報應啊！」

白芸沒有跟著馮珍一起罵，而是捧起小傢伙的臉，輕聲問道：「狗蛋，怎麼回事？是誰把你打成這樣的？」

「我去撿柴火，下了山就被大財哥哥他們抓到了這裡，他們都用怪腔怪調的聲音笑我，說……說……」

「說什麼？別害怕，告訴阿娘。」白芸鼓勵地看著他。

狗蛋才接著往下說了下去。「他們說我爹快死了，阿娘也是因為這樣才被抬進家裡的，說我是個沒娘的野孩子……」

說到這兒，狗蛋閉著眼睛，忍著不讓眼淚掉下來。他從被打到現在，一直都沒有哭過，因為爺爺告訴過他，他是個男子漢，哭了會讓奶奶擔心。

可是不知道為什麼，躲在阿娘懷裡，讓他很想很想哭，所以他要很努力才能忍住。

這也太欺負人了！「娘，妳知道那幾個孩子住在哪裡嗎？」白芸狠狠地皺起了眉頭，心裡有一團火在燃燒。

原主極少出門，也不同人講話，根本就不認門，所以她也沒法找到那群孩子。

馮珍看著白芸這樣，愣了愣，隨後點了點頭。「我知道，妳帶著狗蛋回家，娘找他們去。」

白芸抱起狗蛋，搖了搖頭。「我們一塊兒去。不看見孩子的傷，他們還以為是磕磕碰碰的小事，到時推卸起來，還要說我們計較這雞毛蒜皮的小事。」

這群孩子拿這件事欺負狗蛋，顯然是村裡都已經傳遍了。

今日若不給他們點顏色看看，那麼，日後誰都可以因為他們家沒有男人而踩他們家一腳，往後再想有清淨日子過，那就難了。

第二章

馮珍和白芸她們婆媳兩個，一個在前面帶路，一個牽著孩子，氣勢洶洶地走在村子裡。

這難得的一幕讓村民們不禁側目，好奇地猜測他們是要去做什麼？

有些好事的人，看見狗蛋身上的傷，便大概知道是怎麼一回事，紛紛跟在他們後面，準備去看好戲。

「這就是王大財家了，他爹娘都不是善茬，一會兒妳就躲在我身後，別跟他們對上。」

馮珍在一間土瓦房的院門前停下腳步，悄聲對白芸囑咐了一句，便上去敲門。

白芸打量了整個屋子，整體來說還是滿大的，條件看著比宋家好一點。

馮珍敲著門，裡面明明亮著光，卻不見有人來開門。

白芸眼神不悅，心裡的小火苗直線竄高。什麼人啊，以為這樣她就會走了？

下一刻，白芸抬起腿，在眾目睽睽之下，一腳就踹開了院子的大門！

那木門本就不怎麼結實，白芸這麼一踹，直接就把那木門踹成了兩半。

木門倒塌的巨響，把眾人嚇得都退後了兩步，瞪大眼睛看著站在門前、威風凜凜得跟個女將軍似的白芸。

這還是老白家的那個孫女嗎?什麼時候變得這麼厲害了?

白芸吐了一口氣。本來她的脾氣就不怎麼好,踹個木門還算是小事了,要是裡面的人不識相,她還要打人呢!不光打人,她走了還得給他們的房子加點料,讓他們也嘗嘗身子疼的滋味!敢欺負她保護的崽子,簡直是活膩歪了!

白芸在那邊殺紅了眼,馮珍在這邊直接看呆了。好傢伙,她這兒媳婦真是……威武。

眾人久久無法從震驚中回神,場面一度安靜得不像話,有啥風吹草動現場都能聽得清清楚楚。

「啊——」

直到裡面的大財娘反應過來,自己家門被白芸踹成了兩半,扯著嗓子鬼叫了老大一聲,才把眾人的魂都給喊了回來。

白芸冷眼看著坐在院子裡正吃著飯,卻故意不開門的一家人,冷笑一聲。

大財娘張秀琴不幹了,指著白芸就站起來罵。「你們要幹什麼?要幹什麼?你們是土匪啊!強盜啊!上來就拆家啊!」

白芸不管她的憤怒連問,邁步走了進去,「啪」的一聲,把手拍在他們家的飯桌上,死死盯著正端著碗、眼裡都是心虛的小男孩,問道:「你就是王大財對吧?」

王大財知道白芸是尋仇來了,但想了想爹娘都在旁邊,又想了想自己家壞掉的木門,頓時怒氣上來就什麼都不怕了。一個女人而已，能拿他怎麼樣？於是，他抬起頭挑釁地看了一眼白芸，回答道：「我就是，妳想怎樣？」

白芸沒有回答他，而是點了點頭，指了指站在旁邊的狗蛋，對著張秀琴，把她的話還了回去。「妳兒子打了我兒子，妳問問妳兒子要幹什麼？妳兒子是強盜啊！土匪啊！殺人犯啊！」

大財爹王守義聽著這話，蹙起了眉頭，看著自己的兒子問道：「狗蛋這樣子，是你打的？」

「也不是我一個人打了……」王大財面對老爹的質問，嘟著嘴說，也不敢撒謊。他老爹的手勁大著呢，他被打怕了。

王守義氣得就罵。「你這個狗娃子！怎麼下這黑手呢？」

張秀琴聽著兩人的對話，又瞧了一眼滿身是傷的狗蛋，臉上的怒氣瞬間化為了尷尬。兒子打人的事情，她是知道的，今天回家就聽見那群孩子在炫耀誰打得多，她以為只是孩子打鬧，推搡了一下罷了，就沒理。

但她把兒子揪回家後，也擔心晚上會不會有人找上門來？果然，該來的還是來了。

可她萬萬沒想到，幾個娃子下手沒輕沒重的，打得狗蛋青青紫紫，跟開花了一樣！

瞧白芸一臉誓不甘休的模樣，張秀琴的態度就先軟了三分。「這……別生氣啊！娃子間磕磕碰碰的在所難免，何必要那麼動怒呢？」

「磕磕碰碰？」白芸笑了一下，隨後臉色一變。「妳告訴我要怎麼磕磕碰碰能碰成這樣？妳怎麼不去磕碰一下？」

張秀琴臉一僵，扯出了個假笑。「白芸，妳怎麼能這樣說話呢？那娃子的事情，我們大人摻和什麼？都是村裡的娃，哪有那麼嬌貴？都像妳這樣的，誰還敢讓孩子們在一起玩呀！」

她語句裡的意思，是在說白芸斤斤計較，還順帶提了一嘴別的孩子，暗示白芸要為孩子想想，不能讓孩子沒有玩伴。

村民們乍一聽，都覺得是這麼一回事，誰家孩子沒有打過架？可又總覺得哪裡怪怪的。

「笑話，我兒子自然是嬌貴的！」白芸不吃她這一套，白了她一眼。「你們打算怎麼辦？我兒子被人打成這樣，我是絕對不會就這樣算了的！」張秀琴說得好像任憑他們欺負，他們就會跟狗蛋玩了一樣，若真是這樣，這種玩伴不要也罷！

見白芸軟硬不吃，張秀琴臉面繃不住了，可畢竟是理虧的一方，她也不敢太過分，只是側身掠過白芸，嘀咕了一句。「妳也不是娃的親娘，我不跟妳說。沒準兒啊，有些人是想靠孩子來訛錢的呢！」

這話說得就難聽了，看熱鬧的人站在一旁，誰也沒敢多言。

別看白芸沒出嫁前，不愛出門走動，也不說話，今日突然來這齣，凶狠得跟吳桂英一模一樣，誰敢多嘴那就是沒吃過老虔婆的虧！

張秀琴走到馮珍面前，笑盈盈地詢問道：「馮珍姨，妳看這事弄的！都怪大財這娃不懂事，我一會兒關上門了，一定好好揍他一頓，如何？」她跟馮珍不是一輩人，卻也知道馮珍在村裡有個不爭不搶的好名聲，拿馮珍下手，總比跟白芸掰扯容易。

馮珍不是拎不清的人，臉上沒什麼表情，接收到白芸遞過來的眼神，立即撇過頭說了一句。「這事情，我兒媳婦說了算。」

張秀琴沒想到馮珍這麼護著白芸，到嘴邊的話也被噎回了嗓子眼裡。沒辦法，現在村民們都在她家院子裡呢，看這架勢，今日是糊弄不過去了，張秀琴只得重新轉過身去，與白芸交涉。

「姓白的，妳想怎麼樣？」這下子，張秀琴可沒有什麼好言好語了。

「道歉、賠錢，這事兩清。」

這個年代，人們窮得瞪眼就能瞧見鬼的，道歉還好說，白芸要他們賠錢，在這小山村裡，無疑是天大的事情了。

只要今日王家賠了錢，日後那些別有心思的人想要欺負他們宋家的人，都得掂量掂量兜裡有沒有帶夠錢。

「娘，我不道歉！又不是只有我打了他！」王大財聽到白芸要讓他給狗蛋道歉，立即喊了出來。他才不要道歉呢，不然明天趙二和孟強知道這件事，不得笑話死他？

張秀琴咬了咬牙。「是啊！又不是只有我家娃打了，別人家娃也打了，妳怎麼不去找別人？」

「自然是要去找的，這不是妳家娃手欠一點，帶頭打我兒子嗎？那賠錢也得帶頭賠不是？所以我第一個來找你們。」白芸點點頭，話說得是一點都沒留情面。

「沒道理打了人還想賴，張秀琴妳不厚道啊！」

村民們不知道是誰喊了這麼一聲。

眾人聽了覺得有道理，說這麼多，張秀琴可不就是在賴嗎？

「是啊，該賠的要賠，該道歉要道歉，又不是兩個一般大的娃娃互相打，妳兒子都九歲了，你們這不是欺負人嗎？」

想到日後還要在村子裡生活，礙於面子，張秀琴也不好搞得太難看，於是瞪了王大財一眼，不情不願地掏出錢袋子就問：「賠多少？妳說。」

「五十文。」

「五十文?!妳怎麼不去搶啊？」張秀琴聽到這個數字，立即怒目圓睜，錢袋子也收了回來，插著腰，頭一撇。

「我兒子才三歲，正長身體呢，頭被打成這樣，手和腳也都受了傷，五十文還多啊？妳要是覺得多，我明日就去鎮上的衙門，看看官老爺們覺不覺得多？」

張秀琴冷笑了一聲，覺得白芸這是在騙鬼呢！一個婦道人家，還想去見官老爺，她有這個膽子嗎？

就連身邊的村民也是這樣覺得的，認為白芸是在唬人，一個小婦人，怎麼敢上衙門去？

張秀琴料定了白芸是在嚇唬自己，便說啥也不願意掏錢。

王守義則悶頭坐在凳子上，不說話也不管事。

張秀琴不願意賠那麼多錢，王大財也不肯道歉，就站在那裡，好像是他們占理了，橫得不行，一副「妳能拿我怎麼辦」的樣子。

白芸可受不得這個窩囊氣，一看兩人這臭不要臉的樣子，當即氣得爆炸，上前對著那有她一半高的王大財，抬手就是一個大嘴巴子。

啪！

臉挨巴掌的這一聲，既響亮又清脆，王大財的頭直接被巴掌甩向一邊，一下子就泛紅了，可見白芸這一巴掌打得有多麼用力。

這還不算完，王大財剛想轉頭扯白芸的手臂，白芸抬腿又是一腳，直接把他踢到地上去了！

「白芸，妳瘋了?!敢打我兒子，老娘扒了妳的皮！」愛子心切的張秀琴立即不幹了，捋起袖子就要去打白芸。

就連高高掛起的王守義也坐不住了，站起身來，怒氣沖沖地看著白芸。

白芸也不慫，抄起旁邊的柴火，側身一棍就打在張秀琴的腿肚子上，打得她踉蹌兩步。小腿處傳來的疼痛感，讓張秀琴終究是沒敢上前了。

白芸看他們一家子都安分了，才丟掉柴火，拍了拍手，揚聲說道：「妳兒子打我兒子，我就打妳兒子！我告訴妳，善有善報，惡有惡報，我婆婆人是善良，可你們日後若是再欺負我們家的人，我白芸第一個不放過你們！」她看似在跟王家人說話，但同時也是在警告村裡別家的人，讓他們都曉得自己不是好惹的。

村民們早就已經嚇傻了，誰家娘兒們這麼剽悍啊？還好白芸已經嫁人，不然來這一齣，她肯定是沒人要了！

不過不管怎麼樣，村子裡的人這回都知道了，別以為宋家男人不在，就可以隨便欺負人家，人家被逼急了也敢動手找人算帳呢！

白芸最後瞟了一眼王大財，看他疾厄宮上隱隱有黑氣流動，又從疾厄宮的黑氣流動看出了方向，她抬頭看了看王家的屋頂，大概明瞭了。

「娘，咱們回去吧。」白芸扭頭就走。今晚有人要倒楣，可別把他們三個也給連累了。

「好。」馮珍本來也沒指望白芸能要到錢，橫豎兒媳婦已經打了回去，雖然沒狗蛋傷得嚴重，可也算是出了一口氣，也就夠了。

「宋家媳婦兒，妳就這樣走了？」有一個看熱鬧的婦人喊了一句，不明白為什麼剛剛還很凶狠的白芸，突然這麼輕易就走了？他們可都還沒看過癮呢！

「天色不早了，叔伯嬸子們也快回去吧！王家不講理，那自有天收。」白芸撂下一句話，抱起狗蛋，和馮珍頭也不回的走了。

回到家後，白芸抱著狗蛋進了屋裡，讓他脫了衣裳，自己去打了盆水，準備給他洗洗身上的污泥。

這脫了衣裳後白芸才發現，狗蛋不只是腿腳上有傷，身上也有不少傷，但孩子懂事，一直沒喊疼。

馮珍摸黑出去，採了幾株常見的藥草回來，拿棍子搗得稀稀爛爛，敷在狗蛋的傷口上。

「阿芸啊，妳日後可不能這樣魯莽了。」馮珍坐在小凳子上，一邊幫狗蛋揉傷口，一邊跟白芸說道。

白芸以為馮珍是要說她，畢竟在這個時代，兒媳婦動手打人是很出格的行為，馮珍作為婆婆，是有權力說她的。

「大財是個半大小子了，男娃力氣大，萬一他發了狠，妳可是要吃虧的。阿芸，咱聽話，下次要保護自己。」說不擔心是假的，馮珍當時膽子都快嚇飛了。白芸進門的時候，誰都說她是個文靜的，沒承想還有這麼潑辣的一面。可潑辣也是好事，至少不會受人欺負，何況自己也不在意，所以只叮囑她要注意安全。

「娘，不用擔心，我這不是沒事嘛，下次我一定不那麼衝動了。」聽了馮珍的話，白芸心裡也是暖洋洋的，連忙保證道。

不過，白芸一點也不擔心自己會受傷，前世她在道觀裡跟武師們學過幾招，就算當時王家人都衝上來打她，她也能保證他們碰不到自己。

幹了一天的農活，晚上又去王家鬧了一場，馮珍和狗蛋都已經睏了，吃了晚飯便早早回屋休息。

白芸乾脆也回屋裡躺下，她得好好休息，晚上還有大事要辦呢！

夜已深，一陣冷風灌進了白芸所在的西屋，躺在床上的白芸打了一個哆嗦，緩緩睜開了眼睛。

這裡沒有鬧鐘，好在她平時睡眠淺，且為了半夜能起得來，她特意沒蓋被子，果然如她所料的，被冷醒了。

白芸起身披上衣裳，打了個哈欠，揉了揉鼻子，這遭罪的活她下次說什麼也不幹了。

她小心翼翼地推開門，往馮珍和狗蛋睡的屋子看去，裡面沒有什麼動靜，只有淺淺的呼吸聲。

整個屋裡黑漆漆的，白芸藉著月光，打開堂屋的櫃子，拿了一張那日婚宴剩下的大張紅紙，摺起來揣進衣袖裡，便匆匆出門了。

村人這個點都已經睡熟，鳳祥村也沒有狗，畢竟人都養不活了，哪裡還有糧食給狗吃？因此白芸就這樣光明正大地走在道上，也不用怕人發現。

她來到王家門口，把手中的紅紙撕了一份，疊成一個小人的模樣，塞進了圍牆的縫隙裡，嘴裡唸唸有詞地唸叨了許久，才用土蓋上紙人，離開了王家。

接著又按照記憶裡馮珍告訴她的位置，順利地找到了其他兩家人，這兩家的孩子也是參與了打狗蛋。所以白芸也同樣在他們的院牆裡放入一張紅紙小人，這才拍了拍手，心滿意足地離開了。

這可不是什麼歪門邪道，是白芸的奶奶傳給她的小法術，估計全天下就她一個人會。

別看這只是個小紙人，只要唸對了咒，可以幫她做很多事情。

比如今天她施的就是請靈咒，是她們白家的獨門秘術。

以紙人作為媒介，她可以下表給宋家的長輩陰靈，告知他們今日發生的事情，然後再請陰靈借紙人回陽，給王家人托夢。

但是請來的是哪一位長輩，她就不曉得了，畢竟她不認識宋家的長輩，連名字都不知道。

不過古人向來看重子孫子嗣，而且鬼魂一般都沒有什麼彎彎繞繞的，只要下了表，有渠道，他們就會來。

有的時候，鬼比人靠譜得多。

做完這一切，白芸打了個哈欠，快步回到了家裡，準備再睡一會兒。

可剛走進堂屋，就聽見院子的門開了，她立刻在手上掐了個手訣。

吱——呀——

半夜門開，不是來人了就是來業績了。無論哪一種，她都得出去看看。

馮珍回到家後累極了，坐在院子裡的椅子上歇息，一抬頭卻看見白芸出來了，臉上頓時都是歉意。「哎呀，阿芸，妳怎麼起了？娘吵著妳了？」

白芸看來的人是馮珍，心裡鬆了一口氣，不是來歹人了就行。

不過，馮珍大半夜的是去哪裡了？她們回來的時間差不多，馮珍不會瞧見她了吧？

想到這裡，白芸有點心虛，面上卻不顯。

「我起來喝口水，聽見院子裡有動靜，就出來看看。娘，妳這是去哪裡了？」

馮珍微微一笑，從身旁拿出一個小手籠，給白芸看了看。「我去山上捉了些蠍子，明日賣到藥鋪裡，換了錢給妳買兩身衣裳。」

「娘，這大半夜的捉蠍子多危險啊！」白芸驚了，手籠是竹片編的，有小小的縫隙，往裡面看去是密密麻麻的一片，有些還不安分地在動，瘮人得很。

要知道，這東西可不好抓。蠍子是夜行性動物，而且喜歡找偏僻陰涼的地方躲著，只能靠力氣用手翻開石頭，一點點的找。

這個時代又沒有手電筒，抓起來就更難了，萬一被蠍子螫一下，處理不當的話可就一命嗚呼了，這可不是開玩笑的。

看馮珍抓了滿滿一手籠的蠍子，肯定是趁他們剛睡著就出門了，否則根本抓不到這麼多。

「不危險，我娘家是採藥的，蠍子我會抓的，以前我也會隔三差五的去抓一趟。就是這東西金貴難找，今天運氣好才抓到這麼多。」馮珍說著，臉上都是喜悅，好像真的是大豐收了一般。

「可是……」白芸都不知道該如何說話了，她從沒想到馮珍會這樣對她好，心裡說不感動那是假的。

「好了，快回去睡吧，明日不用下地，我們去鎮上走走。」馮珍把蠍子放好，不給她多說的機會，打水沖了沖手，就推著白芸進去了。

剛進屋，外面突然一道閃電大亮，震耳欲聾的雷聲隨之而來，豆大的雨點從天上落下，一下子就喧囂了起來。

下雨天好睡覺，兩人都睏了，馮珍囑咐白芸蓋好被子，便推門回去睡了。

白芸也重新躺回了床上，香香地睡了一覺。

第二日早上，天還陰著，雨才剛剛停下，被雨打落的樹枝還散在院子裡，所望之處皆是一片狼藉。

「哎喲，真是邪門了！」

「唉，也不知道能不能好了？」

白芸還沒起床呢，外面就傳來了一陣吵雜的聲音，聲音有議論、有哭喊的，熱鬧得不得了。

白芸被這聲音吵得也沒法接著睡下去了，揉了揉眼便起身，準備出門去看看。

「阿芸，妳也起了啊？」馮珍聽見了外面的聲音，剛開門就跟白芸對上了。「我聽外面有些吵，估計是村子裡出大事了。」馮珍有些擔憂地往外瞧了一眼。

不是她烏鴉嘴，他們家就在村子中心，村長家離得近，周圍住的人也多，所以一般村子裡發生了什麼事，要去找村長解決的，他們家都能聽得見。

「嗯，聽著還有人在哭。」白芸同樣往外面看了一眼，提議道：「咱們一會兒出門的時候，順便去瞧瞧吧？」

「也好，那我去把狗蛋喊醒，收拾一下就快走吧。」

「好。」白芸點點頭，至於外面的事，她不用猜都知道，出事的必定是那王守義家。

她昨天看王大財的面相，就看出了他晚上得倒楣，還和屋頂有關係。

可惜，幹她這一行的，都有一個規矩，叫什麼都可以空，卦不能空；什麼都可以算，相不能輕算。

意思就是，如果人家沒找上門來，就說明沒有機緣，自己不能主動幫人卜卦、算相，否則自身和他人都會受到影響，有了變數，反而算不靈驗。

而如果替人算了相，就得收取一定的卦金，不然便是有應無果，日後定要反覆糾纏個沒完沒了。

她也看過了，王大財的保壽宮光亮一片，怎麼說也有個五、六十年好活的，說明也不是什麼大事，最多就是瓦片掉下來，砸到腦袋這種程度，死不了人。

而且，就算昨天她找法子提醒了王大財，張秀琴不但不會給卦金，怕是還得說她是瘋子呢，她可不幹這種吃力不討好的事情。

因為要去鎮上賣蠍子，如果村口趕牛車的人不在的話，他們就得走路去，到鎮上大約得走一個多時辰，所以她們也不能耽擱太久，如果蠍子死了，那就賣不出高價了。

馮珍和白芸快速地打水，簡單洗了一把臉後，叫上狗蛋，拿上裝蠍子的手籠，就推開門出去了。

果不其然，他們三人出了門，就瞧見許多人圍在村長家門口，奮力往裡頭張望著。人實在太多了，白芸便讓馮珍和狗蛋站在後面，自己湊近看了一會兒，可惜也沒看出個所以然來。

直到有個圍觀的大娘從裡面擠了出來，嘴還一直吧唧著，發出「嘖嘖嘖」的聲音，看樣子是吃瓜成功，準備回家了。

白芸上前扯了扯她的袖子，問道：「嬸子，村長家裡是誰在哭啊？怎麼啦？」

那大娘看來問的人是白芸，眼睛裡一下子放出了光芒。

她帶著白芸來到馮珍站的地方，雙手一拍，調侃地朝白芸問道：「哎喲，白丫頭，妳這嘴是不是開了光啊？」

不只是嘴，眼睛也開過光呢！白芸心裡想著，嘴上卻明知故問，裝作著急的樣子。「嬸子，發生了啥事？妳快給我們講講吧！」

大娘這才開始滔滔不絕地跟兩人講了起來。

昨天晚上下大暴雨，王家的屋頂瓦漏了，偏王守義覺得問題不大，就是舊房子犯點毛病，想著今天睡醒再起來修也可以，反正屋子裡也沒什麼金貴東西。

可不知道是風太大，還是雨太大，總之瓦片就被打落了。

本來這也不是啥大事，但偏偏就趕上王大財起來解手，一下子把他的腦袋開了瓢，血哧溜就流出來了。

一聲慘叫嚇醒了王守義和張秀琴兩口子，兩人晚上本還作著噩夢呢，一出來就看到自家兒子腦袋上流血不停，還以為見鬼了，把兩口子嚇壞了，也跟著哇哇亂叫。

還是路過的村民好心，幫忙把人送到了村長家，村長的媳婦兒會點醫術，這不，正在裡面治著呢。

那大娘說完，手臂碰了碰馮珍，悄聲說道：「我來得早，聽見張秀琴一直在說妳公公昨夜來教訓人了，肯定是昨天欺負你們，自己虧心了。所以說，這虧心事可不能幹啊！」

馮珍點點頭，順著她的話就說道：「對，做人得講良心。」

白芸在心裡偷笑，敢情昨天請來的是馮珍的公公？她還怕請了辭世太遠的長輩來，張秀琴兩口子不認識呢！

馮珍和那大娘眼看就要久聊上了，白芸見機插了一句。「娘，不早了，咱們還得去鎮上呢！」

「你們要去鎮上啊？那你們快去，我也得回家了，娃還等著吃飯呢！」大娘聽白芸一說，就想起自己光顧著看熱鬧了，娃還在家呢，丟下一句就急忙走人了。

馮珍也不是愛落井下石的人，便頭也不回，帶著白芸和狗蛋走了。

好在他們今天運氣不錯，村口拉牛車的人還沒走，車上坐著一個隔壁村的人。

拉牛車的人見他們走來就招呼道：「來喲，坐牛車，一個銅板一個人，小孩不收錢！」

馮珍想也沒想，掏出兩個銅板給拉車人，便抱起狗蛋放上車，再跟白芸一起上車了。

等他們坐穩了，拉車人又等了一會兒，見沒什麼人來，就吆喝著走了。

「阿芸有沒有想去鎮上哪裡走走？」馮珍笑著問道。

白芸思索了一下，好像記憶裡，原主從小到大還真沒有出過村子。白家住在村尾，連來村子中心玩都很少，便搖搖頭道：「還沒去過鎮上，奶奶一般不會帶上我。」

開玩笑，就吳桂英那種極度重男輕女又非常摳門的老太太，怎麼可能會帶她一個女娃去鎮上？要帶也是帶孫子們去，而且每次去都會買一點油餅回來吃，但一口也不會分給她。

馮珍驚訝地抬了抬眉毛，她沒想到兒媳沒去過青嶺鎮，於是便慢慢地跟白芸講著鎮上有哪些店鋪、哪些吃食，說一會兒便帶她好好逛逛。

白芸也很嚮往，她終於要見到古代的鎮子了！不知道會是什麼樣子？是不是跟電視劇裡描繪的一樣？

這些日子多雨，泥濘的道路被人踏出了不少水坑，牛車的轂轆滾進去就濺起一片水花，並不是很好走，時不時還得注意路上有沒有新鮮的牛糞，若是黏上了得臭一路。

他們一行人有說有笑的，一路上倒也不覺得悶煩。

看著鎮子口石碑上的三個大字，白芸懵了，整個人恍恍惚惚。

這字真是複雜到一言難盡，與她學的簡體漢字不同，跟繁體字也長不一樣。

也就是說，她在這裡是個徹頭徹尾的大文盲！

青嶺鎮很繁華，牛車停在鎮門兩邊，都在等著出來的人；也有送貨的板車，剛卸完貨，車夫坐在旁邊喝水、休息。

往裡走就是一些賣東西的攤位了，有賣青菜、賣米這些常見的，都是附近村莊的農人抬來賣的，樣子不是很好看，但絕對新鮮；還有幾個攤位上賣的是野味、肉類，東西不多，但很是誘人。

「阿娘、奶奶，藥鋪！」小狗蛋指著前面的一個鋪子說道。

白芸仔細地看了一眼藥鋪的牌匾，看半天沒看出來是什麼字。

「這是好安堂。」馮珍笑著拍了拍白芸的肩膀。「咱們快進去吧，賣了蠍子後早點去逛逛。」馮珍早就知道白芸不識字了。鎮上的娃娃都沒有幾個識字的，鳳祥村就更不用說了，年輕一輩的除了她兒子，就沒有讀過書的。

三人走進藥鋪裡，小二抬頭瞧了瞧，一眼便認出了馮珍。

「今日是抓藥還是賣藥？」小二問道。這個婦人經常來他們藥鋪賣蠍子，有時候也有蜈蚣、長蟲，品質都不錯，所以他認得。

「我昨日抓了一籠蠍子，您看看，給個價。」

馮珍把手籠拿到櫃檯上，小二熟練地拿出了一個桶子和一雙老長的筷子，打開手籠，用筷子一隻隻地把蠍子挾進桶子裡，點著蠍子的數量。

黝黑發亮的蠍子在桶裡爬著，尾巴上的毒針若隱若現，嚇人得很。

在場的四人都不害怕，倒是把剛剛進來想抓兩帖腹瀉藥的婦人嚇了個半死，離得老遠不敢過來。

小二點完了數，滿意地點點頭。「全蠍很不錯，還是按照三文錢一隻算，怎麼樣？」

「可以可以，多謝了！」馮珍立即點頭道謝。鎮上的藥鋪就這一家，用蠍子入藥的藥方不多，能賣三文錢一隻已經是很好的行情了。

她一共抓了五十五隻蠍子，那就是一百六十五文錢，這已經是家裡最大的一筆收入了。

也就是昨天運氣好，下次怕是再也抓不到那麼多了。

白芸也不插嘴，行情如何，馮珍比她還清楚。

小二也是個痛快人，把蠍子再仔細清點了一遍，就從抽屜裡點了一袋子的銅錢，遞給馮珍。「給，一百六十五文，妳也點點。」

馮珍捧著那袋錢，又點了一遍。「沒錯了，多謝。」

他們走出藥鋪，馮珍就有些為難地看著白芸，用商量的口吻問道：「阿芸，這次賣的錢多，我能否給妳爹送六十文回去？畢竟——」

馮珍還沒說完，白芸就領悟了，立即鄭重地點頭。「娘，這本來就是妳掙的錢，拿多少回去都是應該的。」

她公公宋長水在外家照顧宋清，她是知道的，宋清病了，自然是要花許多錢看病，馮珍寄錢回去也是人之常情，她非常理解。

再說了，這本來就是馮珍賺的錢，她能跟自己說一聲就已經很不錯了，在別的人家，錢財這種東西，怎麼支配哪裡輪得到兒媳插嘴。

馮珍感動地笑了，從錢袋子裡掏出十文錢給白芸。「那妳和狗蛋先去那邊的麵攤上吃碗麵，前面有一家急腳遞，我去去就來。」

白芸也沒客氣，接過錢就領著狗蛋往麵攤那邊走。

麵攤此時還沒有什麼客人，攤子前面用土磚支著一口大鍋，麵攤攤主時不時地打開鍋蓋，熱氣騰騰的水霧湧上來，很有煙火氣息。

白芸拉著狗蛋的手走了過去，開口問了問。「老闆，這麵是多少錢一碗的？」

那攤主很熱情，笑著就介紹了起來。「咱們有雞蛋麵，是三文一碗，還有肉末麵，是四文一碗，免費加湯。」

白芸點了點頭，看著小傢伙吞口水地盯著旁邊的肉，便開口說道：「老闆，我們要一碗肉末麵、一碗雞蛋麵。」

數出七個銅板遞給攤主，攤主收下錢，就麻利地拿出了麵條，放進熱鍋裡滾。「兩位請坐，麵馬上就來。」

沒多大一會兒，兩碗熱騰騰的麵條就煮好端上桌了。

肉末麵上是鋪著許多肉末的，還有兩根綠油油的青菜點綴。

雞蛋麵上也臥著一顆蛋，煎得焦香，同樣很有味道。

狗蛋嚥了嚥口水，把肉末麵推到白芸面前。「阿娘，快吃吧！」說罷，自己拿起了小勺子，吸溜吸溜地開始吃起那碗雞蛋麵了，生怕身子不好的阿娘會跟他換。

白芸沒有阻止他，她早就知道這個孩子會疼人。她拿起勺子，把自己麵上的肉末刮了一半起來，放進狗蛋的碗裡。

香香的肉末到了自己碗裡，狗蛋想說些什麼，卻被白芸止住了。

「狗蛋快吃，阿娘自己有肉。吃飯時間不許說話，不然可不是好孩子喲！」

狗蛋這才不吭聲了，抱著麵碗就吃了起來。

白芸早就已經飢餓難耐了，這身子沒吃過什麼好東西，一看見肉，就控制不住自己。她挾了一口沾著肉末的麵條放進嘴裡，只覺得好吃得舌頭都想咬下來。

這麵是手工擀的，肉也是自然養成的豬，沒有腥味，香得不得了。

狗蛋吃得也高興，自從阿爹生病以後，他就很少能吃到肉。

一時間，母子兩人誰都不說話，吃著麵條、喝著麵湯，直到一碗麵下了肚子，才一臉滿足地坐著等馮珍。

馮珍一來，看見兩人吃得飽飽的，心裡也高興。「走吧，咱們去布莊看看。」

白芸卻搖頭。「娘，妳還沒吃東西呢，我們等妳吃碗麵也耽誤不了什麼時間，吃完我們再去。」

「欸，也行。」馮珍想想，自己確實肚子很餓，便要了一碗雞蛋麵吃下肚。

吃完麵，三人才離開麵攤，往布莊去了。

走在大街上，狗蛋意猶未盡地舔了舔嘴，感慨著道：「這麵真好吃，等長大了，我要天天買給阿爹、阿娘和奶奶！」

馮珍和白芸同時笑了，尤其是馮珍，一臉慈祥。「好，我們狗蛋是最孝順的。」

布莊離他們所在的地方不遠，走一段路就到了。

布莊裡，擺放在正中的都是品質不錯的好布，還有些是用紗和絲做的，樣式新穎、顏色絢麗，哪裡都好，就是價值不菲，他們買不起。

也有一些已經做好的成衣，因為是做好的，即使料子不怎麼樣，價格也不一般，一件衣裳最少都要一百文。

雖然賣了蠍子，但手上也沒多少錢，且家裡的糧食已經見底了，還得再買一些回去，所以婆媳兩人的眼神都不往那個區域瞟的。

最終，在堆在一起的棉布區找了許久，才找到兩疋顏色還不錯的棉布。

「這個多少錢？」馮珍見白芸也喜歡這兩疋布，便沒有猶豫，朝掌櫃的問道。

「四十文一疋。我們的棉布啊，是最扎實的，三、四根棉線團的呢！」掌櫃看她們是真想買，便走過來，還不忘誇耀著自家的布。

「掌櫃的，便宜些吧，我們下次還來買呢！」白芸看了看堆在這邊的棉布，上面的顏色比不過好好擺放在櫃檯的棉布，想來都是堆積貨。

「客官，這布已經很便宜了。這樣吧，三十五文一疋，再少您就再去別處看看還有沒有比我們家便宜划算的。」掌櫃的是個女人，看白芸一家穿著簡陋，便心軟地又便宜了五文錢。

布價一直都是貴的，許多人連穿麻衣都是縫縫補補又三年的，不到絕對補不好的時候，是不會買新衣裳的。因此這布就算是堆積貨，但四十文一疋的價格絕對好賣得很，她也是看他們一家確實困難，不然絕不會少賺五文。

掌櫃說得真誠，白芸便笑著道了謝。

馮珍付了錢，拿上包好的布，三人才出了布莊。

一百六十五文花到現在，她們就只剩二十文，一會兒買糧肯定是買不了多少了。

就連白芸都感覺到生活的重擔，開始後悔剛剛買了兩疋布，沒攔一攔馮珍。

從前的她哪裡會為這些問題發愁？雖然幫人看相、卜卦只能收相應的卦金，但是她的客戶大多都是非富即貴的，辦的事大，錢也不會少。

可馮珍卻絲毫不在意，甚至還笑著安慰一臉肉痛的白芸。「不礙事的，錢沒了娘還可以掙，娘養得活你們。」

白芸也不是太矯情的人，婆婆說得沒錯，錢沒了還可以再賺，她相信很快她便能掙錢了。

馮珍看白芸不再糾結買布的錢了，這才放下心來，帶著他們去糧店買了五斤粗麵粉，然後趕著鎮上的牛車回去了。

買完糧，馮珍兜裡就剩幾個銅板了，她已經習慣了兜裡沒錢的日子，也沒覺得有什麼不對的。

兒媳婦要穿衣裳，這是應該花的錢，她也不會狠心地讓兒媳婦穿十文一片的麻布，那布穿在身上，只要稍微幹點活，身上都得起紅一片，太遭罪了。

三人回到家已經是午後了。

狗蛋進屋後都沒有休息，便乖乖地摘起了盆裡的野菜，熟練得讓人心疼。

馮珍拉著白芸進屋，拿出尺子，幫白芸仔細地量了一下身子，便開始裁布縫製了起來。

馮珍手腳很快，第二天就已經把一件衣裳做出來了。「阿芸，快來試試衣裳！」

白芸拿上衣裳進屋穿上試了試，她婆婆手藝還真是挺不錯的，裙子沒有明顯的線腳，樣式好看，穿著也舒服。

「怎麼樣，喜歡嗎？有沒有哪裡緊了？我拿來改。」馮珍瞧著面前秀麗的人兒，滿意得不得了，這樣漂亮的兒媳婦可難找了。

「很合身的，謝謝娘。」白芸穿了新衣裳，自然也開心。她還是比較喜歡穿新衣裳的，她小姑子留下的那件衣裳，她穿著總覺得領子太大了。

狗蛋這時候也鑽進屋裡，瞧見面目一新的阿娘，眼睛立即亮了亮。「阿娘，妳真好看！」

白芸捏了捏狗蛋的小臉。「我家狗蛋也很帥氣呀！」

這麼帥氣的孩子，還叫狗蛋，那就埋沒了。想了想，白芸還是開口跟馮珍說道：「娘，我覺得可以給狗蛋改個名字。」

「改名字？」馮珍愣了愣。

「對。狗蛋長大了，總不好連個名字都沒有，而且狗蛋現在身體也很健康，是該有個名字了。」

馮珍想了想，覺得兒媳婦說得也對，孫子已經三歲了，是該有個名字了，整天狗蛋、狗蛋的叫著，確實不太好聽。

「我這也沒讀過書，不然等妳公公回來了，讓他給取個名字吧？妳公公從前是教書先生，到時讓他從書裡摘幾個字出來選。」

「這樣也好。」白芸點頭。她知道公公宋長水是教書先生，雖然沒有功名，但從前也在隔壁的大村子裡教孩子們唸書，只是後來日子久了，大家都覺得讀書沒用，還不如去地裡刨食，不用花錢還能掙口糧，也就沒人再讓孩子讀書了。

宋長水不再教書後，就回到了鳳祥村，平日會去鎮上幫人寫寫書信什麼的。

婆媳兩人說著話時，門外又響起了嘈雜的聲音。

馮珍一臉訝異地說道：「難道是村裡又出事了？」

「娘，咱們出去瞧瞧是怎麼回事。」白芸嘴角上揚，她估計是有人要送錢上門了！

第三章

婆媳兩人走了出去，打開門，就瞧見王家的、趙家的、孟家的人都來了，三個半大的小子在前面耷拉著腦袋，被自家爹娘催促著往前走，跟趕牛似的，時不時還會被爹娘拿棍子敲打兩下。

很明顯，其中一個人是王大財，另外兩人就是與他狼狽為奸的趙二和孟強。他們臉上的表情是害怕的，一步也不敢耽擱地走到宋家面前。

狗蛋看見他們三個人，小小的身子顫了顫，躲到了門後面，只一雙大眼睛往外看。

孟強的爹是村裡的瓦匠，力氣大，一腳就把孟強踹到地上跪著，然後滿臉怒氣地吼道：「不省心的娃子！還不給狗蛋道歉！」

其他兩家人看見，捨不得踹兒子，便上前讓他們跟著跪下道歉。

自己面前跪了一排孩子，馮珍傻了，她哪能受這些孩子的跪，趕忙上前說道：「這是幹啥啊？快起來、快起來！」

她話音剛落，幾個孩子就齊刷刷地抬頭看向自家爹娘，用眼神詢問著自己是否可以起來？

見大人們點頭，他們才哆嗦地站起來，眼神都沒敢跟馮珍對視，更不敢抬頭看白芸。

「狗蛋他奶，我這操蛋孩子也欺負了狗蛋，昨日回來沒敢跟我說，還是我剛剛想起，他跟大財幾個老在一起鬼混，逼問了他才承認的。這不，我立即就把人提來道歉了，對不住了！」孟強他爹長得比較凶悍，脾氣也火爆，但轉頭就是歉意的笑，手上拿了個包袱，遞給白芸道：「狗蛋他娘，這是五十文，賠給狗蛋買藥吃。」

白芸上下掃視了他一眼，接過他的包袱，打開看了看，包袱裡整整齊齊放著五吊錢。

她心想，這人還挺上道的，就是嘴上說的都不是實話。

孩子經常跟誰在一起玩，他們會不知道嗎？自己去王家鬧了那麼大的動靜，村裡早就已經傳遍了。如果想賠錢，當時就該來了，不然那天晚上也可以來，甚至隔天早上大家聚在一起看熱鬧的時候來也行。

都過了那麼久，還偏偏是和另外兩家一起來的，明顯就是三家一塊兒商量對策去了。

趙家的一看孟家已經賠錢，也趕緊拿著錢上去了，兩口子也是可著馮珍好一頓道歉，還痛罵了趙二好幾回。最後給錢的時候，他們的臉色有些為難。「我們家沒那麼多錢，只有三十文，剩下的，等我們日後有了再拿來行不行？」

他們說的確實是真的，孟家的男人有手藝，平時得空了去鎮上打打零工，還能拿出來五十文。可他家沒人會手藝，只靠種糧食、賣菜討生活，窮得都要啃草了，咬咬牙才能拿出來的三十文，已經是他們的全部了。

白芸沒說什麼，馮珍也就同意了。

最後大家的眼神全看向王家，王守義還是悶聲站在那裡，張秀琴臉上都是害怕的神色。男人不頂事，張秀琴再害怕也沒有用，只能拿著一吊錢，硬著頭皮走上前去。「馮珍姨，我也不瞞妳，昨天清晨我兒子被砸破了頭，我們家買了藥，如今全家上下只有十文了，剩下的四十文，我改日再給妳行不行？」

既然他們都已經這麼說了，馮珍也就答應了。都是一個村裡住的，對方退一步，她就讓一步，別為了幾十文把人逼得太死，會出事的。

白芸沒意見，反正她也不怕他們以後賴帳，她法子多得很，只要他們敢賴，她就再嚇他們一回。

她蹲下身，拉過躲在門後的狗蛋，把他抱在懷裡，小聲問道：「狗蛋，你想原諒他們嗎？」

狗蛋怯生生地看了王大財幾個人，見他們幾人臉上都是懇求的表情，狗蛋才點點頭。「阿娘，我原諒他們了。」

狗蛋同意了，這事情就算完了。

然而來賠錢的幾人卻都沒有急著走，而是有些躊躇不決地站在那裡，像是有什麼話要說。

「你們還有啥事嗎？」馮珍問道。

「那啥……馮珍姨，若是妳有時間的話，給妳公公燒點紙錢吧？順便跟他老人家唸叨唸叨，說我們幾個已經給孩子賠禮了。」張秀琴委婉地說道。

「我公公？」馮珍有些疑惑，她公公已經去世多年了，怎麼一直扯到她公公頭上？

「是啊，還不是因為那晚——」張秀琴話說到一半，就被王守義扯了衣角，示意她住嘴。

「啊哈……哈，那既然沒事，我們就回去了。」孟強他爹心領神會，笑著出來打了個圓場。

幾人便逃命似的走了，那步履匆匆的樣子，好像宋家裡有怪物要把他們吃了一樣。

馮珍面色怪異地看著他們的背影，喃喃道：「真是奇了怪了，這幾人是怎麼了？到底跟爹有啥關係呢？」

白芸早就想笑了，只是一直忍著沒笑出來，見幾人走了，才揚起一張笑臉來，拍了拍馮珍的手。「娘，反正他們知道錯了就好，日後再也沒人敢欺負咱們狗蛋了。」

馮珍也高興地點頭。「妳說得是啊！」

已經回到家的張秀琴雙手插著腰，瞪著跟悶葫蘆一樣的王守義，問道：「你剛剛幹啥不讓我說話？」

「妳要跟人家說啥？說我們夢見了宋老爺子？說因為兒子欺負了人家孫子，被人家罵了一晚上？這話說出去都不夠丟人的！」王守義偏過頭去，很生氣的樣子，又說道：「宋家有點邪門，這事別往外瞎咧咧，免得又出什麼怪事。」

張秀琴癟了癟嘴，不敢反駁。別看她男人平日裡不愛講話，可一旦生氣了也嚇人得很，只得轉身警告了兒子一句。「你以後少去招惹狗蛋，聽見沒有？都是你惹出來的禍事！」

「知道了，娘。」破了頭的王大財有些幽怨，他怎知道宋家那麼邪乎？

他打狗蛋就是覺得好玩罷了，沒想到當天晚上就夢見一個老頭對著他破口大罵，接著就被尿憋醒了，再後來就被瓦片砸破了頭。

本來他也不怕的，誰知道他們從村長家裡回來以後，趙二和孟強的爹娘就都來了，說也夢到那個老頭了！還說宋家老頭肯定是熬出頭了，在地府裡當了大官，才會說來就來，搞不好一個生氣，就把他們幾個的魂都給勾了去！

想到那日夢到的是個死人，王大財不禁打了個激靈。他在心底暗暗發誓，以後看到宋狗蛋他就繞著走，絕不多說一句話！

日子一過就是幾天，白芸每日照例幫著馮珍去耕種，狗蛋也每日開開心心地出去採野菜、撿柴火，果然再沒有人敢欺負他了。

但轉眼家裡的糧就不夠了，馮珍又要跟著大家去隔壁的大村領菜種，沒法去鎮上買。菜種是朝廷每年發的，雖然數量不多，但誰家都指著發了菜種，種下後便不用再吃苦苦的野菜了，因此都搶著去領，若太晚去，領完可就沒有了。

白芸覺得這是個好機會，可以在鎮上看看有沒有機遇掙點錢，就自告奮勇地提出自己去鎮上買糧。

馮珍直呼幫了大忙，給了她五十文錢，又怕她一個人拿著糧不好帶孩子，就讓狗蛋跟著自己去隔壁村領菜種。

再次乘坐牛車來到青嶺鎮，白芸的心情還是很新奇的，畢竟這次只有她一個人來。馮珍還說讓她自己多逛會兒，不用急著回家，她跟狗蛋會在隔壁村串門子。

一進鎮裡，白芸就走街串巷地觀察著哪裡人流多。

她只有一門看相的手藝，其他的都不會，所以，她想要掙錢，也只能依靠老本行。想清楚後，白芸握了握手上的五十文，走進一家書局裡。

再出來的時候，她手上多出了一張紙，紙上寫著四個大大的字——算命卜卦。

白芸看著自己手上的紙，心裡有說不盡的憤怒。

坑，很坑，真的太坑了！

一張破紙而已，那老闆居然收了她五文錢，比一碗肉末麵都貴！幫她寫上幾個字，還好意思多收一文錢！

這不是純純的黑店嗎？這不是純純地拿她當冤大頭嗎？

可沒辦法，她在這裡就是個超級大文盲，有些錢還是得讓別人賺，就當為推動市場出一分力了。

白芸想了想，又走去隔壁賣面具的攤子上，買了一個白色的面具，面具上有一個小小的蘭花圖案，滿好看的，還能把整張臉都遮住。

多一事不如少一事，她這也是為了避免引起不必要的麻煩。

鳳祥村裡的人也會來這個鎮上趕集，若是被人瞧見她在這裡算命，回去不知道又要鬧起多大的風波。

走到一條人多的街道上，周圍都是酒樓、茶館，來往的人絡繹不絕。

白芸尋摸了個空曠但又容易被人看見的地方，席地而坐，把那張紙放在自己身前。

遠遠看去，還真有點算相人神秘兮兮的樣子。

可惜，她在地上坐了一個時辰，都沒有客戶上門。

怎麼說呢，大家是注意到了她，但最多就是好奇地看兩眼，並沒有停下來詢問。

主要是這個年代，大家真沒瞭解過什麼叫相學，認為算命的都是坑蒙拐騙的把戲。

一般這種在街上算命的都是神棍，啥也不會，純靠矇，要的錢還多。

另一小部分屬於半吊子級別的，頂天了也就幫人找找丟了的物件，算不出別的。

所以說，誰會吃飽了撐著，找他們花錢？

行業風評差，連累得白芸也跟著沒生意，但她沒放棄，還是悠哉悠哉地看著來往的人群。

來問的都是有緣分的，沒緣分的自然不來。

宋家條件不好，她不挑活兒幹，一會兒就算有人讓她幫忙找狗，她也去。

可惜找狗的沒等到，倒是等來了一群紈袴公子哥兒。

公子哥兒們像是剛從對面的茶樓裡出來，個個手握摺扇，身穿長袍，腰間掛玉珮，一看家裡條件就不差。尤其是為首的那個人，手上還戴了幾個老大的銀扳指，盯著白芸欠欠地笑，看著騷包得很。

白芸挑了挑眉毛，眼神毫不避諱地與幾人對視著。呵，緣分這不說來就來了？

果然，中間那個最騷包、看著也是最有錢的公子哥兒腳步一動，四個人就往她這邊走來了。

「欸，算命的，妳給我算一算，卜一卦唄！」

騷包公子哥兒春風滿面地笑著，語氣裡還有點調侃。從他的語氣可以聽出來，他其實不信白芸會算命，之所以來找白芸，無非是日子太清閒，想找點樂子罷了。

「對對對，給我們萬公子算一算，算好了有賞錢！」旁邊同行的公子哥兒跟著起鬨道。

白芸沒有見錢眼開，而是不卑不亢地說道：「我可以幫你看相，但卜卦不行。」

萬公子瞇了瞇眼睛。「為什麼？」

「心不誠則不靈，你既然當我是個樂子，我自然也不會給你卜卦。」

「哦？還有這種說法？」萬公子來了點興趣，笑道：「那妳先給我看看面相吧，若是說得準，我再找妳卜卦。」

白芸點頭，仔細端詳著萬公子的面相。

萬公子生的一副商人氣息，十九歲左右，想來家裡是下九品從商的。

這人五官生得好，端端正正，是大富大貴之相，只是今年有波折，跟家人有關，再看父母宮，應該是與父親有矛盾。

白芸看完了，目光從他臉上收了回來，一字一句把看到的說了出來。

旁邊的人立即笑了。「哎呀，說得有鼻子有眼的！妳是不是也聽過我們萬兒的大名，所以才編的一套說辭啊？不過妳可說錯了，萬兒的父親不在鎮上，上哪兒去起矛盾？」

白芸不理會他的話，而是看著萬公子，準不準只有當事人知道。

萬公子臉色一變，有些半信半疑地看著白芸，又問：「還有嗎？」

「你今天財帛宮有光無亮有暗色，我猜你一會兒要去賭一把。只是這次跟你賭的人做了萬全的準備，你技不如人，這一次肯定要輸。」

周圍人聽了這話，都瞪大了眼睛。神了啊！他們確實是準備回家拿上蟈蟈兒去鬥一局，這是臨時起意的，誰也沒說過，也就是說，這個算命的是不可能提前知道的！

見眾人臉上終於沒有戲謔的神色了，白芸面具下的嘴也勾了勾。

她向來靠本事說話，靠本事打人臉。

前世人們對她都是恭恭敬敬的，不用她去證明什麼，名聲早就擺在那裡了，現在這樣倒是也有點意思。

「我們萬兒可從來沒輸過，妳說的準不準啊？」

「準不準，要這位公子說的算。」

那萬公子想了一會兒，身子突然端正，眼睛裡也全是不可置信。

她說對了，他今天確實是技不如人，也肯定要輸。

因為他早晨起來看蟈蟈兒的時候，發現他那隻戰無不勝的蟈蟈王趴在籠裡，已經奄奄一息了！

是他爹一大早從縣裡趕回來往死裡弄的，還說他一天到晚沈迷於這些拉雜玩意兒，大發雷霆地把他罵了一頓，所以他才跟著一群好友出來喝茶、散散心，現在全被面前這個人給算到了！

「大師，您說對了。」萬公子的態度一下子就好了起來，稱呼改了不說，還蹲下身子，與白芸齊平。「那您說說，我想辦件事，該怎麼讓我父親同意？」這個問題對他很重要，還關乎到了他娘，所以他選擇開口詢問。

「你先告訴我，你叫什麼名字？什麼時候跟你爹吵起來的？又是什麼時辰出的門？」

「我叫萬一鈞，辰時吵的，巳時出的門。」萬一鈞沒想到白芸沒聽說過自己的名字，心裡一下子就不樂意了，他明明很有名好不好！

白芸不知道他心裡的小九九，只是想了想，然後用手指在掌心點了幾下。「回房大聲讀書，兩日不出門，方能遇貴人。」

萬一鈞已經見識過了白芸的本事，對她說的話自然深信不疑，拿出錢袋子就要掏錢了。

「大師，我該付您多少銀子？」

「五百文。」白芸想了想，給出一個價格。畢竟這沒有費什麼力氣，也不會損害自己，要五百文已經很多了。

萬一鈞愣了愣，立即從錢袋裡掏出個一兩的銀子，準備給她，被她眼疾手快地擺手拒絕了。無奈之下，他才換了個碎銀子，折算下來也是五百文左右。

萬一鈞是真的覺得她厲害，他願意結交，便又好奇地在她身邊聊了起來。「大師，您有這本事，為什麼要在街邊擺攤？我下次若還有事，要去哪裡尋您？」

「真有那麼厲害？大師也給我算一卦唄！」其他人面面相覷，立即也圍上前。

鎮上有名的富戶家的公子哥兒們都在路邊圍著一個算相的，還是個女人，這一幕讓周圍的人覺得奇怪，都想上前圍觀。

聽著一個個問題，白芸倍感頭疼，加上她又不喜歡被人圍觀，丟下一句「咱們緣分就到這裡了，有緣下次再會」，便拐進一條小巷子裡，跑得無影無蹤了。

看著消失不見的白芸，萬一鈞只倍感好運，怎麼啥好事都給他碰上了？

大師不愧是大師！錢不多收就罷了，生意多了也要跑，真是高風亮節啊！

「走吧，萬兄，咱們鬥蟈蟈兒去？」旁邊的人拍了拍他的肩膀，催促他走。

「不去了，小爺要回家讀書去！」萬一鈞說完，頭也不回的就走了。

留下的幾個人面面相覷，覺得沒意思，也跟著散了。

白芸邊走邊回頭，見後面的人沒追上來，這才鬆了一口氣，摘下面具便往菜攤的方向走。

她兜裡多了一塊碎銀子，應該可以買不少糧，還可以割一點肉回去，改善改善生活。

現在她一聽到「吃肉」兩個字，眼睛就放光。住在這山清水秀的地方，日子卻過得這麼慘，實在是不應該。

走到肉攤前，白芸連腳都挪不開了，盯著中間一塊肥瘦相間的五花肉，腦海裡都能想像出十幾種吃法。

肉攤的攤主看生意來了，是個小姑娘，和善地開口問道：「姑娘，看看要哪塊肉？豬都是早上剛宰的，新鮮得很。」

白芸點頭，確實很新鮮，肉塊都水靈靈的，肉質絕對不會差。

「老闆，我要這一小塊肉，你幫我切成塊好不好？」她那天看見馮珍廚房裡用的刀已經鈍了，估計用來切豆腐都費勁，還是不要為難自己了。

「好，怎麼不好，我這就給妳切！」老闆也不嫌她買得少，挑起那塊巴掌大的肉秤了秤，麻利地切成了肉片，包起來遞給白芸。「姑娘，一共是二十文。」

白芸接過肉，付了二十文錢，想著現在的肉真是貴，怪不得大家都吃不起油水。

正當白芸要走的時候，餘光瞧見肉攤邊上放著兩根棒骨和一塊豬肝，眼睛頓時一亮。

「老闆，這骨頭和豬肝怎麼賣？」這連擺都不擺上來，只隨意丟在一邊，想必應該不會很貴。

「妳要買啊？這玩意兒可不好弄。」攤主遲疑地看了她一眼。

這是他今早忘記收拾起來的。這些東西極少有人買，雖能吃但不好吃，煮上咬一口，滿嘴的腥臭味。但因好歹也算是肉，讓他丟了還真有點捨不得，所以一般都是他們拿回家自己吃的，就是苦了孩子，看到這東西就皺眉頭。

「沒事，我會做的。」白芸知道攤主是好心，笑著答道。

攤主見她這樣說，也不好多說什麼。有人買走就是好事，也不在乎賣了多少錢，他拿起兩根棒骨和那一大塊豬肝，說：「這兩樣搭一起，算妳兩文錢吧！」

「行！」白芸心裡很驚喜，果然如她所料，這豬骨頭和豬肝確實很便宜。

豬肝很大一坨，看著能炒三盤左右了，豬大骨也能熬一鍋湯，便宜得就跟不要錢一樣。

買完肉，白芸又上糧店扛了十五斤陳米和十斤粗麵，還捎帶著買了一些調味料，把馮珍給她的五十文花得乾乾淨淨，還把碎銀子給破開了。

東西太多，她拿不動，順道又買了一個背簍，一股腦兒地把東西都塞進背簍裡，揹上就走了。

回去的路上，白芸滿意地笑著，心情特別美麗。竹簍裡的糧食和肉、錢袋子裡沈甸甸的銅板，都給了她無比大的安全感。

到了家後，馮珍和狗蛋還沒有回來，白芸便到廚房裡，學著馮珍的樣子開始生火，她一天沒吃東西，實在有點餓了。

可弄了半天，那火就是燃不起來，還把她的兩隻手弄得黑黝黝的。

白芸苦笑一聲，只能放棄，她真的沒有這個天賦。若是她連掙錢都不會，在這個年代得活活餓死。

白芸在院子裡轉悠了一會兒，馮珍就牽著狗蛋回來了。

看著在院子裡發呆的白芸，馮珍笑了笑。「回來啦？」

白芸點點頭。「娘，拿到菜種了嗎？」

馮珍臉一僵，隨後無奈地笑著說：「沒有，我們去晚了，沒輪到我們。」

去晚了？馮珍可是一大早就起床走了，那會子出門的人還不多，除非大部分的人都是天不亮就出發了，否則怎麼可能會晚？

白芸看出馮珍是想瞞著她，今天她不在的時候，肯定是發生什麼事情了，而且還是跟她有關的，尤其小狗蛋在旁邊一副欲言又止的模樣，更加堅定了她的想法。

白芸拉過狗蛋，輕聲問道：「狗蛋，你告訴阿娘，奶奶的菜種都去哪裡了？是不是被阿娘家的人搶走了？」馮珍是個善良的人，性子不軟弱，但是好說話，會騙她，就肯定是跟她有關係，她想來想去，就只有這一個可能了。畢竟自己家裡的那些人，一個個的，都不是什麼善茬子。

狗蛋被白芸一問，小心地看了看白芸的臉，不知道該點頭還是搖頭，小腦袋便一直在畫圈。

白芸看他這樣就知道了，抬頭問著馮珍。「娘，怎麼回事？我奶奶是不是搶妳東西了？」她雖然臉上笑著，心裡卻氣壞了。打秋風打到他們頭上了？也不看看宋家現在是什麼情況，吳桂英也真是狠得下心！

「也不是搶……」馮珍見瞞不住白芸，嘆了一口氣。「就是妳奶奶起晚了，沒領到，正好碰上我了。她年紀大了白跑一趟，我就……」

剩下的不用講，白芸也知道，肯定是吳桂英拿她做籌碼賣慘，逼得馮珍把菜種子給了。

「阿芸，妳千萬別生氣。娘不是有意瞞妳的，只是怕妳多想。沒啥大不了的，我們吃些野菜，日子也能過去。」馮珍怕白芸心裡難受，所以才選擇瞞著她，沒想到白芸還是知道了。

「娘，沒事，我怎麼會生氣呢？」白芸搖搖頭。沒什麼可難受的，對於吳桂英這種人，她早就不抱有幻想了。

馮珍是經歷了疾苦的人，旁的東西，她都不敢也不想去爭搶了。

但白芸不一樣，她向來堅信人不犯我、我不犯人，若是「有人」犯賤要上門挑釁，她就整死「有人」。

兩人聊了一會兒，馮珍一聽說白芸還沒吃飯，便急急忙忙進灶房裡準備給白芸燒飯，剛進灶房就驚呼一聲。「呀！怎麼買了那麼多糧？還有肉哩？」

白芸心裡一慌。完了，她剛剛忘記跟馮珍解釋了！

現在米價那麼貴，買了那麼多米、麵，還有肉，說是用馮珍給的五十文買回來的，鬼都不信！

馮珍拎著東西出來，眼睛裡都是疑惑。

白芸快步走上去解釋。「娘，這些東西是我買的。」

「妳買的？娘才給了妳五十文，妳怎麼買來那麼多東西？莫不是妳用了嫁妝？」馮珍猜測道。雖然她不知道白芸有沒有嫁妝，但是用媳婦的嫁妝補貼婆家，那可真是丟臉，也就更對不起這個兒媳婦了。

「不是！」白芸趕忙搖頭。就白家那摳索樣，連舊衣服都不給她，她哪可能有嫁妝啊？

「娘，我今天在鎮上無意間幫了一個人，為了答謝我，他給了我五百文。」

「五百文?!」馮珍睜大眼睛。上哪兒幫人能掙到五百文？他們村裡出去打短工的，一個月也才掙五十文呢！

白芸總不能說自己會算命吧？畢竟原主這一輩子都沒有出過鳳祥村半步，哪裡學的看相本事？說了肯定讓人起疑心！這事兒急不得，得找機會再說。

眼下，白芸只得編了一個「富貴太太丟了孩子，自己正好遇上，把孩子送了回去」的藉口，才讓馮珍信了。
「既然是這樣，那錢妳就好好收著，千萬別給人瞧見，不然咱們孤兒寡母的，怕是保不住。」馮珍悄聲地說道。
白芸點頭。馮珍說得不錯，整個村子都窮，五百文可不是小數目，省一點夠一家人吃大半年了。窮生惡膽，萬事都得提防些。
「娘，這錢妳收著吧。」白芸把錢袋子拿出來遞給馮珍。
一來，婆婆辛苦操持著一家人的吃喝，她很佩服，也願意把錢交給婆婆管，畢竟她也在家裡吃喝。
二來，白芸也看得出來，馮珍是個好婆婆，有時候自己沒得吃，都把吃的塞給她，不會像吳桂英一樣，把錢藏起來，只給兒子們吃喝。
「娘不要，妳快自己收好。」馮珍把白芸手中的錢袋子一推。「這是妳掙來的，自然是妳拿著。這些米已經夠了，過些日子地瓜可以收了，就不用愁了。」
白芸拗不過馮珍，只好重新把錢袋子收了回去。這樣也好，那她以後就有藉口多去鎮上了。
馮珍看家裡多了糧，興沖沖地蒸了米飯，雖然是陳米，但也香過草籽餅啊，已經很不錯了。還把肉炒得金黃金黃的，香味都能把人饞死。

做了兩個菜後，馮珍又翻了翻竹簍，發現裡面還有兩根棒骨和豬肝，愣了一下，不知道兒媳婦買這些回來幹啥，連忙找兒媳詢問。「阿芸，妳這些是想怎麼做？我拿水煮上？」

白芸跟狗蛋正蹲在地上看螞蟻，聽見這話立即起身進了灶房，指著棒骨說道：「娘，這骨頭雖然沒肉，但可以熬湯，狗蛋正是長身子的時候，喝點骨頭湯能長個兒。」

「娘知道了。」馮珍點點頭，又指著豬肝問：「那這豬肝幹啥的？這玩意兒可不好吃。」

「娘，這豬肝炒著吃可香了，放油和我買的那些香料一起炒，絕對好吃；剩下的就用來煮粥，也是好吃的，這都是我聽豬肉攤的老闆說的。這豬肝是買肉送的，不要錢，咱們也可以試試看。」

馮珍不知道豬肝還能稱得上好吃，但兒媳說的又挺像那麼回事，便答應道：「行，那我明天早上用骨頭熬一鍋湯，再炒個豬肝試試。」

白芸笑了笑。她還是很愛吃豬肝的，雖然她知道怎麼做，但做出來的東西總是一言難盡，好在有馮珍，只要把方法告訴馮珍，那味道肯定不會差！

一家子吃完帶著肉的飯後，一臉的滿足。

天色還亮著，狗蛋被隔壁家的大旺叫出去玩了。自從王大財那群人不欺負狗蛋後，小傢伙也開始有了玩伴。

馮珍和白芸沒事就出了門，圍著村子轉悠散散步。

村子裡有一棵大榕樹，看著也有幾十年了，樹幹粗壯得很，底下被人鋪上了幾塊大石頭，有幾個婦人坐在大石頭上聊著天。

她們看見白芸和馮珍一起出來了，便招呼著她們。「馮嫂子，過來坐啊！」

馮珍不好推辭，帶著白芸走了過去。

幾個婦人嘰嘰喳喳地聊著，從誰家兒子出門掙錢、到誰家的媳婦撓了男人，說個沒完。

馮珍就聽著，也不插嘴，時不時地點點頭應和著。

白芸在旁邊津津有味地聽著，風吹在她的臉上，讓她覺得很舒服。

如果沒有那麼窮苦的話，她還是很享受現在這種日子的，過得有人味兒。

幾個婦人看白芸聽得認真，熱心地又講了許多本村人的事。她們平日裡沒事幹，除了這些家長裡短，就沒有別的趣味了。

「馮嫂子，妳兒子身子好些了嗎？」其中一個姓劉的婦人好奇地問了一句。她這個人平時就是大剌剌的，這麼想的也就這麼問了出口。

在場的人頓時都覺得有些尷尬，立即扯了扯她的衣裳。

劉氏這才意識到自己唐突了，連忙歉意地對馮珍笑了笑。「馮嫂子，我沒其他意思。」

「沒關係。」馮珍搖了搖頭，也沒說好還是沒好。

有人立即出來打圓場。「妳這兒媳性子好啊，落落大方的！以前我沒發現，現在覺得白丫頭出落得真好！」

馮珍這才又繼續笑了。可不是嘛，她也覺得這兒媳好！

好不容易氣氛好點了，旁邊卻又傳來一道極其不和諧的聲音——

「哼！好什麼好？就是個白眼狼！」

聽了這話，馮珍的眉頭皺了皺，往那邊看去。

就見吳桂英帶著她的大媳婦吳梅麗站在不遠處，看樣子也是剛剛散步過來的。

白芸拍了拍馮珍的手，示意她沒事，便冷冷地朝吳桂英說道：「奶奶，我怎麼就白眼狼了？妳今兒要走了我婆婆大清早起來去領的菜種子，我們一家今年都沒菜吃了，這還叫白眼狼啊？」

「幾個菜種子妳都要跟妳奶奶計較了？」吳桂英的臉色很難看。這死丫頭居然在那麼多人面前說自己拿了宋家的菜種！她冷哼一聲，瞧了在場的眾人一眼，喊道：「妳過來，奶跟妳說幾句話！」

白芸挑了挑眉毛，也不拒絕，走了過去，她倒想看看吳桂英能放出什麼屁來。

吳桂英見她來了，便拉住她的胳膊，小聲地說道：「妳沒爹沒娘的，我辛辛苦苦拉拔妳到這麼大，得了錢也不知道孝順奶奶？宋家才養了妳幾天啊！」

白芸笑了，這吳桂英哪裡來的那麼大臉皮？原主這些年在白家就跟牛似的，啥活都幹，把她和她那兩個伯母伺候得跟富貴太太一樣，十指不沾陽春水的，還常常三餐吃不飽，婚前甚至被這大伯母吳梅麗害得一連餓了兩天，活活給餓死的。

吳桂英養她的那些糧食，原主早就還完了。

「妳笑啥哩？」吳桂英覺得這丫頭真是越來越不懂事了。「不要怪奶奶說妳，妳小堂弟都多久沒換衣裳了？我聽妳大伯娘說妳在王家得了九十文，這樣，妳找妳婆婆拿四十文給我，我去給妳小堂弟買身衣裳。」

吳桂英早就聽說這回事了，還是大媳婦跟她說的。家裡日子苦，以前這丫頭有點什麼都不敢私藏，就連鄰居給了一根紅薯都要交給她，於是她就在家裡等。結果左等右等就是沒等到白芸拿錢來，心裡早就不得勁了，所以見著白芸就忍不住出言譏諷兩句。

白芸瞟了吳桂英一眼，原來吳桂英打的是這個主意啊！她就知道碰上這個糟老婆子沒什麼好事。

「奶奶，妳也說了，那是我堂弟，我都嫁出來了，憑啥拿錢給他買衣裳啊？他是沒爹了還是沒娘了？」白芸說著，眼神有意無意地往吳梅麗身上瞟。

吳桂英說的小堂弟就是吳梅麗的兒子，這吳梅麗算起來還是吳桂英親戚家的女兒，婆媳兩人平時關係最好，這錢估計也是吳梅麗攛掇著吳桂英來要的。

吳梅麗聽白芸暗戳戳地罵自己，臉色一僵，委委屈屈地說道：「大姪女，妳怎這樣說話哩？」

吳桂英也不高興了。「妳弟弟妳不幫，誰來幫啊？別看他現在小，長大後有出息了也好給妳撐腰！妳嫁了個快死的，日後變成寡婦，不還得靠娘家？宋家肯定還有錢，宋長水以前是教書的夫子，爛船還有三千釘呢，妳可別犯傻！」

白芸冷笑，這兩人算盤打得噼哩啪啦響，就她們這樣的家庭，教出來的孩子不啃老就不錯了，還有出息？可能嗎？

「奶、大伯娘，妳們別問我要錢了！」白芸突然揚起聲音喊道，生怕別人聽不見似的。「我男人要吃藥，我們家已經沒錢了！我嫁進宋家的時候，家裡連身衣裳都沒讓我帶走，還是我婆婆可憐我，給我買了一件，不然我都沒法出門呢！妳也可憐可憐我吧！」

周圍人的視線都不約而同地往吳桂英那邊看。

就連剛剛出門的村長都被吸引了，往這邊走來。

周良是個好村長，平時什麼大小糾紛他都會管，雖然有人會怨他多管閒事，但在他的治理下，鳳祥村確實比別的村都要太平。

吳桂英就怕周良過來，磨磨唧唧的能講好久，便急忙拉住白芸的衣裳，小聲喝斥道：

「妳這挨千刀的，喊那麼大聲做什麼？丟人啊！妳把錢給我，我馬上回去了！」

白芸冷笑。妳還想要臉？想要臉也要看姑奶奶我給不給妳臉！

她瞥了一眼吳桂英拉著她的手，順勢就甩開了，接著一臉憤怒地喊：「奶，我們家是真沒錢了，妳再怎麼打我我也沒錢！還有，我已經嫁人了，妳沒道理打我！」

「我哪裡打妳了？」吳桂英瞬間懵了，這死妮子在說什麼胡話？自己只不過是扒拉了她一下，怎麼就打她了？

周良聽見白芸說吳桂英打她，這可不得了，忙三兩步就上前去，站在白芸旁邊。「有啥話不能好好說？打人幹什麼？」

馮珍也趕緊上前拉過白芸，關切地問道：「怎樣啊？疼不疼？」

「村長，你可不能學這丫頭瞎說話啊，我沒動手！」吳桂英也不是慫包，立即就插腰回道。但周良是村長，她不敢說太重的話。

「妳怎麼沒動手？我都瞧見了！」

「吳婆子，我們可都聽到了！妳怎麼要不到錢就打人啊？」

「哪有妳家這樣的？活不起了啊？竟讓孫女跟婆家要錢補貼娘家！」

剩下的幾個婦人雖然沒上前，但都幫忙出言譏諷了幾句。她們剛剛都瞧得真真切切，是吳婆子先動的手。

「妳還有什麼好說的？大家夥兒都是瞎的不成？到底是怎麼回事？」周良聽了周圍人說的話後，眼神不悅地瞧著吳婆子。他剛剛也瞧得很真切，這吳婆子居然還說他在說胡話？

吳婆子咬了咬牙，恨不得把白芸揍一頓！她沒幹的事情，憑啥賴在她頭上？所以她撇過頭去，也不理周良。

「村長，我也是今天才知道的，我婆婆上隔壁村子領菜種，菜種就那麼一點，我奶奶起晚了，沒領著，就去把我婆婆的菜種給搶了。」白芸說得有理有據，又瞟了吳梅麗一眼，繼續說道：「前兩天，我家狗蛋被欺負了，大家都是識大體的，賠了我們點藥錢，我大伯娘知道後，就回去跟我奶奶說了，結果我奶奶就來問我要錢，要把孩子買藥的錢拿去給我大伯娘的兒子買衣裳穿，我不給，她就動手了。」

白芸聽馮珍說過村長周良這個人，馮珍對他的印象還不差，他來了，白芸也就把事情都說了出來，又引得眾人一頓唏噓。

誰家能幹出這種事情？馮珍就一個兒子，現在還躺在床上不知生死呢，吳婆子還要拿人家孫子的藥錢給她的孫子買衣裳？真夠不要臉的！

宋家窮得叮噹響，這吳梅麗也不是好東西，居然還挑唆婆婆去要錢，這不是欺負人嗎？

周良也覺得兩人過分，言詞犀利地朝吳桂英問道：「吳婆子，妳有沒有拿宋家的菜種？有沒有問妳孫女要錢？」

吳婆子想說「沒有」，但這種事情瞞不住，菜種她還要種呢，到時候比別人多，那就不好解釋了。權衡利弊後，吳桂英還是承認了。「菜種我拿了我認，是我親家硬要塞給我的，我不能拿啊？錢我沒要，別賴我！再說了，我要又怎麼了？這丫頭是我養的，給我點錢過分嗎？她的可不就是我的？」吳桂英覺得自己說得沒錯，她可沒要到錢，她不認！

馮珍站在一旁，臉色不太好看。什麼叫她硬塞給吳婆子的？這不是胡咧咧嗎？

周良看了一圈，也大概明白了，大手一揮。「我不管妳有沒有要，總之今後不許要了，除非人家願意，不然我就算妳是搶，會送妳到衙門去讓妳吃吃苦頭！」

白芸不稀罕那兩包菜種，淡漠地掃了眼吳桂英。「奶，妳記住了，我不欠妳什麼。以前在家時我吃的都是剩飯，一鍋粥大家把米吃完了，我才能喝湯，活兒幹的也是全家最多的。能活下來算我命大，欠妳的我早就還完了，今後妳也別想再欺負我了。還有，大伯娘，我的錢就是我的錢，跟妳兒子一點關係也沒有，別來我這兒打秋風！」

她話音剛落，就有一些婦女跳出來對吳桂英和吳梅麗一頓指點。

「說得還真是，妳們看白芸這丫頭，以前瘦得跟肉乾似的，每日都在幹活，像頭老牛一樣。」

「吳婆子，妳心不要太狠，差不多就得了！吳梅麗，妳自己生的兒子自己養啊！」

吳桂英到底是臉皮厚，被人說兩句又不會怎麼樣，不為所動地站在那裡。

吳梅麗可沒這麼心大，正相反，她心眼小得很，被人這樣一說，臉上跟火燒了似的，惱羞成怒就上手要去撓白芸。「我啥時候教唆婆婆跟妳要錢了？妳敢壞妳長輩的名聲，看我怎麼收拾妳！」

白芸看她發瘋似的，立即想往旁邊躲。

馮珍比白芸更快一步，拉住了吳梅麗，一把將她甩到一邊去。

吳梅麗得吳桂英的喜歡，又生了兒子，是家裡一等一的功臣，平時根本不用幹多少活，力氣不大。

馮珍則是每日都下地，別看身板小，但力氣不小，拉開吳梅麗簡直輕而易舉。

「說話就說話，動什麼手！」馮珍出言喝斥道。

馮珍突如其來的凶悍，把眾人都嚇了一跳。

馮珍平時沒與人起過矛盾，自然也沒人見過她這一面，就連白芸也不禁對這個婆婆刮目相看了。

小狗蛋本來在跟隔壁家的大旺玩，聽別的小朋友過來說她娘和奶奶在跟人吵架，趕忙跑了過來，嚷了一句。「別打我阿娘！」

吳梅麗皺了皺眉頭，揉著自己發紅的手臂，罵道：「沒娘養的貨！」

這句話算是觸到白芸和馮珍的逆鱗了。

白芸離得遠些，剛想出聲，就聽見一聲清脆的巴掌聲。

啪！

吳梅麗的臉都被打偏了，而打她的人，是馮珍。

馮珍恨恨地出聲罵道：「妳嘴巴放乾淨點！大人的事情，別扯到孩子身上！」

一向溫柔的馮珍居然抽人大嘴巴子，讓不少人都驚嘆出聲。

白芸在心裡拍手叫好！她本來就不是什麼矯揉造作的小蓮花，自然也希望身邊的人都強悍些，至少別被人欺負到頭上來。在她看來，馮珍之前確實太柔弱了些。

吳梅麗捂著臉，也被這一巴掌打怕了，不敢再有什麼動作。

「咳咳！」周良咳嗽了兩聲，眼神非常不悅，衝著吳梅麗就驅趕道：「妳無緣無故罵人家孩子做什麼？孩子招妳惹妳了？這事是妳們先動的手，要是沒打出個好歹來就趕緊走了，別留在這裡礙眼！」為了公正，周良也轉頭說了馮珍兩句。「宋家的，下次再生氣也不好打人了。」

「是，村長，我糊塗了。」馮珍抱著狗蛋，剛剛那股霸道渾然褪去了，好像先前打人的不是她一般。

吳桂英知道有周良在，肯定是討不到什麼便宜，便氣呼呼地帶著兒媳婦走了。

第四章

窮在鬧市無人問，富在深山有遠親。

經吳桂英這麼一鬧，白芸他們從王家那裡得了九十文錢的消息，不少人都知道了，而且越傳越邪乎，說他們得了有兩百文！

剛開始有人來問，馮珍還會解釋幾句，偏偏人家還都不信，後來馮珍就權當沒聽到了。這幾天白芸的日子過得還是很安穩的，手裡有點錢，雖然條件還是很艱苦，但他們總算能吃個飽飯了，馮珍也不用省著口糧給白芸，氣色都好了不少。

狗蛋今天本來還在家門口擺柴火，遠遠瞧見村口來了人，他揉了揉眼睛，看清來人是誰後，立即高興地衝了上去，邊跑邊喊道：「小姑姑！」

宋嵐看見自己的小姪子朝自己跑來，也很高興。「狗蛋，跑慢點，別摔了！」

狗蛋親暱地挽著宋嵐的手，他很喜歡這個姑姑，雖然姑姑回來的時候不多，但每次都會給他帶一些好吃的，是世上為數不多疼愛他的人。

宋嵐嫁的地方離鳳祥村不近，不能常回來，就連自己哥哥娶了一個新媳婦，她也是昨天才知道的。一聽說這個消息，她就著急慌忙地回來了。

宋嵐跟著狗蛋走著，在快到家門的時候停下了腳步，蹲下握著狗蛋的手，輕輕地問道：「狗蛋，她對你好不好呀？」她想了半天，也不知道該如何在狗蛋面前稱呼那個新嫁來的小姑娘。

那姑娘嫁給她哥哥確實有點委屈，就怕她心生怨懟，對狗蛋也不好。

而且那個姑娘比她還小，自己進門就要喊對方嫂子，還真是讓她有點開不了口。

小狗蛋疑惑了。「小姑姑，妳說的是誰啊？是阿娘嗎？」

宋嵐聽狗蛋自然而然地就喊「娘」，愣了愣，而後才點了點頭。「對。你阿娘對你好不好？」

狗蛋立即點頭，甜甜地笑了。「小姑姑，阿娘對我很好，有什麼好吃的都給我先吃，從不罵我，還每晚都給我講小故事呢！」

「那就好。」宋嵐放下心來。狗蛋這孩子可憐，她已經嫁了人，也沒法時時照看他，若是嫁進來一個不好相與的，那狗蛋的日子怕是要更艱難了。

「小姑姑，我們回家吧，去看我阿娘，我阿娘很漂亮呢！」小狗蛋見姑姑發愣，晃了晃她的手，讓她跟著自己回家看阿娘，言語裡還有點小驕傲。

「好，回家看你漂亮的阿娘。」宋嵐摸了摸狗蛋的頭，便拿著自己帶來的東西，跟著狗蛋回去了。

推開家門，馮珍正在院子裡洗地瓜。

馮珍頭也沒抬，知道是狗蛋回來了，叮嚀道：「一會兒就吃飯了，別往外跑了。」

宋嵐看著這一幕，眼眶微微泛紅，沒出聲。

狗蛋立即出聲。「奶奶，我小姑姑回來了！」

馮珍聽見這話，手上的地瓜「咚」的一下掉進了水桶裡。她驚喜地回過頭，果然瞧見自己閨女就站在門口。「阿嵐，妳怎麼回來了？真回來了？」不怪馮珍激動，自從宋嵐出嫁後，除了回門那日和去年回來了半日，便再也沒有回過家了，說是路途遠，婆婆不讓她亂跑。馮珍擔心女兒在婆家過得不好，也不敢讓她多回來，只跟女兒書信來往。想到宋嵐的婆婆，馮珍反應過來了，立即問起了女兒。「妳婆婆怎麼讓妳回來了？是不是發生啥事了？」

聽見母親對自己的關心，又想到沒出嫁前的生活，宋嵐眼睛一熱，一滴淚就流下來了，怕母親擔心，趕緊擦了擦眼淚。「沒發生什麼事，就是聽說哥娶媳婦兒了，婆婆讓我回來多住幾日。」

許久不見的女兒要在家裡多住幾日，對於馮珍來說是件喜事，立即就拍著她的手。「好，多住幾日！」

「娘，我那個小嫂子呢？」宋嵐好奇地問。她還挺想見見白芸的，不知道白芸是個什麼樣的人？畢竟自己外嫁了，要住下也得看看她的意思。

「喔，阿芸上山去了，說是去找點東西，估計一會兒就回來了。」

「上山去了？估計是去採野菜吧？我去幫幫她！」宋嵐立即放下東西，要去給白芸幫忙。白芸肯對狗蛋好，那就是他們家的恩人，她自然要去幫忙的。

「欸！」馮珍剛想說話，宋嵐就已經跑出門了。「這孩子，怎麼成親了還是風風火火的？」她想攔一攔女兒，兒媳婦上山不是去找野菜的，而是去找被雷劈過的木頭，說是能辟邪還能換錢。她不懂這些，但她願意讓兒媳折騰。

現在已經是大中午了，太陽炙烤著大地，熱氣騰騰的，沒多少人願意出來，也沒遇到啥人。

宋嵐也是在鳳祥村長大的，對上山的小路很熟，不用人帶就上了山。

山裡很安靜，也比村子裡涼快許多，樹蔭遮住了所有太陽，地上也濕潤得很。

宋嵐尋找著白芸的身影，走了好久都沒瞧見人，自己還一不小心被一根樹枝絆倒，跌在了地上。

「哎呀！」宋嵐只覺得腳腕上一陣疼痛，連起身都沒法做到。

附近就是村莊，人口多，林子裡是沒有猛獸的，白芸便想來山上看看有沒有雷擊木。

雷擊木可是好東西，可以做成法器，又或者辟邪，她雖然不需要這些東西，但可以賣出去賺錢。

鳳祥村的山山勢高，很容易有雷電擊中樹木的情況，運氣好還是可以找到的，可惜她一連找了兩天都一無所獲。

回家的路上，白芸看見一個摔在地上無法動彈的女子，挑了挑眉毛，走上前去詢問。「妳怎樣了？需要幫忙嗎？」

宋嵐看見有人來了，還是個姑娘，立即感激地點點頭。「麻煩扶我起來，謝謝。」

「好，妳扶著我的手。」白芸點點頭，往下看了一眼她的腳腕子，有點腫，但還好不是很嚴重，便伸手把她扶起來。想了想，白芸躬身蹲在她身前，指了指前面的村子。「我住在這個村子裡，妳要是也要過去的話，我可以把妳揹過去。」

「這怎麼好意思？」宋嵐眨了眨眼睛，只覺得這姑娘真是個心地善良的人。

「快上來吧！」白芸不喜歡客套話，如果自己不管她，她肯定是下不去的。

「欸，謝謝！」宋嵐俯身靠在姑娘的背上。

白芸一提力氣，就把人托起來，慢悠悠地下山了。

女子其實不重，但白芸身子弱，揹著走還是費了不少力氣，汗珠子密密麻麻地集結在額前。

宋嵐看不過眼，拿出手帕給她擦汗，心疼地說道：「不然妳還是把我放下來吧，我自己可以走。妳瞧妳，累得滿頭大汗的。」

「沒事。」白芸咬了咬牙，又繼續走著。別說這女的根本不重，就算是重，她也得把人照顧好了。她是算相的，最怕的就是算破天機從而引來五弊三缺（注），所以她得趁早多多積功德，多多行善事。「我婆婆會點醫術，不然妳跟我回家吧，我讓我婆婆給妳搗些草藥敷腳上，好得快些。」白芸覺得這女人還挺有禮貌的，乾脆好事做到底算了。而且馮珍確實會些醫術，上次狗蛋被打得渾身疼，敷了馮珍找來的草藥後，第二天就好了許多。

「多謝了，我娘也會些醫術，我回去讓我娘給我看看就行了。」宋嵐婉拒了對方的好意，她是真不好意思再麻煩這個心善的姑娘了。

「妳進山裡是要做什麼的？」

「我是進山找我嫂子的，我剛回來娘家，還沒見過人呢！」宋嵐也沒想到不但沒見到小嫂子，自己還先摔了一跤，真是蠢到家了。

白芸點點頭，沒說什麼。估計這女子是誰家的女兒回來探親的，她進山的時候是看到有人在撿柴火。

直到兩人往村裡走，白芸按照女子指的路，居然走到了自己家門前，這可把白芸整傻了。她滿臉詫異地愣在當場，難道自己揹著的就是她的小姑子宋嵐？這未免也太巧了！

宋嵐趴在姑娘背上，瞧不著她臉上的表情，只當她是累了，連忙輕輕拍了拍她的手臂。「姑娘，累了吧？這就是我家了，妳把我放下來吧，我給妳倒杯水喝。」

白芸笑了一下，推開門把她揹了進去。

馮珍正坐在院子裡縫衣裳，抬頭一看，見自己兒媳揹著女兒回來了，嚇得趕緊迎了上去。「怎麼回事啊？妳怎麼揹著阿嵐回來了？快快快，把她給我吧！」馮珍看白芸累得小臉通紅，立即上手把宋嵐扶了過來，讓她坐在椅子上，又讓狗蛋去給白芸倒水，這才查看起宋嵐的腳來。看到宋嵐腳上一塊紅腫，氣得出言怪道：「我就知道妳是得意忘形的！這怎麼摔的啊？」

「就是上山的時候，絆到了一根樹枝，多虧這位姑娘把我揹回來了。」宋嵐解釋道，又謝了白芸一番。

馮珍聽女兒一口一個「姑娘」地叫著白芸，立即嗅出了不對勁，別是這兩人互相不知道對方是誰吧？

她抬頭看了看兒媳婦，見白芸眼裡含笑，顯然是知道了，只有自己這個傻姑娘還被蒙在鼓裡，便敲了敲她的腦袋。「哎呀，妳這個蠢笨的，還一口一個『姑娘』地叫，這是妳大哥

注：五弊三缺，簡而言之，五弊即「鰥寡孤獨殘」，老而無妻曰「鰥」，老而無夫曰「寡」，幼而無父曰「孤」，老而無子曰「獨」，殘疾曰「殘」；三缺即缺「錢」、「命」、「權」。

的媳婦，白芸。」

聞言，宋嵐大吃一驚。「什麼？這姑娘就是我的小嫂子？」

「小姑子好。」白芸微笑著坐在椅子上。按輩分，她是該叫宋嵐小姑子，她也不覺得彆扭，畢竟白白撈了個長輩當，得了便宜。

宋嵐鬧了個臉紅，巴巴地點了頭。「嫂……嫂子。沒想到，妳就是我那素未謀面的嫂子。嫂子妳是什麼時候知道的？」

「就剛進門的時候。」白芸越想越好笑，這事太有意思了。

馮珍看她們相處得還不錯，便笑著出門找草藥去了，回來給宋嵐敷上後，就去灶房準備做飯。

女兒好不容易回來一趟，她從櫥櫃裡又拿出了七顆雞蛋，有兩顆照例是給白芸吃的，其他的是女兒和孫子各兩顆，她自己吃一顆。

雞蛋是她慢慢攢的，家裡只有一隻下蛋的母雞，母雞吃得不是很好，兩天才落一顆蛋，這七顆也要攢好久。

吃過飯後，馮珍便詢問白芸的意見。「阿芸，咱們家只有兩間屋子，我床小，能不能在妳房裡搭一張床板，讓阿嵐和妳一個屋子睡覺？」

「可以的，也不用搭板子了，如果我小姑子不嫌棄，可以和我一起睡。」白芸沒考慮就應了。宋嵐本來就是宋家人，哪能回家了卻沒地方住？況且她也沒有和別人一起就睡不著的毛病，還可以多個人一塊兒說話，晚上的夜太長了，這樣也不會無聊。

宋嵐聞言，立即點頭。「不嫌棄、不嫌棄！」她也很喜歡自己這個小嫂子，哪裡會嫌棄？是她考慮不周，急急忙忙就回來了，也沒考慮到自己家裡夠不夠住。

商定完宋嵐住哪兒以後，白芸便幫著她收拾行李。宋嵐拿出了不少吃食，白芸還是有些好奇的，很多糕點她前世都沒有見過。

糕點都拿給白芸和狗蛋後，宋嵐又掏出了三塊布，遞給馮珍。「娘，這三塊布是我從婆家帶來的，給您、狗蛋和我嫂子一人一塊。」

宋嵐的婆家是織布的，許久未歸，拿三疋布回來給娘家人，在外人看來或許沒什麼，卻讓馮珍更加擔心了。別人不知道，她還能不知道嗎？女兒宋嵐的婆家不是好相與的，女兒成親多年也沒生出個一兒半女來，日子過得就更慘了。

宋嵐怕母親擔心，她這個做母親的也怕女兒憂慮，母女同心，互相掩飾得極好。

白芸嗅出了兩人之間的憂慮，偷偷用手在背後掐了一個手訣，眉間有不可見的相氣流轉。

宋嵐的面相大體不是很順暢，運勢低下，尤其是婚姻方面，有破裂之兆，若是糾纏上了，還有血光之災。

白芸看完這一切，沒有說什麼，默默地進屋了。這事是小姑子的命理，宋嵐不知道她是相師，她不能說，也不好提前告知，只能走一步算一步了。

晚上，白芸洗漱完，便和宋嵐回了屋，兩人躺在床上談天說地，言語中，白芸發現宋嵐和自己的脾氣還挺相投的，便有意往她婆家的話題上引。

「阿嵐，妳婆家是哪裡的？婆婆好不好？」

「我婆家在隔壁東林鎮，我婆婆，唉……」宋嵐輕嘆了一口氣。「說到我婆婆，也是一地雞毛。我跟她相處得並不好，我婆婆是個節儉的人，多吃一個餅子都要擺黑臉，連我回家的車馬費都捨不得。」

「那妳這次怎麼回來了？」

宋嵐許是好不容易遇到一個能說話的人，晚上又是人情緒最鬆懈的時候，提到委屈的事情，眼淚一下子就掉下來了。

白芸從枕頭邊拿出帕子遞給她，柔聲細語地勸道：「妳要願意同我說，我就聽著，沒妳同意絕不告訴娘；妳要不願意說便算了，我聽妳哭一場，妳也能舒坦點。」

「也不是不願意說，只是不想妳們擔心罷了。我其實……」宋嵐哽咽了一下，又壓著聲音說道：「我其實是從婆家偷跑出來的。我婆婆和我男人都不是人，就因為我沒生孩子，兩人串通好了在外面花錢找了個窯子賤貨，剛生了孩子就接回家了，全家親戚都知道，就瞞著我一個人！」

白芸倒吸了一口氣，她知道肯定是出事了，卻沒想到是這種荒唐的大事，這也太不是人了！宋嵐沒懷孕，那是因為身體的營養不夠，連多吃一個餅子都要罵，可見平日裡也吃不到什麼好東西。這兩人居然就在外面生了一個孩子，還要接回家裡，這事放在誰身上都受不了吧？白芸心裡想著，宋嵐的話還在耳邊繼續著。

「我受不了這破事，那一家人都讓我噁心，我便從我婆婆的口袋裡偷了六吊錢，拿了六疋布，賣了三疋、留了三疋，這才回來了。」宋嵐說完，眼裡都是暢快和解氣。她這樣做是大逆不道，但宋家不是人，所以她也不覺得自己做錯了。

白芸樂了，她這小姑子牛啊！一個女子能做到這個分兒上不容易，便側過身來又問：「那妳之後還回去嗎？」

「我想好了，不回去了。等過兩日我就走，就算是討飯，也比受委屈強。討飯還能有點油水，我婆婆的飯裡只有沙子。」宋嵐說著，眼裡光明無限，好像要飯真的會讓她過得更幸福一些。

「這可不是好辦法。」白芸搖搖頭。「妳就在家裡待著吧，他們發現妳跑了，肯定會找來的，到時候妳直接跟他們說清楚，大不了就告上衙門與他和離。這事是他們的錯，不必苦了自己。」

「還可以這樣？衙門還管和離嗎？不會把人皮扒了吧？」衙門這種地方從來就不是宋嵐敢想的，尋常百姓聽到「衙門」兩個字，要麼是害怕，要麼就是撇清干係。更何況她是個女子，從前根本就沒想過這條路。

「當然可以了！衙門沒那麼可怕，會讓人脫層皮不假，但也是脫惡人的皮。妳要是就這麼跑了，到時候他們說什麼就是什麼，妳便是有嘴也說不清了。」

經白芸這麼一提點，宋嵐立即通透了。可不是嗎？若是她就這麼走了，按她婆家不要臉皮的程度，怕是得說她跟男人跑了，說不準到時候還要逼她母親上門賠罪呢，這可不行！

打定主意了以後，宋嵐點了點頭。她是聰明人，不用白芸多說，自己就想通了。她捶了捶手，說道：「我一會兒就去跟娘說這事，別到時候我婆家人來了，嚇到了她。」

「明天再說吧，現在娘已經睡了，別讓她睡不著。」白芸看了一眼外面的天色，一本正經地說道。

「也對，妳說得是。嫂嫂，妳真好。」宋嵐笑咪咪地誇著白芸。「就是我回來，給妳們添亂了。」

白芸也笑了。「不說這些，日後的事情日後再說。我這兩天要去鎮子上，妳回來是幫忙了。」她去鎮上，是要去擺攤的，她得多多賺錢。

這幾天住在這個老房子裡，房頂時不時還會掉碎渣，她生怕一起床就被瓦片砸死了。自從前世被天花板砸死後，她就格外敏感，可不能重蹈覆轍。

她也不是蠢貨，有能力過好的生活，幹麼要像苦行僧一樣，苦哈哈地過？

第二天一早，白芸就起來了，跟馮珍和宋嵐打了聲招呼，拿著包袱就出發去鎮上了，還說自己會晚些時候回來，給母女兩人留了足夠的時間說話。

她照例坐的還是牛車，天氣不太好，下著淅淅瀝瀝的毛毛雨，雨不大，濕不到衣服裡面去。

因為是下雨天，沒多少人出門，他們這一車也就拉了兩個人。

白芸往遠處看去，山色連成畫卷一般，像水墨澆上的，煙雨濛濛，特別有詩意。

車夫唱起了山裡的小調，給她們解悶，高昂悠揚的歌聲一路唱到了青嶺鎮。

白芸付了錢、下了車後，便直奔麵攤走。上一次太匆忙了，差點沒把她餓死，這回反正還早，她吃飽了再去擺攤也不急。

白芸到麵攤上點了一份肉末麵，大口把麵吃完了，才又回到了那天擺攤的酒樓附近。

把隨身的包袱打開，拿出一個白色面具，戴在臉上，又進了書鋪寫了「算命卜卦」的字。

這次她做好心理準備了，一臉淡定地付了老闆銀子，做個大方的冤大頭。

白芸擺了攤後，行人依舊興致缺缺，覺得她是個江湖騙子，沒有過多留意，甚至還有些大叔們在茶樓上看著她譏諷著——

「現在女人都敢上街當騙子了？還戴著個面具裝神弄鬼的，唬誰呢！」

「誰說不是呢？真是不守婦道。要我說，女人就該老實本分地待在家裡。」

「真是世風日下啊！」

「你們說什麼呢？那人好像還挺厲害的，萬家公子找她算過。」

「不可能吧？萬公子怎麼會找個街邊算命的？你一定是看錯了。」

「不信算了！來來來，咱們再說說上回那事兒……」

他們離得遠，這些話沒有傳進白芸的耳朵裡，卻傳進了另一個在茶樓喝茶的女子耳朵裡。

雨剛剛停了一陣子，現在又下起來了，雨的勢頭很大，幾乎是砸一般地沖向地面，然後在地面上迸起水花來。

白芸可不想變成落湯雞，趕忙收攤了，走到旁邊沒開門的店鋪前，站在屋簷下躲雨。

她望著街上來來往往的人群，有躲雨的、有抱頭飛奔的、有打傘疾步走的，也有奴僕接送上馬車的，形形色色俱全。

直到有一把傘遮住了她的視線。

打傘的女人冷冷清清地問了一句。「妳是算命的嗎？」

白芸收回視線，點了點頭。「我是。」

「請妳來幫我家夫人算一卦。」那女子沒猶豫，把傘挪到白芸跟前。「妳跟我來吧，我家夫人就在前面的茶樓裡。」

白芸看著神神秘秘的來人，也沒多心，跟了上去。前世連女明星她都算過，排場比這神秘的多了，她無所謂，只要有錢賺就行了。

白芸跟著那丫鬟走進一間吊腳樓裡，整個樓都是用木頭貼的地，是她目前在這裡見過最好的建築物了。

茶樓人聲鼎沸，丫鬟逕自帶著她穿過一堆堆人，走到一個包間前面，敲了敲門。「夫人，人帶來了。」

「嗯，讓她進來。」

聽見裡面的人應了，丫鬟便推開門，然後站在一旁，單手做了一個「請」的姿勢，示意白芸進去，還囑咐道：「我們家夫人姓李。」

白芸踱步進去後，看見包間裡只有一個人，二十出頭的樣子，穿著打扮皆比一般人好上許多，頭上還插著兩根吊尾簪子，一金一銀。

首飾在這個時候可不便宜，一般人家不會去買這些玩意兒，頂天了就是戴個銅鐵簪子或者木簪子，那還是家裡條件好的。

用銀子、金子去換更貴的銀子、金子，那都不是這個時代的普通人家會做的事情。

像他們鳳祥村的人，大多數一輩子都沒有戴過首飾，都是隨便找幾根圓滑的木棍打磨好了簪髮。

白芸一看，就知道這是個大客戶。

「大師您坐。」李夫人的聲音很柔和，指著面前的凳子，讓她坐。

白芸也不客氣，拉開凳子便坐了下來。

「大師何以戴著面具示人？」李夫人好奇地開口問道。她還想問，為何女子也會算相？但出於禮貌，她還是沒開口。

「這樣行事方便些。」白芸笑著說道，也不急著要給她算卦，要算卦的人都不急，她急啥？

李夫人又問了她一些問題，都是些無關緊要的，白芸也都一一回答了。

看著大師不急不躁的樣子，李夫人到底還是沒能沈得住氣，開口問道：「大師，不知道您能否算子嗣？我就直說了，我去廟裡求了太多回了，次次都沒結果，您幫我看看吧？」

說實話，李夫人也只是聽到樓下有個算命的，想著碰碰運氣，反正也不缺這一趟了。

她剛剛才從靈山寺回來，送子觀音拜了又拜，跟官人也是琴瑟和鳴，他每晚都在自己房間留宿，又沒有外室，卻總是遲遲不見喜訊來。

「李夫人，可以算的。」白芸點了點頭。她目測這李夫人才二十二歲左右，照理說這個年紀應該不用著急子嗣的問題，而且不懷也是有各方面的原因的，但是人家要算，她也沒意見。

從面相看來，李夫人位於眼下的陰騭宮不說飽滿但也沒有黯淡無光，說明她這一生是有子嗣的，只不過不多，可能只有一、兩個。

如果還要知道準確的時間，就不能再用測面相的方法，那只能看見一些預示和基礎命理，想要準，還得選擇別的方法。

「李夫人，我接下來會做幾個手勢，妳跟著我做。」白芸說道。

李夫人點了點頭。

白芸就開始在手上掐著手訣，都是一些簡單的手勢。

李夫人立即就跟著做了出來。

白芸這個排卦方法是她奶奶教給她的，是她們這一門的獨門秘術，是將六十四卦和相骨一起，算出人未來方向的法子。

這種演算法耗時間，而且有點困難，但眼下她沒有法器，準備得也倉促，只能用這個法子了。但憑良心說，她這個法子還算是準確率高的。

白芸動用相氣，排了一卦後，緩緩地吐出一口氣，沈聲道：「李夫人，妳聽好了，妳許久未孕不是因為身子的原因。」

「不是因為身子的原因？那是因為什麼？難道我真的與孩子無緣？那怎麼辦？」聽了她的話，李夫人嚇了一跳，捏緊了帕子，言語中很是害怕。

「不是，別急，妳聽我說。」白芸抬了抬眉毛，怕李夫人一驚一乍的自己嚇自己。她站了起來，壓低聲音在李夫人耳邊小聲道：「妳家中住著妳那方的親戚對吧？那人心術不正，妳不孕與她有關，妳回去可以仔細留心一下，只要剷除了這個後患，日後很快就會有子嗣的。」

李夫人面相奸門暗沈生細紋，眼角血絲紅而微泛，一瞧就是犯小人，再用排卦一定，白芸就得出了這麼一個結論。

李夫人仔細思索了一番，像是想到了什麼，立即就對她心生佩服，起身朝她連連點頭感謝。「多謝大師，我明白了。家中確是住著一位遠方親戚，我是看她可憐，把她收在家裡當丫頭，平日裡也不讓她幹什麼累活，沒想到她的花心思都留在這兒了！這吃裡扒外的白眼狼，我回去一定會多留心的！」李夫人對大師的話深信不疑，心中更是越想越氣。

李夫人這個遠方親戚是遠得不能再遠了，早就已經出了五服，平日裡就愛在她和夫君面前扮可憐，說自己是過慣苦日子的人。

過苦日子的人多了去，也不是個個都如對方一般，整天掛在嘴邊還要掉眼淚。她雖然看不過眼卻也不好說什麼，畢竟當初是自己要把對方收來的。

如果真如大師所說，那她就是收了個攪禍精，害了自己多年，這可怎麼了得！

「不謝。若是急著走的話，夫人就請便吧。」白芸看她是清楚了誰在害她，一副恨不得立即回家去把人揪出來懲處一番的模樣，卻又礙於自己在這兒，不好說走就走，於是很通情達理地讓她先走。

「多謝大師，我確實有點著急。我無子多年，知道了原因便想早點處置了，也好求個心安。」李夫人感激地點了點頭，又問道：「敢問大師姓名？家住哪裡？」

「我姓白，以後經常會來這附近。」白芸只說了一個姓。她向來怕麻煩，不想透露太多訊息，如果不是怕日後被人發現了太尷尬，她甚至都想用假名。

「多謝白大師了。」李夫人也不怪，大師自然該有大師的脾氣。「若是我日後真懷上子嗣了，必定有重謝。」

白芸微笑點頭。「日後的事情日後再說，此次卦金一兩。」

李夫人微微一愣，立即笑開了，狂點頭。「是是是，是我忘了，大師見諒！」隨後，她從錢袋子裡拿出一個小元寶來，雙手捧著遞給大師。

白芸瞧著那錠元寶，眼睛都跟著發直了，想挪開目光都不行。好傢伙，這是她第二次見到那麼大的錢了！想想這錢馬上就是她的了，她還有點小激動。只不過……這錢看著怎麼比上次那個什麼萬公子掏出來的還大得多？

她不是這個時代的人，對斤兩沒什麼概念，也沒見過這裡的大錢，唯一知道的就是馮珍所說的，一兩以上的新銀子都是個元寶形狀，按標準大小來分。

她再瞎也知道這個元寶明顯比那萬公子掏出來的元寶大，便說道：「這不是一兩。」

李夫人又是一愣，巴巴地點頭道：「啊，這……這是五兩，是我的心意。您幫了我大忙了，這五兩還不夠呢！若是日後真有子嗣了，我還得答謝您！」

白芸搖搖頭，失笑。「李夫人，我有自己的規矩，我只收一兩。」

前世她體格好，做的善事也多，多年積累下來的道行，並不怕什麼五弊三缺，可以看人下菜碟，只要不是太過分。

可她現在換了個身子也就是換了個命理，她可不敢胡來，若隨便來個天譴都夠她吃一壺的。所以她現在是該收多少就收多少，收得少了就當是積德結善緣了。

李夫人看她堅持，自己又急著回家，便不再客氣了，重新掏出一兩銀子，捧給她。「大師，是我不懂事了。既然大師不想壞了規矩，這是一兩銀子，大師拿好。」

「好，李夫人慢走。」白芸接過銀子，放在手心掂量了一下，心裡有個準了，這就是一兩銀子的重量。

李夫人提著裙襬，急匆匆地帶著丫鬟就走，腳步擺得像一陣風，她的丫鬟還險些跟不上。

白芸樂了，把銀子收回錢袋子裡。外面還是下著大雨，她乾脆就摘下面具，要了一壺清茶，在大堂裡找了個靠窗的角落坐了下來。

這裡的商業還是很發達的，思想雖然封建，但是不限制已婚的婦人出行。

街上來來往往的人已經少了，路邊的攤販也忙著挪走攤位，不再叫賣，比起剛剛冷清了不少。

但是令白芸奇怪的是，她以為古代代步的主要工具，都是馬匹、騾子之類的，可在整個青嶺鎮她都沒見過一匹馬、一頭騾，最多就是來一隻驢，拖的都是極小的車廂。

「客官，這是您的清茶。」小二端著一壺茶水、一個杯子上來，擺在她的桌前。「客官慢用。」

「欸，等等！」白芸叫住了他，好奇地打聽著。「小哥，打聽件事兒，這鎮上有沒有賣馬的地方啊？」

小二詫異地看著面前穿著樸素的姑娘。「客官，您要買馬啊？」

「不是，我就問問。」白芸也知道自己看著確實窮酸了一點，根本不像要買馬的人。

「喔，客官，咱們青嶺鎮沒有賣馬的地方。」小二只當她是沒見過世面的小姑娘，好聲好氣地回答道。

「啊？沒有賣馬的地方？」白芸有些意外，青嶺鎮不小了，她本以為起碼會有一個馬行，沒想到居然連一個都沒有。

「是呀，姑娘。馬可不是咱們能用的，咱們鎮上有馬的人家屈指可數，我在這兒一個月也見不著一匹呢！若是那些有錢的人家要買馬，也得到安溪縣去，那兒才有馬賣。」小二好笑地看著白芸。

這馬他們買了有什麼用？在這裡不少有錢人最多只買頭騾子出行，跟馬差不多，還不用吃金貴的飼料。有些更是連騾子都不買，乾脆買頭牛，既可以拉車，還可以拉貨，一舉兩得還划算。

「那這馬得花多少銀子才能買著一匹？」白芸接著問。

「起碼……也得上百兩銀子吧？」那小二想了半晌，估摸地說出了一個數值。他其實也不知道馬究竟多少錢，按那些公子哥兒們說的，應該就是這麼多了。

「我知道了，謝謝小哥了。」白芸道了聲謝，看來這馬還真是金貴東西。

「甭客氣，那沒什麼事我就先下去了。」見客人問完話，小二就禮貌地走了。

白芸重新看向窗外，心裡嘆息一聲。

這個年代的農戶，一家人一年就花個五兩銀子左右，而她一個上午就掙了一兩。

本以為自己算是高收入的人群了，沒想到離買一匹馬還那麼遙遠。

況且自己還不是每天都能掙一兩銀子，這客源非常不穩定，一切都得隨緣。

她如果想蓋新房子讓自己住得舒服點，那就離馬更遙遠了。

看來她還得努力掙錢才行，蓋了房子後再不濟也得買頭牛或者驢。每天坐著隔村大爺趕的牛車實在不方便，因為大爺拉客的時間說不準，跟別人擠一起不說，萬一人多了，他們一家人要出去的話就得走路了。

整整一個晌午，白芸就在茶館裡坐著，看雨、聽旁人聊天，也不覺得無聊。

現在還不是雨季，雨下了一會兒就停了，白芸這才站起身，走出了茶館。

她先是去賣喪葬用品的地方買了點黃紙，又去藥鋪買了朱砂。

黃紙的價格還好，她能接受，就是這朱砂貴得沒天理，幾乎跟銀子同價，肉疼的她只買了一點點，都不夠畫一張符咒的。

可貴她也得買啊，這些東西她日後總會用上的。

買完這些裝備後，她才去菜市秤了肉，又讓老闆搭著賣給她兩根骨頭。

青菜就不用買了，下過雨估計有筍，她一會兒回去看看，再不濟也可以採些野菜就著湯燉了。

想著宋嵐回來了，家裡多了一張嘴吃飯，那天她買的糧估計不夠四個人吃幾天的，於是白芸就直奔米糧店。這回她兜裡有錢，直接扛了半麻袋的米出來。

掌櫃的也很不錯，看她是個瘦瘦弱弱的女子，便找了個力工幫她把米扛到了鎮子外，讓她搭了牛車才走。

她這回照例買的還是陳米，她吃著還不錯，比麵糊著菜吃起來香，還不費油，而且吃陳米也不會叫人太過眼熱。

回到鳳祥村後，白芸費勁地扛著米，又把買來的肉放進米袋子裡，一步步地回了家。

他們家住在村子中心，本就引人注目，眼下她扛著一大袋東西回來，自然少不了有人好奇發問——

「喲，宋家媳婦兒，妳這是買了啥呀？這麼一大袋！」

「是呀，看著就重。芸丫頭，妳拿得動不？要不要王嬸幫幫妳？」

「喔，我買了些陳米回來。我小姑子回來了，家裡的米不夠吃了。」白芸笑著回了一句。「謝謝王嬸，我拿得動。」

白芸提著手痠，卻又不得不停下來回答她們。

本來她在王家鬧的那一齣，就已經讓人覺得剽悍了，她可不想再多一個傲慢的名聲。

雖然她的脾氣確實不怎麼好，但在這種人情往來的村落裡，沒個好名聲是會被針對排擠的，她可以不在意，馮珍和狗蛋可不行。

那些人聽說白芸買了那麼一大袋陳米，還有些羨慕，這得花多少錢啊！

但想想人家姑娘回來了，能不帶點錢回來孝敬嗎？買點陳米吃吃怎麼了？於是也就都沒多想，笑著讓白芸趕緊回去。

白芸點頭就走了，躲過了這一波，卻沒躲過下一波，一路上不少人都紛紛側目，好奇地盯著她手裡的米。

白芸只得加快腳步，一個勁兒地往家裡走，生怕走慢了被村人逮住時機開口問，把她累得氣喘吁吁、汗流不止。這回是她草率了，她沒想到半袋子的陳米，也能引來這麼多人的關注。

沒辦法，她總不好每次都是十斤十斤的買，那多費勁呢，愛說就說去吧！

等她回到家，家裡已經沒人了，想來馮珍和宋嵐都去地裡，狗蛋也是跟著去山上採野菜了。

白芸便把米和肉扛進了灶房裡，就趕緊從水壺倒了一杯清涼的水，咕嚕咕嚕地一口灌了。這下過雨的天，沒有涼快，反而更加悶熱了。

她正坐在凳子上喘息呢，敲門聲就響起來了。

白芸抬了抬眉毛，問了一句。「誰呀？」

外面沒人答話，但敲門聲還在繼續。

白芸蹙了蹙眉頭，過去開門。

門開了，便見一男一女站在門口，年紀跟馮珍差不多。

「妳婆婆呢？」

「我婆婆下地了。」白芸有些遲疑地回答道，又問：「你們找我婆婆啥事？」她遲疑是因為面前的兩人看著眼生得很，她怕是宋嵐的婆家來了，所以不敢輕易地放兩人進來。

章麗打量了白芸一眼，才親暱地笑著說：「這是妳叔父，我是妳叔母，我們來找妳婆婆商量點事情。」

「叔父、叔母？」白芸沒有理會她的親暱，而是疑惑地重複了一遍。

她記得原主老爹是家裡最小的一個，她哪裡多出來的勞什子叔父、叔母？

宋長江咳了一聲，說道：「我是妳男人的叔叔，自然也是妳的叔叔。」

他這樣一說，白芸就明白了，這人是她公公宋長水的弟弟。

「哦，原來是叔父叔母，那就快進來吧！」搞清楚了來人的身分，白芸就打開門側過身，讓他們進來了。

白芸看兩人一進門，不用招呼就已經坐在凳子上了，就進屋裡給他們一人倒了一碗水來。

宋長江看她放下水後並沒有坐下來，便抬了抬手。「姪媳婦兒，不用忙了，妳坐，我問妳點事情。」

「什麼事？」白芸坐到他對面。問她事情？她才剛嫁過來，有啥事是要問她的？

「阿嵐那丫頭是不是回來了？」

「嗯，回來了，不過現在不在家。」白芸點點頭，這事出去打聽一下都知道，她也就不瞞了。

宋長江問了這麼一句，夫妻倆就沒再開口，也不喝一口水，就在那兒坐著，等馮珍回來。

白芸沒多說什麼，招呼他們先坐，自己起身進屋裡了。

看他們像是要坐著死等馮珍了，她也不願一直乾坐著陪等。

白芸回到房間，拿出了今天買回來的黃紙和朱砂，朱砂只有一小包。

她仔細地把它們都整理好了，才放進陰涼的抽屜裡，以免被照進屋的陽光烤到了。

第五章

今天天氣不好，馮珍和宋嵐早早地帶著狗蛋回來了。

馮珍先進的門，看見了坐在院子裡的二弟和二弟媳婦，便趕忙放下了鋤頭，問道：「呀，長江你回來了？」

馮珍有點驚訝，宋長江去鎮上做活計了，好像是新找了個客棧算帳的活兒，忙得很，一個月才回來一次，沒啥事的話，平時回來了也不會來她家，也不知道今天是怎麼了，夫妻兩人都來了。

「嫂子回來了。」宋長江笑了一下，又把目光投向宋嵐，像是很驚訝，又慈祥地問道：「阿嵐也回來了？什麼時候回來的？」

「是，叔父、叔母好，我昨天回來的。」宋嵐禮貌地點點頭，給兩人問好。

白芸在屋裡聽著宋長江這老戲精說的話，挑了挑眉毛。他剛剛才問過自己宋嵐有沒有回來，現在裝作不知道是什麼意思呢？

章麗眉眼帶笑，和藹地朝馮珍誇道：「嫂子妳別說，阿嵐這丫頭就算嫁為人婦了，還是年輕得跟個姑娘似的，真是好底子，天生就該是個大美人。也不怪妳婆婆不肯讓妳回來，這麼漂亮的媳婦兒，放走了誰放心啊！」

她這是哪壺不開提哪壺，一頓恭維沒把母女倆哄高興，反而讓宋嵐的面色僵了僵，說了句「謝謝」，就再也沒出聲。

馮珍也是一樣，她是今日才得知女兒婆家做的骯髒事，此刻又被章麗提起來，心裡難受極了。

「長江，你今天帶弟媳來是做什麼的？」馮珍怕女兒難過，立即尋了個話題，把此事翻篇。

聽見馮珍這一問，宋長江才重重地嘆了一口氣，說不出的為難模樣，半天沒說話。

「唉……」

馮珍以為他是出什麼大事了，連忙問道：「到底怎麼了？你說說。」

「嫂子，我這……」宋長江抿了抿嘴，這才順坡下驢地說道：「妳姪子大兆在縣城裡讀書，最近夫子要收學費，我們夫妻倆勤勤懇懇也拿不出那麼多來，這才來找妳要一點，好讓孩子湊夠上學錢。」

白芸瞇了瞇眼睛。「要」一點？不是「借」？

她記憶裡也聽過宋長江這個兒子，當年是在鎮上讀書的，不知道宋長江找了什麼門路，把兒子送進縣城的私塾裡了。

當初宋長江就因這件事情，在村裡炫耀了許久，惹得她大伯父不服氣，回來嚷著有什麼了不起的，所以原主才知道了這回事。

馮珍有點為難，但還是嘆了一口氣，開口問道：「你想要多少銀子？」

「不多，我們夫妻兩人已經湊了五兩，還差一兩。既然阿嵐也回來了，嫂子手裡肯定有銀子吧？」

馮珍沒想到他張口就要一兩銀子，她哪有一兩銀子啊？「長江，不是嫂子不幫你，這一兩銀子我是真沒有，阿嵐回來也沒帶銀子。」接著又像做錯事了一般，趕忙解釋道：「家裡你也清楚，宋清還躺在床上生死未卜，錢都拿去買湯藥了，實在是……」

章麗不願意了，開口道：「嫂子，我們不困難，斷然是不會跟妳開口的。當初爹留下的房子都給你們了，我們體諒阿清身子不好，才拖家帶口的出去自立門戶，這一樁樁事兒，怎麼著都是妳跟大哥占了便宜，眼下我們有難，妳怎麼能袖手旁觀啊？」

房子的事情，她說的確實是真的，當年宋老爺子辭世的時候，是把房子留給了宋長水，就因為宋長水有個體弱多病的兒子，老爺子不忍他們到處顛簸。

當時的瓦房可是很值錢的，宋長江想要房子，但老爺子沒給，鬧了好一陣子才妥協下來。

但章麗沒有說全，房子是給老大家了不錯，可家裡的銀子都給了宋長江，地是宋長江自己不要的。

宋長江在鎮上有活路，不屑回鄉種地，要地也沒有用，宋長水這個做哥哥的也按地的大小給他補了銀子，他們拿著銀子在村子裡又起了一座瓦房，這事才作罷。

多年來就因為老房子的事情，讓老二家受委屈、心寒了，馮珍才心生愧疚，處處忍讓，有錢的時候也是能給就給。

可惜，馮珍的善良沒有換來兩人的尊重，反而讓章麗開始懷疑起來，猜測是不是老房子底下埋了什麼值錢的東西，老爺子偷偷照顧老大家的，所以才堅持把房子給老大家。疑心生暗鬼，章麗漸漸地也就覺得馮珍一家是占了大便宜，心裡很不滿，時時拿老房子的事情掛在嘴邊說。

「弟媳婦，嫂子是真沒有。」馮珍性子軟和，說不出什麼重話，只會重複說著這兩句話。

沒有？怎麼會沒有？章麗瞧了一眼裡屋的方向，只覺得她這個大嫂平時看著老實巴交的，沒想到也會騙人。「我今天可看見了，妳家媳婦從鎮上扛了大半袋子的東西回來，我一問才知道，裡面是白花花的大米啊！嫂子，別人家吃的都是糠麵，妳家都吃起大米了，還說沒錢？妳兒媳婦哪來的錢買米？既然有錢，我就拿去用用又怎麼了？」她語速極快，氣勢也咄咄逼人，覺得馮珍是拿她當傻子哄。

不說宋嵐這丫頭有沒有拿錢回來，就說前段時間吧，她可聽說了王家賠給老大家不少銀子呢，總不可能一下子就花完了吧？

「我兒媳的錢是她自己的，我斷然沒有拿來給妳的道理。」馮珍果斷搖頭，她在這方面還是很堅持的。當初白芸給她她都沒有要，這會兒她也一樣不會要。

「嫂子，妳這話說得不對，什麼叫兒媳婦的錢？兒媳婦的錢，自然得是妳這個做婆婆的管，妳還沒怎麼著呢，怎麼就讓兒媳婦掌錢了？妳去拿來給我們也沒人會說什麼，妳可別犯傻，把錢放在兒媳的口袋裡！」

章麗用一種看傻子似的眼神看著馮珍，敢情她這大嫂不是沒錢，而是被兒媳婦給壓制住了？那黃毛丫頭才幾歲啊？錢都敢自己拿著不交給婆婆管了？定是因為她這個大嫂太軟弱了。

在裡屋偷聽的白芸，聽了這話差點沒笑出聲來。

可笑，太可笑了！

白芸懷疑這便宜叔母的腦幹是不是讓人給抽走了？錢放在兒媳手裡就是犯傻，給她拿去養兒子就是聰明了？

「娘，妳回來了？」白芸是聽不下去了，徑直從屋裡走了出來。看她那便宜叔母的樣子，她再不出去，她婆婆就要像隻羊羔一般，被這凶狠婆娘給吃了。

「阿芸，妳怎麼出來了？」馮珍知道白芸在裡面，她是不想讓白芸出來的。她這弟媳是見過一些世面的，白芸到底年紀小，她怕兩人對上，兒媳婦會吃虧。

「娘，我在裡面聽見了一些談話。」白芸笑了一下，眼睛裡是說不出的古靈精怪。「叔母可是要問咱們家借錢？娘，咱們都是一家人，該幫就得幫，娘不用顧慮我。」

章麗有點不明白這死丫頭是不是揣著明白裝糊塗？還是她剛說的話真的很像在「借」錢？但是，事情迫在眉睫，她也不太好意思承認自己是上門來伸手要錢的，便點了點頭，笑得很是勉強。「對，阿芸一看就是個通情達理的，叔母就是來跟妳婆婆借點錢周轉的。聽妳婆婆說，錢在妳那兒？不多，叔母就要一兩銀子。」

白芸的嘴角勾了勾，眼裡精光乍現，然後便說道：「叔母客氣了，咱們都是親戚，豈有不幫之理？錢我是有的，我這就去拿給妳。」

「嫂子。」宋嵐給白芸使了一個眼色。她可是知道這個叔母的秉性，怕是拿了錢也不會還，她可不忍心看著嫂子拿錢打水漂。

「啊，對了！」白芸像是被宋嵐提醒了一樣，又往回走，跟宋長江說道：「叔父，我們肯定是要幫的，但親兄弟也要明算帳是不是？畢竟一兩對於我們家來說也不是什麼小錢，所以麻煩叔母一會兒給我簽個借據。」

「什麼？還要借據？」宋長江臉色不悅地說。

他們以往拿錢都是直接拿的，這說是借，但借也就借了，怎麼還要簽借據呢？他們本想著也就是用個借錢的名頭，到時候日子久了，馮珍性格又軟得很，難道還真能開口問他們要錢不成？

可有了借據就不一樣了，這個姪媳婦兒聽著像是個厲害的，他們若是不還，日後她拿著借據去衙門告他們，那簡直就是一告一個準！

「借錢當然得要借據了，我們幫你們歸幫你們，但各自也要有個保障是不是？錢你們拿去，利息我就不跟你們算了。叔母既然說是周轉，那就定個兩個月的歸還日期吧，錢我馬上拿給你們。」白芸莞爾一笑，她說的都是理所應當的事情，誰也挑不出錯來。

「姪媳婦兒，妳這話說得可見外了，我們像是不還銀子的人嗎？妳叔父是帳房先生，在鎮上是有活兒幹的人，妳難道還不信任我們嗎？還簽什麼借據啊？」章麗不想簽借據，硬著頭皮打著哈哈說道。話都說到這個分兒上了，想必她們也不好意思再要借據了吧？

可惜她的如意算盤打錯了，白芸可不是面皮薄的人，這哪有什麼不好意思的？

「叔母，話不是這樣說，我知道叔父是體面的人，我自然一千個、一萬個相信你們會還錢，可流程還是要走的，這可不是不信任，這是求個心安。」在她看來，他們都有臉皮伸手要錢，還說出這麼不要臉的話來了，那她自然也有臉皮要借據。

一番話說下來，宋長江夫妻倆的臉色更黑了。

宋長江哪裡被人這樣頂撞過？在村子裡大家都覺得他厲害，現在被一個小丫頭追著要欠條，自然生氣，因此指著白芸就罵道：「好，妳很好，這錢我不要了！」隨後又怒瞪馮珍。「嫂子，看看妳的好兒媳婦！若是日後我兒子考取了功名，你們也別再上門求我給送銀子！」

扔下這句話後，他們也待不下去了，兩人跟炸毛的貓一樣，撞開院子的門就走了。

白芸怕他們出去亂說話，還追到院子門口，大聲勸道：「叔父、叔母，別走啊！又沒說不借！我們自然是願意借的，簽個借據的事情而已啊，欸、欸！」

本來在院子門口前坐著閒聊的人，看見宋長江他們氣沖沖的，還以為發生什麼事了，剛想上去打聽，就聽見白芸嚷嚷的話，立即又掉過頭來假裝沒看見。

好傢伙，這借錢的事情他們可不敢摻和，要是章麗開口訴苦，說不準還得問他們借呢！

白芸看著兩人走遠了，才拍了拍手轉過身來。笑話，想從她手裡掏錢？沒門兒！

她一回頭，就瞧見自己的婆婆和小姑子一臉懵地盯著自己看。

宋嵐的嘴一張一合，半晌才吐出了一句話。「這……這就走了？」

「嗯，走了。」白芸點點頭。可不是走了嗎？難道還得留兩人吃個飯不成？她才剛剛割了肉回來呢，她可不願意！

「嫂嫂，妳也太厲害了！」宋嵐一喜，跑著上前搭著白芸的手，滿臉崇拜地跟她一起回屋了。

馮珍臉上也是不可思議的表情，但到底是跟白芸相處過的，知道她人機靈，因此收拾了院子裡的東西，就去灶房做飯給大家吃了。

至於二弟跟二弟媳那邊，等她男人回來，再讓男人去說吧，都是一家人，沒什麼說不開的。

「嫂子，妳是不知道，我娘是個軟弱的，叔父他們經常來家裡要錢，以前家裡日子好，給點就給點了。可現在家裡條件不好，他們不幫忙，反而又來要錢，還好嫂子妳厲害！」宋嵐跟著白芸回屋，還是沒忍住，數落起宋長江一家。

白芸只是笑著，並沒說啥。不要臉的人太多了，這兩人也算是不要臉中較有素質的了。

「就是不知道我那個堂哥日後是不是真的有出息？叔父、叔母為了他上學的事情，花了不少銀子呢！」宋嵐又說道。

「希望他能有出息吧，不過我瞧著希望不大。」白芸幽幽地說了一句。

不是她要咒那個所謂的堂哥，而是從宋長江的面相可以看出來，他的子女都運勢偏平緩，不會有什麼官運在身，反倒是商運有點波折，但不是很大。

想到這裡，白芸就更覺得好笑了。在相師面前吹噓日後之事，分分鐘給你看得明明白白的，誰怕他的威脅了？

「也是，畢竟科考可不是那麼容易的，咱們鎮上還沒出過秀才呢！我堂哥根本不愛讀書，私塾也是花錢託關係進去的，也不知道日後會如何？」宋嵐看事實說話，覺得白芸說得很對。

兩人正說著話時，馮珍從灶房裡出來，在院子裡喊了一嗓子。「阿芸！」

白芸聽見馮珍喊，立即打開窗子，往外探頭看去。「娘，怎麼了？」

馮珍走到窗戶邊，手上提著的是白芸買回來的肉，滿臉無奈地說道：「孩子，妳不用三天兩頭地買肉回來，我知道妳是好孩子，想緊著家裡吃好吃的，但錢也禁不住這麼個花法，妳自己也該留點。」

原來是因為這件事情啊！白芸笑了一下。「放心吧娘，我這不是饞了嘛，又想著小姑子也回來了，才去割了一斤肉。是我自己饞了，尋了個由頭吃肉呢！」

「真的？」一聽兒媳婦說是自己饞肉，馮珍還有點不信。

「真的，千真萬確！」白芸肯定地點頭。

當然是真的，油水啊！又不是天天吃，誰能不饞啊？她都快饞傻了！要不是不好解釋錢的來源，她能天天買肉回來吃！

「行，那娘馬上給妳做去！」得到了白芸的肯定，馮珍二話不說就鑽進灶房裡生火了。

她這個兒媳婦既乖巧又伶俐，對孩子也好，她是很看重的，心裡對兒媳的喜歡一點都不比親姑娘少。

「欸，謝謝娘！」白芸瞇著眸子笑，與宋嵐一起趴在窗戶邊看馮珍起火，屋頂的煙囪上冒出陣陣炊煙，只覺得身心都舒暢了。

雖然穿越到這種疾苦之地，但她有個好婆婆，不用她做飯，也不用她下地，對她跟狗蛋一樣好。雖然嘮叨了點，但她很喜歡這樣的嘮叨，覺得很溫馨。

狗蛋也是可愛的孩子，懂事聽話又孝順，有好吃的第一時間想的都是她，還會偷偷地幫她擦鞋，力所能及地對她好。

小姑子人也好，她們脾性還挺相投的，在一起作伴，日子也不孤單。

人都是真心換真心的，她們付出了，白芸自然能感受到。日子雖然窮苦了點，但擁有的情感是用多少錢都換不來的。

自從她奶奶辭世以後，她就再也沒感受過家人的溫暖了，現在她是真的把這裡當成自己的家了。

要說唯一接受不了的，就是家裡的房子。

這房子老舊了，牆體脫落了不少，每天早上起來她都得拿掃帚掃掃灰，瓦片也是搖搖欲墜的，估計再下兩場大雨，隨時都會掉下來。

為了一家人的生命安全著想，她得趕緊掙銀子，然後在村裡蓋間好一點的房子，一家子住得敞亮又舒服才好！

晚上一家人圍在一起，吃了一頓香噴噴的小炒肉，還有一鍋大骨野菜湯，香得狗蛋把碗底的油都舔了，吃得一滴不剩。

之後便是一家人圍坐在院子裡乘涼。

小狗蛋洗好手回來，白芸便把他抱起來，放在自己的腿上。小狗蛋雙手扶膝、端端正正地坐著，大大的眼睛忽閃忽閃的，樣子可愛得不得了。

白芸沒忍住，低頭在他臉上吧唧地親了一口，小傢伙便甜甜地笑了。

「狗蛋，今天的肉肉好不好吃呀？」白芸捏了捏他的小臉蛋，親切地問道。

狗蛋想到剛剛吃的肉，沒一點猶豫，狂點頭答道：「好吃！」

「想不想天天吃肉肉？」白芸又問。

這回狗蛋卻猶豫了，然後搖了搖頭。「不想。」

「為什麼？」白芸有點意外，好吃為什麼不想天天吃？

「因為阿娘和奶奶掙錢很辛苦，狗蛋知道，肉太貴了，天天吃要花很多的錢，狗蛋不要天天吃肉。」小傢伙說出了心中的顧慮，小小的人兒此時有著大大的惆悵。

「傻孩子。」白芸和馮珍、宋嵐對視一眼，都笑了。

馮珍雖然笑了，心裡卻有點酸澀，她很想問問老天爺，什麼時候才能眷顧他們一家？什麼時候兒子才能好起來，讓家裡不再過這種苦日子？

日子轉眼又過了一個月。

白芸為了掙錢，幾乎隔一天就往鎮上去，每次回來的時候都已經是下午時分了。雖然接的都是一些小活，但也算是有收入了。

因為她奇怪的舉動，惹得村子裡不少人都議論紛紛，說她不跟著婆婆下地，而是天天往外跑，一看就不是什麼安分的人，不願意幹活。

這些傳聞自然也傳到了馮珍耳朵裡。

「馮嫂子，妳是不是脾氣太好了？妳這兒媳婦都不怕妳啊！」

「妳可不能這樣，婆婆管教兒媳婦那是天經地義的，妳縱容她就是苦了自己啊！」

「說句不好聽的，馮嫂子，妳兒媳婦是不是……在外面有人了，去鎮上偷情啊？」

此話一出，眾人就跟炸了鍋一般，覺得十有八九是這樣。

不然為啥一個女人好端端的不在家洗衣服、做飯，老往鎮上跑？

還有不少人一想到有這種事情，便激動起來了，都想看看馮珍的反應。

這多驚世駭俗啊，馮珍這個婆婆再好，也不能還像以前一樣吧？

然而馮珍就在田裡挖著地，也不與她們搭話，看著跟沒事人一樣，著實是讓這群閒得沒事幹、想看熱鬧的人失望了。

說白芸偷情的那個婦人還以為馮珍沒聽見，於是在眾人鼓勵下，扯著嗓子又說了一次。

「馮嫂子？妳可得留心啊，我說妳兒媳婦去外邊偷人了！」

馮珍這下子沒法裝聽不見了，她忍無可忍地把鋤頭一撂，語氣溫和，言詞卻犀利地說：

「我兒媳婦去鎮上是幫我買東西去了，別亂嚼舌根。」

「我這不是好心提醒妳嗎？真是好心沒好報！走了走了，別理她！」那婦人生氣地走了，覺得這馮珍也太不識好歹了，她不過是好心，這麼凶做什麼？

剩下的人也不想自討沒趣，於是各回各家的地，幫自己男人插水稻了。

馮珍其實也好奇兒媳去鎮上幹什麼了，但不是像村子裡的人一樣懷疑她偷人，她是怕白芸遇到什麼困難了，又不和她開口。這段日子相處下來，她知道白芸是個要強的，所以她才擔心得很。

突然，一個聲音喊了起來——

「快看啊！那是啥嘞？難道我眼睛花了不成？我怎麼看到咱們村裡來了馬車？」

大家的眼睛立即齊刷刷地就往大道上看去，果然看見了一輛馬車正慢慢地往村裡走來。

這下大家都看真切了，那真的是馬車，棕色的馬，神氣地抬著腦袋，溜光水滑的馬毛反著光，氣派極了。

一石激起千層浪，他們這輩子也沒見過一輛馬車啊！眼下哪裡還顧得上種地，全都傻呆呆地站在原地看。

駕著馬的小廝好像知道這邊有人在看一樣，喝了一聲，讓馬兒停了下來。

大家都是沒見過世面的，見馬車停下來了，都有些不知所措。

那小廝回頭，好像在跟車廂裡的人說話，隨後又跳下車，往他們這裡走過來。

這下子大家就更緊張了，紛紛猜測來人是不是找村長的？畢竟只有村長家有可能認識這麼富貴的人了。

小廝走近之後，很有禮貌地問道：「鄉親們，我打聽一下，你們村裡有沒有一個算相大師，姓白？或是看見有大師路過這兒？」

他話問完後，大家愣了一會兒，才有一個膽子大的男人站出來回話。

「我們這兒就是一個小破村，哪裡有算相大師？都是泥腿子。」

小廝聽完有點失望。他沿路查著是在這邊啊，怎麼會沒有呢？就算只是路過也該有人瞧見才是吧？

「姓白的大師沒有，姓白的人家倒是有一家。」突然又有一個婦人喃喃道。

「真的嗎？能告訴我在哪兒嗎？我去瞧瞧。」小廝聽見這話，眼睛都亮了。

那婦人沒承想他會聽進去，立即擺手否定道：「去了也是白去，都是村上住著的，知根知底，白家人不可能會有那種神通。」

「這樣啊，那我再去別處尋尋，多謝。」小廝聽說沒希望了，就準備駕車離開。

白芸還不知道有人在找自己，她今日沒有去鎮上，此時正拿著宋嵐做好的豬油炒飯，準備送去田裡給馮珍。

她剛走出家門，先把碗放在地上，回頭關門時，卻不知道哪裡來的一輛馬車，跑得賊快，「砰」的一下，馬蹄一腳就把她的飯碗給踢翻了，米飯稀稀拉拉地灑了一地，菜也散落在地上。

「吁——」

那趕車的小廝好像也知道踢到什麼了，趕忙把馬叫停，回過頭來問：「姑娘，妳沒事吧？」

白芸指了指地上的飯菜，有點鬱悶。

小廝一看，把人家飯菜都弄灑了，立即跟車廂裡的人彙報了一下，又跳下車來。「對不住了，姑娘，我沒想到這裡有人，妳人沒事吧？」

白芸搖搖頭。「我人沒事。」

「那就好、那就好！這飯……我賠妳十文可夠？」小廝見人沒事，長吁了一口氣。只是一碗飯而已，他立即就要賠。

白芸看了一眼那碗飯，扶了扶額，說道：「算了，你走吧。也是我自己不小心，不用你賠，我一會兒再進去裝一碗。」

確實是她自己不小心，把碗放地上了，但她也沒想到這村裡會有馬車路過啊！不是說馬匹這玩意兒超級金貴嗎？這窮鄉僻壤的，怎麼可能會有？

小廝看這姑娘如此客氣，堅持要賠錢。

兩人說著，馬車裡突然又下來了個人。

「夫人。」小廝聽見動靜，立即回過頭去，扶住下來的人。

白芸抬了抬眉，這人看著眼熟啊，這不是上次給她算命的李夫人嗎？

李夫人也看著白芸，剛開始眼神還有點不確定，而後越看越像，立即高興地說道：「白大師，果然是您！」

白芸立即做了個噤聲的手勢，左右看了一眼，怕引起別人的注意，悄聲說道：「李夫人，跟我來。」

「欸！好。」李夫人立即看懂了大師的意思。她是見識過大師手段的人，她這次找來也是因為太激動了，想來答謝大師的，自然是大師說什麼就是什麼。

白芸帶著她回了家，後面的小廝沒跟來。

小廝是個機靈的，見自家夫人找到恩人大師，自己卻把大師的碗踢翻了，頓時惶恐不安，趕緊就蹲著去收拾了。

「李夫人，坐吧。」白芸指了指院子裡的凳子。沒辦法，她家裡就這麼幾張凳子，條件不好，她也顧不上啥了。

「多謝大師。」李夫人是個教養好的，身上沒有一點富家太太的嬌貴氣，並未嫌棄宋家的小板凳，彎腰就坐了下去。

「不用客氣。妳叫我白芸吧。」白芸被她一口一個「大師」叫得有點不自然，若是被別人聽見了，肯定又有事端，因此趕緊自報姓名。

「那怎麼行？」李夫人搖搖頭。她都恨不得把白芸叫做仙姑了，哪能張口喊大師的名諱？

「沒事的，我不講究這些。妳一口一個『大師』，在這邊不太方便。」白芸嘆了一口氣。她知道會有被人找上門來的一天，可沒想到這一天來得這麼快。等會兒宋嵐出來肯定會被嚇到，馮珍一會兒回來也得被嚇到，真是想想她都覺得頭疼。

李夫人到底是個人精，剛剛太激動，沒顧得上這是哪裡，現在稍微冷靜一點了，立即就明白了。

大師這樣有手段的人住在這裡，想必是有自己的苦衷，她可不能給恩人找來麻煩，自然是大師怎麼說，她怎麼做。

想了想，李夫人才笑著提出了個合適的稱謂。「既然不好稱呼大師，我也不能冒犯，我斗膽稱您白姑娘吧？」

「行。」姑娘就姑娘，也比大師好。

李夫人聽白芸答應了，高興地連忙說起了這一個月發生的事情。

「白姑娘，您真的是神機妙算，我回去後就立即吩咐人注意起了那個妖女，果然發現那個小妖女往我的飯菜裡下避子藥。雖然藥量不大，一旬才放一次，但我長年宮寒，大夫查不出來，才導致不孕。」

「查出來了就好。那妳如今是……有了？」白芸遲疑了一下，要說已經懷上了，那未免也太快了吧？可李夫人那麼激動，她又想不出來別的原因。

提到這，李夫人有點緊張，眼裡也很激動，羞澀地點頭。「我夫君這幾日請人給我調理，大夫說是滑脈，具體有沒有還得過段子日才能確定，不過我看八成是有了。」她許多年來都沒有診出來滑脈，眼下有眉目了，怎麼能不激動？只要她有了，那就可以徹底堵住婆婆的嘴了。「我今日來找您，一來是想感謝您，二來，也是想請您再幫我算算，我好安心些。」李夫人說完，往外喊了一聲。「大滿，把東西拿來。」

白芸沒吱聲，就見那小廝快速跑了進來，把手上的包袱放在桌上，打開給白芸看。

包袱裡面裝的是十個銀元寶，每個估摸著都有五兩的重量，加在一起，一共是五十兩，全都散發著閃閃白光，簡直要把白芸的雙眼亮瞎了。

五十兩是什麼概念？有了這五十兩，都可以在鎮子上買一間大宅子了，可見李夫人是多麼的大手筆。

同樣被這五十兩亮瞎眼的不止白芸，還有剛剛洗完碗、正端著水出來準備洗衣裳的宋嵐。

宋嵐一出來，看見家裡來客了，嫂子正招待著，來的還是一個衣著華貴、皮膚白皙的夫人。她覺得吃驚，因為這夫人一看就不是他們這泥窩裡的人。她本想上前問問這是誰家的夫人，結果目光一瞥就看見了桌上擺著的十個大元寶！

她先是一愣，還以為是剛剛起身起猛了，看花了眼，因此不敢相信地閉了閉自己的眼睛，誰知再睜開眼睛瞧，發現那銀子竟然還在那裡擺著，耀眼得很。

下一秒，宋嵐只覺得手軟，手裡的水盆也「砰」的一聲掉落在地上。「我……我的老天爺啊！」

直覺告訴她，這銀子是真的，在她家院子裡真的有一堆銀子！

這動靜成功引起了李夫人和白芸的注意，兩人雙雙轉頭，就瞧見她目瞪口呆地站在那裡，指著桌上的銀子，跟雕塑一樣動彈不得。
李夫人也愣了愣，朝白芸詢問道：「這姑娘是誰？她這是怎麼了？」
「哈哈，沒事，這是我小姑子，姓宋。」白芸的嘴角狠狠地抽了抽，有點無奈。
她這小姑子啥時候不出來，偏偏人家掏銀子的時候出來，不被嚇到才有鬼了！
別說宋嵐了，她也是第一次見到這麼多白花花的銀子，要不是她還稍微有點顯山不露水的職業素養，早就傻在當場了。
李夫人一聽是大師的親人，不敢怠慢，立即和善地朝宋嵐點頭示好。「宋姑娘。」
宋嵐哪裡見過這種陣仗？那高貴的夫人居然跟她問好？她只能呆呆傻傻地點了個頭。
「咳咳！」白芸看不下去了，咳嗽了兩聲提醒她。
宋嵐這才回過神來，立即三步上前，拉過白芸問道：「嫂嫂，妳……這……這是怎麼回事啊？」她其實想問的是，怎麼會有人拿著這麼多的銀子來家裡？莫不是來欺負她嫂嫂的？
「這事我稍後再跟妳解釋，不是壞事。」白芸小聲地說了一句，便又轉過頭笑著介紹道：「這是李夫人，來找我說點事。」
宋嵐聽嫂嫂說不是壞事，又看這夫人面容和善，確實不像來找事的，她才稍微安心了一些。想起自己剛剛的表現，宋嵐雙眼一黑，恨不得抽自己一巴掌，她也太給嫂嫂丟人了吧！
「李夫人好。」為了不繼續給白芸丟人，宋嵐強裝鎮定，重新朝面前的貴太太打了個招呼，又說道：「我去給李夫人倒杯水來。」說完這話，她都不用人回應，倏地一下就鑽進灶房裡了，還不忘把門帶上，關得緊緊的，生怕有人瞧見她現在的窘迫。

丟人丟人丟人！太丟人了！

宋嵐欲哭無淚地坐在椅子上，心臟不住地狂跳，她用手按壓住自己的胸口，一邊懊惱自己剛才的丟人舉動，一邊又抵不過那銀子帶來的衝擊。

「白姑娘，妳這小姑子……還挺活潑的。」李夫人覺得宋姑娘很奇怪，但好話還是得說一說。

白芸表示贊同地點了點頭。「嗯，何止活潑，還有點跳脫。」

她怎麼也沒料到，五十兩銀子能給宋嵐帶來這麼大的衝擊，不然她肯定不會因為怕村人看到，就帶著李夫人回家。

她只求別把小姑子嚇出個好歹來，也希望她婆婆馮珍能晚點回來。

如果一天內把兩個人都嚇壞了，那她的罪過就大了。

打破了尷尬的氣氛，兩人終於又回歸了正題。

白芸不是醫生，但她會看相，既然李夫人找來了，她也沒有不看的道理。

她起身到水缸裡打了一瓢水，放在桌上，同李夫人說道：「李夫人，先把臉上的脂粉擦掉吧。」

李夫人二話不說，立即照做，拿出綿軟的帕子沾了沾水，輕輕地把臉上的脂粉擦了個乾淨，才端正地坐在白芸面前給她看相。

那看不見的相氣縈繞在白芸的眼眶裡，她仔細地端詳著李夫人的臉。

看孕相其實是很簡單的，只不過李夫人月分太小，有相氣輔助能看得真切一些。

李夫人的子嗣緣分已經到了，這就說明她肯定是有孕在身了，而且從眼下淚堂來看，李夫人這一胎懷的是個女孩。

白芸看準了以後，就把目光從李夫人臉上收了回來。

李夫人知道她這是心裡有數了，急切問道：「白姑娘，怎麼樣？是不是都看出來了？」

白芸似笑非笑，反問了一句。「李夫人，妳今天想問什麼？」

李夫人一愣，到底是聰明人，很快便琢磨出了白芸的意思，笑道：「我只求問問懷有身孕的事是不是真的？至於是男是女，知道也行，不知道也好，我不在意。」

白芸這才滿意了。這個時代重男輕女的觀念極其嚴重，她多問這一句也是想探探李夫人的口風，她不想因為自己的話而斷送了一個孩子的命數。

知道李夫人心急，白芸也不賣關子，立刻笑著點頭。「恭喜夫人心想事成了。」

此話一出，李夫人立刻眼含淚水。大夫說她是滑脈的時候，她趴在郎君肩頭哭了一次。眼下大師確定她懷上了，她又控制不住想哭。

終於是如願了！為了這個孩子，她吃了無數碗苦湯藥，受了太多的苦楚。

她本是安溪縣的人，家裡也是個富戶，郎君進縣裡與家裡做生意，一來二去的兩人就相識了。

不顧爹娘的反對，她下嫁給了郎君，跟著來到了青嶺鎮，可多年無子，婆婆不樂意了，本來好好的婆媳關係也變得尷尬難存。

這下好了，她有身孕了，這都得感謝面前這個大師。如果不是白芸，她這輩子都發現不了那個妖女的手段。

「白姑娘，我不知道該如何感謝您，這銀子請您收好，等我坐穩了胎，再和夫君上門道謝。」李夫人毫不在意地把銀子往白芸面前一推。

這些銀子是她郎君、婆婆還有娘家人一起出的，都是為了謝謝貴人用的。在她看來，五十兩換來一個孩子，那是再值得不過的。

還來？來一次就把我家人嚇得夠嗆，我看你們還是別來了吧，我消受不起啊！

白芸心裡腹誹，表面上卻笑道：「拿人錢財，替人消災，我既拿了妳的錢，自然不用再謝。」

「是是是！」李夫人不反駁，對於這個活神仙的話，她只要做到言聽計從就行了，既然大師說不用，那她就把感激放在心裡。

白芸看著那白花花的銀子，伸手拿出了三個，剩下的她沒再碰。「我只收十五兩，剩下的妳拿回去吧。」

雖然她知道李夫人肯定是出得起這筆銀子的，但是她沒那麼多陰德啊！

這次幫李夫人卜卦，算上上次的一兩，她一共收了人家十六兩銀子，已經是頂了天了。

「拿過來的東西，怎麼好再拿回去？大師，這都是我們的心意，您千萬不要客氣。」李夫人不贊同，甚至生怕她拒絕，這五十兩她本就沒有再帶回去的打算。

一來，她派人打聽，知道了大師的住處，還貿然上門拜訪，已經是失禮了，這算是賠禮。

二來，這也算是見面禮，日後若還有什麼事要上門求的，也不會太突兀。

這些她都已經盤算好了，怎麼大師卻不收呢？莫不是在怪罪她？還是拒絕日後來訪？這可就糟糕了！

白芸知道她在想什麼，搖頭說道：「妳日後有事可以再來，不過動靜小一點，最好馬車什麼的別駕進村裡來了。這錢妳拿回去，我不收自然有我的道理。」

得了白芸這句話，李夫人就徹底放心了，立即點頭。「行，我明白了，大師放心。」

事情辦完了，李夫人就同白芸告辭，帶上自家小廝，坐上馬車走了。

好在這個點路上沒有什麼閒人，男的都下地去了，女的則是帶著娃兒去給男人送飯。

……送飯?!白芸腦子一懵。糟了！她婆婆馮珍還沒吃飯呢！

先前太緊張，害怕李夫人來找她的事被發現，她都把這事給忘了。

白芸立即衝進灶房，就瞧見宋嵐端正地坐在椅子上，不知道在想什麼。

「阿嵐，妳怎麼了？」白芸上前去推了推她的肩膀。

宋嵐看嫂嫂進來，院子裡也沒動靜了，便開口問道：「嫂嫂，那個李夫人走了？」

「嗯，走了。」白芸點點頭，看宋嵐還想說什麼，立即開口說道：「家裡還有沒有飯？我剛剛太急，還沒給娘送去，那飯也被打翻了。妳把我的那份拿來吧，我給娘送去，可別餓壞了肚子。」

「有的有的！我這就裝，一會兒我給娘送去。」宋嵐一聽，也拍了拍腦袋，倒是沒有再問，而是拿著碗，麻利地打了一碗飯，跟白芸一起端了出去。

出去的時候，她很努力地控制自己的目光不往桌上看去，但還是用餘光瞟到了那白花花的銀子，手差點又是一抖。

還好白芸在她旁邊，及時扶住了她的手。

白芸看她這狀態，有點不放心。「沒事吧？不然我去送？」

「不行，我去。」宋嵐堅決地搖頭。她不能跟這些銀子待在一起，她怕她暈過去！

兩人還沒出門，門就被打開了，宋嵐下意識用身子擋住了桌上的銀子。

進來的是小狗蛋。

小狗蛋臉上紅撲撲一片，進門就喊道：「阿娘、姑姑，剛剛門口有一個姨姨給了我一個東西。」

「兒子來，給了你什麼東西呀？」白芸蹲下身朝他招手問道。門口的姨姨？不會是李夫人吧？

小狗蛋把藏在身後的東西拿了出來，雙手捧著給白芸和宋嵐看。

「那個姨姨站在外面，我回家要開門，她問是不是這家的孩子，我說是，她就給我塞了這個，讓我乖乖聽話，然後就坐著馬車走了。」

狗蛋到底是年紀小，敘事能力不強，儘管說得不甚通順，但還是能讓人聽懂的。

「我的天爺啊！」宋嵐傻了，她這大姪子手上拿著的是什麼？是大銀元寶啊！她覺得整個人都飄了，她實在很好奇嫂嫂究竟是做了什麼事情，那人怎麼捨得連孩子也給上這麼一大個元寶。

白芸知道李夫人是好意，也沒覺得有什麼，反正是給孩子的，也是人家的心意，她沒什麼意見。

小狗蛋把銀元寶隨意地放在椅子上，就開始描繪那匹馬的樣子，臉上都是興奮，最後還說了一句。「要是我能摸一摸那匹馬就好了！」

好像在他眼裡，這銀元寶還比不上能摸一摸那匹馬更讓他高興。

也是，家裡也沒有銀元寶給他看，他自然不知道那是什麼東西。

宋嵐看著自家姪子這副豪氣土財主模樣，一口氣差點沒喘上來。

白芸看家人都因為李夫人的到來而變得不一樣了，也不讓宋嵐去送飯了，而是摸摸狗蛋的頭，溫柔地說道：「狗蛋，你能不能幫阿娘一個忙？」

「可以！狗蛋可以幫阿娘任何忙！」小狗蛋不假思索地說道，胸膛也挺得很直。

「狗蛋真棒！」白芸又誇了誇自家兒子，才道：「那你現在幫娘去地裡喊奶奶回來和咱們吃飯，就說阿娘讓的，好不好？」

「好！」狗蛋收到白芸的指令，立即就跑出去了。

白芸把狗蛋拿回來的那錠銀子和桌上的放在一起，她當然不會吞掉孩子的銀子，這銀子狗蛋也沒法兒花，日後拆成零散的，再慢慢給他就是了。

宋嵐坐在椅子上，滿眼都是好奇地看著白芸。

白芸被看得都不自在了，伸手拍了她一下。「一會兒娘回來了我再跟妳說，行不行？」

「當然行！」見自己的好奇心即將被滿足，宋嵐高興了。

白芸也笑了，和她一起坐在凳子上等婆婆回家。畢竟是要生活在一起的人，有些事情還是要想辦法解釋清楚的。

但白芸還是對宋嵐產生了一點佩服，宋嵐應該是沒見過什麼錢的人，這從她一開始的表現就可以看出來。可每次看到這些錢的時候，她臉上只有震驚，卻沒有一點貪慾，現在震驚過了，也沒有伸手要，或者是有「想要」的意思。

跟實誠人相處就是不一樣，沒有那麼多七拐八拐的心眼。

這要是換了吳桂英看見了，保准會一棒子把白芸敲暈，隨後把錢都拿走，一毛都不會給她剩下。

第六章

馮珍滿頭大汗地坐在地裡休息著，突然看見自家大孫子晃晃悠悠地跑過來，立即收了鋤頭，往道上走，邊走邊問：「狗蛋，你怎麼來了？怎不回家吃飯？」

「奶，阿娘讓妳回去跟我們一起吃飯！」狗蛋奶聲奶氣地說道，伸手拉了拉奶奶的衣角，讓她跟自己走。

「你阿娘讓我回家吃飯？欸，那就回去吧！」馮珍一聽是白芸讓的，沒多猶豫，將鋤頭扛在肩上就跟著孫子走。

自己兒媳婦平日裡是個成熟穩重的人，絕不會無緣無故讓自己回家，想必是出了什麼事情。想到這裡，馮珍加快了腳步，急匆匆地往家裡跑。

等她跑回家打開院門，發現自己的兒媳、女兒都坐在凳子上，趕緊也坐了過去，問道：「阿芸，妳讓狗蛋喊我回來，是出事了吧？有啥事，妳跟娘說。」

「娘，不急。妳辛苦了一早上，先吃飯。」白芸把剛剛打好的飯擺在馮珍和狗蛋面前，一人一碗。

狗蛋的肚子早就餓了，望著香噴噴的豬油炒飯直吞口水，得了大人們的同意，才大口地吃了起來。

馮珍卻擔心得怎麼也吃不下，推開那碗，焦急地催促道：「現在哪是吃飯的時候？發生啥事了？妳快說，娘給想辦法。」她這一路上越想越害怕，現在哪裡還吃得下飯？

白芸無奈地笑了，她這婆婆平時做事都是不疾不徐，有條理得很，怎麼這個時候反倒急性子了起來？

「真沒有發生啥大事，不信妳問阿嵐。」白芸說著，給宋嵐使了一個眼色。

宋嵐立即領悟，把飯碗又推到她娘面前，勸道：「娘，嫂嫂說得對，妳就先吃飯吧，吃兩口墊墊肚子。反正不是壞事，妳放心。」

「真的？」馮珍看女兒也出來擔保，有點動搖。

「真的！」宋嵐點頭。她嫂嫂都說了沒事，那肯定是真的沒事。

馮珍雖然還是有點不相信，但見兒媳、女兒都一副「妳不吃，我不說」的模樣，還是妥協了，拿起碗快速地吃了小半碗，才擦擦嘴說道：「好了，有啥事快說吧！」

宋嵐也擺好了姿勢，端正地坐在桌前看著白芸，眼裡是滿滿的求知慾。

白芸的手指敲了敲桌面，把剛剛琢磨好的話說了出來。「其實……我會看相。」

「看相？」母女兩個異口同聲地說道，妳看看我、我看看妳，隨後又問：「啥是看相啊？」

白芸額頭閃過幾道黑線，既然這兩人不知道看相是什麼，剛剛反應那麼大做什麼？她淺咳一聲，又找了個通俗易懂的說法解釋道：「就是大家所說的算命。」

「哦～～」經過她這麼一解釋，兩個人就都明白了。

只是馮珍還有一點疑惑，問道：「不對啊，阿芸，我記得妳一直都是在村子裡的，也聽妳說過，妳從不曾出過村子，妳是去哪兒找到的師傅？」

還有一點她沒有說，說了怕兒媳婦難受，那就是——吳桂英的為人不如何，怎麼可能捨得花錢請師傅教妳一個丫頭？怎麼也得教自己的兩個兒子才是啊！這事怎麼都透著奇怪。

「娘，我這師傅有點特殊。」白芸搖了搖頭。「她是個老太太，經常出現在我夢裡，看我活得可憐，便教我卜卦、看相，我當時也嚇壞了，後來那老太太日日來，我也就跟著學了幾手。不知道妳們信不信，但是這事情真的發生在我身上了。」白芸臉不紅、心不跳的，隨意扯了個「夢中得了老奶奶的啟蒙，又自學成才」的勵志故事，來解釋這些事情。那老太太的原型，自然就是前世教她看相的奶奶。「我不敢告訴我奶，我怕她把我當成瘋子。我也不敢告訴別人，我怕別人把我當成妖怪。但是我現在嫁進來了，我想讓家裡人都過上好日子，所以才不得不說了出來。」

說完，白芸吐了一口氣。這件事情只能解釋成這樣了，畢竟原主是個大門不出、二門不邁的人，平時又沒有什麼朋友。

而且她仔細考慮過，古代人民沒有科學的概念，對這種超自然事件都很敬畏，一般不會有人拿來開玩笑，所以應該會相信。

她也想貼近現實一點，跟兩人說自己無意中撿到了本古籍，但首先是她不認字，其次她手上確實沒有古籍，說出來不是等著被人拆穿嗎？

當然，她也不確定馮珍和宋嵐會不會相信她說的話。

但她確定兩人都是絕對善良的人，就算不相信她說的話，也絕對不會把她當成瘋子來對待。

看兩人的神色，好像除了震驚以外，並沒有對她說的話有任何的抵觸，白芸才稍稍心安。

如白芸所想，馮珍和宋嵐嘴巴張得老大，好一會兒才緩過勁來。

馮珍嚥了嚥口水，小心翼翼又磕磕巴巴地問道：「那……那老太太是、是人是鬼啊？」

「應該是半仙。」白芸鎮定自若地說道，心裡卻在暗喜。看這個樣子，婆婆應該是相信了。要是不相信，斷然不會問出這麼荒唐的話，只會問她是不是糊塗了？

「這是好事啊！得了神仙的眷顧，那真是大好事！」馮珍激動地手拍桌子，整個人站了起來問道：「那半仙有沒有留下什麼名號？我們趕緊去做個牌位回來，給祂供上，讓半仙吃香火！」

就連宋嵐也按捺不住心中的狂喜，贊同她娘說的話。「對，我現在就去鎮上買香燭回來！」

白芸看兩人高興壞了，一副馬上就要衝出門的樣子，立即攔住兩人。「別別別，這事不能張揚！半仙說了，最好一個外人都不能告訴。我這也是偷偷才說的，畢竟妳們都是我的家人。」

「這樣啊？那可千萬別犯了半仙的忌諱！娘不說了、不說了，都爛在肚子裡！」馮珍先是害怕，又為自己的衝動感到抱歉，有點不好意思地坐了下來，又拍了拍女兒，讓她也坐下來。

「我也不說。」宋嵐也是一樣，搖頭擺手地表示自己絕不會亂說的。

見總算解釋得差不多了，白芸才鬆了一口氣，伸手把桌上的包袱打開，露出那十五兩銀子。

宋嵐出息多了，看到這十五兩已經沒有太大的感覺了。開玩笑，她早先見著的可是五十兩，這十五兩已經不算啥了！

馮珍可從沒見過十五兩銀子擺在自己面前，不由得倒吸了一口氣，問道：「這又是哪來的那麼多銀子？」

馮珍現在只覺得自己一個頭兩個大，她兒媳婦今天帶給她的驚喜太多了，驚得她腦子都暈暈乎乎的，甚至還懷疑自己是不是在作夢，暗戳戳地掐了一把自己的大腿，腿上一陣疼，告訴她這都是真的。

「我前些日子幫了一位夫人算相，這是她給的酬勞。」白芸沒有避諱李夫人的事情，日後李夫人還會來，有些事情沒必要瞞著。

「這麼多？反正娘啥也不懂，妳是個有主意的，有啥需要娘做的，妳就跟娘說。」馮珍都已經無力讚嘆兒媳婦的神奇了，現在兒媳婦說啥，她都能全盤接受。

她聽說過有錢人是不拿銀子當銀子的，她也不好奇兒媳婦是做了什麼，只要人沒事就好。

「知道的，娘。」白芸點點頭，又從包袱裡拿出了一個元寶遞給馮珍。「娘，這五兩銀子，妳先拿去給我夫君治病吧，不夠再跟我說。」

她既然住在宋家，那就是家裡的一分子，即使她不想再救那個所謂的丈夫，可既然她有銀子了，那看在馮珍的面子上，她還是得幫一幫。

她不知道宋清得的是什麼病，估計不是什麼小病，她能做的只有給點錢了，至於能不能活，生死各有命，就不由她作主了。

馮珍望著兒媳婦強硬地把元寶塞入自己手裡，眼淚啪嗒一下就掉下來了。

這錢是兒媳婦辛辛苦苦靠本事賺來的，他們宋家沒讓兒媳婦過上好日子，反而還讓她處處為家裡考慮。可她沒法說出拒絕的話，因為家裡確實需要這個錢救兒子，她只能抓著兒媳的手，心懷感激的哭泣。

「娘不知道說什麼好了……阿芸，娘謝謝妳！」說完，馮珍就想起身給白芸鞠躬。

白芸立即把她扶住。馮珍是她婆婆，更是她的長輩，她可受不起馮珍的鞠躬，怕折煞了她。

「娘，妳千萬別這樣！我們不是一家人嗎？還是說，妳之前說的是假話，妳根本沒把我當親閨女看？」

「怎麼會是假的？」馮珍生怕白芸誤會，立即搖頭。「妳就是娘的親閨女！」

宋嵐坐在旁邊看了許久，聽了這話，立即嘟著嘴嚷嚷了一句。「還有我呢！」

她這活寶一般的話一出，傷感的氣氛立刻消失得無影無蹤，白芸和馮珍都笑了起來。

「妳們笑話我！走，狗蛋，我們去玩，不理她們了！」宋嵐嬌嗔地看了自己的娘和嫂嫂一眼，抱起狗蛋就走了。

「這銀子妳也快收起來，別被別人瞧見了！若是被人瞧見，怕是要不得安寧了。」馮珍看了看周圍，不放心地說道。

家裡有這麼多銀子，她總覺得有人會來搶，她們一群手無縛雞之力的女人，哪裡攔得住？得死死藏住才行。

白芸點頭，重新把包袱合上，又問道：「娘，在咱們村裡建個比咱家大點的房子，大概需要多少錢？」

馮珍想了想，說道：「村裡蓋房子不要多少錢，就看要蓋什麼房子。若是一般的泥瓦房，加上人工和瓦片，大概五兩就足夠，土和石頭找個山裡挖便是了。」

「那石磚瓦房呢？」

「石磚瓦房大概需要二十兩左右，但也得看是多大的房子，越大就越貴一些。」馮珍說完這些，愣了愣。「妳問這些做什麼？」

「我想把咱家的房子推了重新蓋。咱家這房子不結實了，我怕哪天屋頂掉下來，砸到人就不好了。而且房間太小，狗蛋長大了也不方便。」

白芸說得有理有據，就是手裡的銀子太少了，她發現在這個時代，賺銀子更加難。

她恨不得李夫人明天再來一次，把錢賺夠了她好蓋新房子！

「咱們這房子蓋了也有些年頭了，他爹小時候就住在這裡，現在是該重新蓋了。」馮珍點頭，覺得兒媳婦說得有道理。「蓋房子不是小事情，到時候要蓋，我再回娘家借點錢，然後讓他爹回來找人蓋，還能省不少銀子。」

白芸失笑地搖頭，拍了拍她的肩膀。「錢的事情不要擔心，我來想辦法。」

有時候人太老實也不太好，給自己身上承擔了太多壓力，白芸可不願意讓馮珍為了個房子的事情拚了命地幹活，到時候把身子糟蹋壞了，不值當。

說來她是個比較有擔當的人，只要是她喜歡的人，那花多少銀子她都願意，反正她有這個能力。

不等馮珍反駁，白芸推著她進了房間。「娘，妳就好好休息。下午別去地裡了，趁早把銀子給我公公和夫君寄過去，我下午同妳一塊兒去鎮上。」

到了下午未時，白芸、馮珍、宋嵐和狗蛋一起出了門，一家人浩浩蕩蕩地往路邊走。

「馮嫂子，妳家全去鎮上啊？這是要買什麼喲？」一個坐在路邊縫鞋底的村婦瞧見了，她嘴裡還咬著線呢，就開口招呼道。

馮珍笑咪咪地回了一句。「不是去買東西的，是去鎮上看看有沒有我丈夫的來信？」

「喲，那妳快去吧，別耽誤了時辰！」那村婦見是這事，趕緊揮手讓她去，自己又低下頭來擺弄那雙滿是補丁的鞋。

一家人到了村口，趕牛的老漢沒來，他們等了一會兒，又來了一輛鄰村的牛車，看著像是要往青嶺鎮的方向去。

白芸上去交涉了一番，那人大方地帶著他們一起走了。

現在民風淳樸，沒人會擔心路上遇到的是不是壞人，且白芸她們三個都是大人了，若是壞人才不會挑這種一群一群的人下手。

牛車把他們送到青嶺鎮，收了馮珍給的一點車費，就繼續趕路了。白芸和馮珍等人約好了，過一個時辰就在村口見，馮珍可以順便帶著宋嵐和狗蛋去買買家用品。

幾人兵分兩路後，白芸就來到了每次都會去的茶樓，買了一壺茶，又挑了個位子坐好了。她今天不擺攤，就是來茶樓坐一會兒。

她不太喜歡逛街，更喜歡在鬧市中坐著，看看眾人的面相。

白芸的目光鎖定一個拉著板車的大漢身上，那大漢揮灑著汗，鼻子上有一點點黑黑的氣息，主破財。

「難不成要被偷？」白芸正喃喃著，下面突然爆發出了一陣喧譁——

「抓小偷啊！」

是那個拉板車的大漢喊的。

同時間，坐在白芸身前正喝著茶、看起來有點病病殃殃的男子也在望著街道，他眼眸深沈，顯然也是注意到了底下的這一幕。

只是，他恍惚間好像聽見身後有個小姑娘在猜這件事？似乎還猜對了？

想到這裡，他失笑地搖了搖頭，覺得是自己聽錯了。怎麼可能有人能知道未發生的事情呢？這肯定是巧合。

儘管心裡是這樣想的，但他還是多留了個心眼，眼睛盯著下面看，耳朵卻留心著小姑娘的話。

白芸此刻完全不知道，已經有人悄悄注意到了她的自言自語，只是全神貫注地看著底下事情的發展。

要她說，這個小偷也太沒有職業操守了，出來做業績也不知道把臉遮一遮，做事不嚴謹，日後肯定要出問題。

轉眼間，那拉車的大漢已經把板車放下了，神色憤怒地追逐著小偷，邊跑邊怒罵著。

「別跑！臭不要臉的，再跑老子打斷你的腿！」

人群擁擠，小偷顯然把這一帶的路都摸熟了，盯準了一個沒人站的巷子，也就是白芸所在的茶樓對面的小巷，輕車熟路地拔腿就跑。

跑的時候還回頭看了一眼窮追不捨的大漢，整個正臉都暴露在白芸的眼皮子底下。

「疾厄宮灰暗，主霉運，意外傷害頗多，面部有血光之災。」白芸笑了，看來這小偷也是個倒楣蛋。

如今這兩個倒楣蛋遇在一起，就得看誰更倒楣了。

不過看起來，應該是這個小偷更倒楣一點，因為他馬上就得摔跤了，摔得還不輕。

得出這個結論後，白芸立即抬眼往巷子裡盤查著，看看有什麼能讓小偷摔倒的東西。

巷子空曠得很，白芸坐的位置高，可以說是一覽無遺，看得很是清楚。

只見巷子前有塊半米長的木板，攔著他們的去路，不遠處還有幾顆圓潤的石子，像是小孩玩過後丟在那裡的。

小偷只顧拚命地逃跑，手裡錢袋握得很緊，生怕自己跑不脫，還頻頻回頭看看那人有沒有放棄？

就在小偷快要跑到那木板前的時候，白芸開口小聲說了一句。「摔倒。」

那小偷就好像個被操控的木偶，果真如她所說的，一腳絆在木板上，「咚」的一聲，整個人五體投地地趴在地上。

被偷了錢袋的大漢立即加快腳步，狠狠一腳踩在小偷的背上，從他手裡奪回了錢袋，又把他從地上提溜起來，說要將他送進官府裡去。

「好！就該把他送到官府去，讓他坐大牢！」

「年紀輕輕、有手有腳的，怎麼幹這種下三濫的事情？這年頭誰容易啊？」

「抓起來！抓起來！抓起來！」

旁邊圍觀的百姓看到這一幕，都拍手叫好，慷慨激昂地斥罵著無恥的小偷。

只有小部分的人，注意到了小偷臉上正汩汩冒著鮮血，立即就慌了神。

「呀，他流血了！好多血啊！」
「不會死了吧？這可是磕到腦袋了？真是造孽喲！」
「我說人命關天，不如先把他送到醫館看看，再抓去官府吧？」
「那怎麼行？等會兒他跑了怎麼辦？」
「萬一人死了怎麼辦？那這位大哥說不準還得被安上個殺人罪名呢！」
發生了這種事情，人們都七嘴八舌地發表著自己的見解，討論最多的就是該不該先送人去醫館？
抓小偷的大漢眉頭緊皺，顯然也覺得這件事情很棘手，他就是一個拉車的，可沒有錢送這個臭小偷去治傷！但他更怕就這樣不管不顧地把人送進官府，人要是出了什麼事情的話，他再有理也變得沒理了。
半晌，那大漢才冷哼了一聲，鬆開了小偷的手，說道：「真晦氣！下次別再幹這種傷天害理的事情了，這次我就饒了你。我既然放了你，你自己愛去醫館還是去哪裡都跟我沒關係了，死了也別賴上我！」說完，他就頭也不回地離開了這條巷子，回到大道上，拉起自己的板車，急匆匆地走了。
小偷也在眾人的指指點點下，手扶著腦袋跑了。
坐在茶樓上的病氣男子同樣將這一切盡收眼底，除了對小偷的鄙夷以外，更多的是感到不可思議和荒謬。

他剛剛可是真真切切地聽到了那小姑娘說的話，對應著底下的事情，一句不差的都應驗了！再加上在自己身上發生的事情，讓他覺得這個世界真的很荒唐，跟他從小到大學過的世界觀都不一樣，有點三觀震碎的感覺。

他站起身來，想看看後面坐著的是個什麼樣的姑娘，如果可以，他想問問是怎麼回事。

但一轉身，他終究是失望了，那姑娘已經不在了。

和馮珍相約的時間還沒到，白芸在街上悠閒地逛著，想著剛剛的事情還覺得有點好笑。

本來她也想繼續看下去的，但是今天茶樓裡的味道怪怪的，老是有一股若有若無的中草藥味道，她不是很喜歡。

白芸逛到了菜市裡，身上帶了銀子，她就總想買點好吃的回去，想到許久沒有吃水果了，她想看看有沒有賣，若是有就買。

可惜這個時代吃水果的人少之又少，肯花錢買水果的人也不多，因為這水果是甜的，差不多和糖一樣金貴，不到節日誰吃啊？

從街頭逛到街尾，白芸才在一個菜攤上見著了一小堆的李子。

李子的個頭不大，果皮上長了些斑斑點點，看著有點醜，但有好過沒有，白芸還是很喜歡吃李子的。

那賣菜的老農看有人來，忙招呼了一句。「買菜啊？我這菜水靈，馬上要收攤了，我便宜算給妳。」

白芸搖了搖頭，指著那一小堆李子，問道：「老闆，這果子怎麼賣？」

看白芸是問果子的，老農笑呵呵地說道：「這果子不貴，自家種的，十五文錢一斤。」

白芸聽到十五文一斤，倒是沒覺得什麼。果子這種東西不好運輸，現在這個世道也不好賣，種的人少，賣得就貴了。

那老農看她不說話，以為是嫌果子醜，立即從裡面拿出一個，遞給白芸。「姑娘，妳嚐嚐看，這果子好著呢，甜滋滋的，就是醜了點。我這也是沒人收，才拿來碰碰運氣的。」

白芸接過果子，擦了擦，就放進了嘴裡。不乾不淨，吃了沒病。

果子咬在嘴裡，先是冒出了一股酸，酸得白芸整個五官都皺在一起了，隨後才甜了起來。

那老農看她這樣都犯嘀咕了，有這麼酸嗎？他的果子還不錯啊！這姑娘不會吃了果子就不買了吧？

李子是好李子，酸酸甜甜的很正常，就是白芸這個身體沒吃過啥好玩意兒。

以前在白家，山上摘回來的野果子不放爛了都輪不上她，所以有點反應是很正常的。

白芸最近也沒吃啥別的，嘴裡沒味，吃完一個李子後，她的心情都好了許多。

十五文就十五文吧，看著攤子上的果子也不多，白芸就讓老農把果子都給她秤了。

老農看她爽快，也高興地把果子都秤了裝起來，又搭了幾根賣剩下的菜心給白芸。「一共兩斤，三十文，姑娘妳拿好。」

白芸從錢袋裡拿了錢付給老農，估摸著快到時間了，才往鎮子口走去。

等她到了後，發現馮珍和宋嵐、狗蛋三人已經在鎮子口等著她了。

看白芸手裡還拿著一包東西，馮珍便問道：「阿芸，妳買了啥？」

白芸抬了抬手。「買了點李子，我們回去吃。」

「李子是什麼呀？」狗蛋歪著小腦袋，好奇地問道。

「李子是一種水果，酸酸甜甜的，很好吃。一會兒回去後洗洗，狗蛋就可以吃了。」白芸笑著摸了摸他的頭，大家便一起坐車回去了。

到了家中院子裡，白芸把李子放在水裡洗了洗才拿出來，眾人都拿了一個放進嘴裡，咬了一口，酸味蔓延在每個人的口中，惹得大家都擠眉弄眼的，有趣得很。

「這李子還真是好吃，酸酸甜甜的，跟山上的野果子就是不一樣。」宋嵐幸福地瞇著眼睛，細細品嚐著李子的果肉，連果核都是含了又含，捨不得吐掉。

「那當然不一樣，山上的果子小又不甜，還有點苦味，沒什麼吃頭。」馮珍倒是還好一些，但看起來也很高興。

「我喜歡李子，我喜歡李子就像喜歡奶奶、喜歡阿娘、喜歡姑姑一樣的喜歡！像喜歡魚、喜歡肉一樣的喜歡！」

小狗蛋的嘴都要咧到耳根後面了，孩子還太小，沒有什麼形容詞，比喻的詞彙就這麼幾個。

世界上沒有什麼比美食更能治癒人心的東西了。

白芸看著家人都開心，自己也很開心，感覺這果子買得真是太值得了。

小狗蛋也不貪，吃完兩個就不吃了，把果核埋進了院子裡。他奶奶說種瓜得瓜、種豆得豆，他把果子種下，等長成了大樹，日後就有許多李子給家人吃了。

晚上馮珍把老伯送的菜心炒了，還炒了幾條昨天從地裡抓回來的泥鰍，一家人就著飯吃得噴香。

日子過得快，一轉眼又過去好幾天，田裡的耕種已經忙完了，宋家的日子也悠閒起來，馮珍不用日日下地了。

宋嵐跟馮珍一樣，在家裡頭操持著家務，順便讓白芸從鎮上帶回來一窩小雞仔和幾包菜種子，在院子裡圍了個雞窩，弄點草料餵養著，又開了一塊菜園，把菜種種上了。菜種白芸是特意挑選長得快的買，畢竟她想早點把房子蓋了，別到時菜還沒種出來，房子已先蓋好了。

狗蛋的日子就幸福了，每天出去跟同齡的小孩跑來跑去，但他也沒有忘了家裡，偶爾還能摸點小魚和螺螄回來。

白芸還是一樣，隔一日便去一次鎮上擺攤，只是用了馮珍做擋箭牌，沒有人再多說什麼了。

今日她照例戴著面具去酒樓附近，卻發現她擺攤的地方停著一輛騾車，擋住了她那遮風擋雨的好地方。

白芸也無所謂，反正天大地大的，那地方也不是她的，停著車也不關她的事情。她便坐在車旁的位置，把那張紙條展開鋪在地上。

她每次來都是佛系擺攤，旁邊的攤販都快認識她了，見她又是一言不發地坐在那裡，連連稱奇，好奇她到底會不會有生意。

白芸今天運氣好，剛坐下就有一個丫鬟過來了。白芸看了眼那個丫鬟，覺得眼熟得很，想了想，這不是第一次見李夫人的時候，李夫人帶著的丫鬟嗎？

她還記得這個丫鬟當時冷冷清清的，是個話少的，今日再見就不一樣了，臉上難得地笑了，畢恭畢敬地同白芸問好。

「大師，可算等到您了！我家夫人身子不穩，不便上門打擾，就來此處等，說您一定會來的。」

白芸點頭，問道：「妳家夫人在哪兒？」

「之前的茶樓。大師若有空，便跟我上去看看可好？」

白芸又點頭，準備彎腰去撿一撿自己的招牌。好幾文一張呢，她捨不得丟。

那丫鬟是個機靈的，搶先一步蹲下身，把那紙條拿了起來，又按照原來的摺痕疊了起來，雙手遞給白芸。「大師拿好。」

「謝謝。」白芸禮貌地道了謝，便跟著那丫鬟往茶樓走去。

來到那個熟悉的包間門前，不一樣的是，那丫鬟敲了敲包間的門，沒有開口說話。裡面的人來開門了，李夫人走出來，向白芸問了聲好。

「白大師，今日又冒昧了。本該親自下去迎您，但裡面有好友在，便讓小青去請您了。」

「不礙事。」白芸搖了搖頭。她本來就是出來找生意的，能有生意上門，這也沒啥冒昧的，左不過走兩步路的事情罷了，她沒那麼大的架子。

「今日請您來，是因為我這好友。她近日來煩惱不斷，還請大師指點一二。」李夫人身段放得很低，她知道白芸是有真本事的，在這樣的人面前造次，只怕是腦燒了的人都不敢。

「好說，我得先見著人。」

「大師請進。」李夫人親自拉開門，側著身子讓白芸進去。

白芸見著裡面坐著的女子，跟李夫人一樣，插著幾件首飾，不過衣服穿得稍微張揚了一些，也沒多說什麼，順著李夫人的指引坐到了椅子上。

李夫人指了指身旁的小姊妹，介紹著。「大師，這是我姊妹，安溪縣永家的夫人，叫柳鈺。」

「大師好。」柳鈺看著白芸，跟她問好，眼裡有著傲氣，但還算客氣。

她是從縣城來探望李夫人的，聽說她有孕，自己也很高興，又聽她說是得了大師的指點，這才來了興趣。最近自己的時運不太好，正好可以請教一番。

她不太相信這種小地方能出什麼大師，尤其還是年紀如此之小的大師，所以就算表面客氣，內心也還是很不屑的。

白芸才不管她是怎麼想的，她這個樣子，人家有所懷疑也是正常的，能客客氣氣的已經不錯了。反正她用本事掙錢，不在意那麼多。

她看了一下柳鈺的基本面相，就開口詢問了起來。「柳夫人最近是不是失眠夢多、諸事不順、夜半寒冷？」

柳鈺一驚，她今日搽的粉厚，出門前也檢查了好幾遍，是絕對瞧不出來異樣的。她沒有馬上回答白芸，而是疑惑地轉頭，用眼神詢問李夫人，是不是剛剛在門外把她的事說了出去？見李夫人搖頭否認了，才真正覺得面前這個大師或許是有些本事的，就連坐姿都不經意地端正了起來，柔和地說道：「大師，我這段日子確實是失眠多夢。我本與夫君感情很好，近日來卻很不順暢，就連夫君來我房中下榻也是頻頻作夢，日子久了難免就不來了。大師，我該怎麼辦？」

「作的是什麼夢？」白芸聽完她的描述，並沒有覺得奇怪。看她夫妻宮無光扁平，甚至還有一顆小小的惡痣，就知道她的姻緣不會太好。

「這……」聽白芸問她作了什麼夢，柳鈺有些遲疑，在腦子裡編著措辭。

「柳夫人，在相師面前撒謊是一個很不明智的選擇。」白芸一眼就看透了她的小心思，提醒道：「若是妳撒謊了，我給出的建議也不會準確，那麼，妳的問題就得不到解決。」

李夫人看兩人這樣子，就知道有些事情不是她該聽的了，忙識趣地找了個藉口迴避。

「我約好了去芙蓉坊拿我的衣裳，阿鈺，我先失陪，妳幫我招待好大師，我一會兒再回來尋妳。」

「好，妳且去吧，我會招待好大師的。」柳鈺咬了咬嘴唇，點了點頭。

李夫人走了以後，柳鈺給白芸續了杯茶，才認真地回憶起了當初的事情。

「大師，我也不瞞您了，其實我日日都夢到有嬰兒啼哭，我家大夫人來找我算帳，但是我沒有要害她，我真的是無心的！我沒想到、我沒想到……嗚嗚嗚……」還沒說幾句，柳鈺的臉上已經是蒼白一片了。她越想越害怕，前言不搭後語，控制不住就哭了起來。

白芸神色淡淡，並沒有因為她哭就同情心氾濫，而是勸道：「別哭了，把事情說出來，不說出來日子就永遠無法安寧了。」

柳鈺聽了白芸的話，覺得很對，抽泣了兩聲就把眼淚擦乾，一股腦兒地把事情都說了。

原來，幾年前永家還是簡單的殷實人家，永家長子永平樂到了婚配的年紀，就從普通人家裡挑了一個賢慧女子做了大夫人。

永平樂與大夫人不說琴瑟和鳴，但也是相敬如賓的。

永平樂是個有出息的，娶了老婆後並沒有沈迷於閨房之樂中，反而更加上進，努力讀書，終於考取了功名。

永家一躍成為了安溪縣的上流，大夫人也在這一年有了身孕。

本該是闔府歡慶的時候，然而永平樂的娘怕兒媳有孕在身，兒子沒人伺候，就提出讓兒子再抬一個妾進來。

大夫人是個賢慧的，雖然有委屈，也答應了，抬進來的這個妾就是柳鈺。

柳鈺的家境比大夫人好，看上永平樂也是看他年輕有為，又有功名在身，才甘願做妾，還帶了不少嫁妝進門。

大夫人感覺到了危機，但她又是個善良的人，沒有爭寵的手段，只能在房中日日寡歡。看她日漸消瘦，柳鈺怕出事，就勸永平樂多去看大夫人，永平樂為了髮妻也就常去了。

可沒想到的是，永平樂的娘想讓柳鈺也懷上孩子，來個三喜臨門，便著人偷偷往她的酒裡下催情藥，可這杯酒好死不死的被永平樂喝了。

剛開始藥效還沒上來，不知情的柳鈺還是照常勸他去大夫人那裡。後面藥效上來了，大夫人月分又大，反抗不得失去理智的永平樂，於是一屍兩命的悲劇就發生了。

大夫人去後，大家相安無事了一年。

永平樂念在柳鈺家世良好，又已經懷了他的孩子，便抬了她做大夫人。

怪事就在她生下孩子後開始了，柳鈺頻繁地夢到故去的大夫人，質問她為什麼要讓喝了催情藥的郎君去她房中，那氣憤的樣子嚇人得很。

說到這裡，柳鈺的故事就結束了，而白芸也明白了事情的來龍去脈。

說到底，這就是一個意外造成的悲劇，那位故去的大夫人因為這種事情失去了生命，也是很可憐。

女子早產又難產，本身就有極大的怨氣，嬰孩成形了卻因為母親受到傷害而憋死腹中則為煞氣，自然不能下地府重新輪迴，只能化為鬼魂遊蕩在死前的這一方天地裡。

鬼魂這種東西，它雖然有思想，但是不太靈活，可以說是偏執。

大夫人生前對柳鈺本就有意見，又因為柳鈺的陰差陽錯而造成了自身的悲劇，便只找上柳鈺的麻煩。

白芸從柳鈺的命宮裡看到了一絲鬼氣，也就是說柳鈺噩夢不斷、運氣不好，都是與大夫人的亡靈有關。

白芸把這話說給柳鈺聽，嚇得柳鈺驚慌失措，一把抓住白芸的袖子。

柳鈺哀求道：「大師，那我該怎麼辦？我會不會死？您……您一定要救我啊！我真的不是故意的，我沒有要害她的意思！」

「放心，她只是個可憐人，因為怨氣化為鬼，要不了妳的命，頂多就是倒楣一點、作作噩夢，死不了人的。」白芸不是在安慰柳鈺，她說的是真的。

鬼魂這個東西其實並沒有那麼可怕，它們沒有實體、沒有法力，只有怨念。怨念這個東西可以讓人倒楣，讓人身體虛弱地生點小病、作作噩夢，但都沒有到害人命的程度。

柳鈺之所以會被大夫人纏上，肯定是因為在永家後宅，與大夫人的亡靈長期沾染，兩人產生了媒介。

聽白芸說得輕巧，柳鈺簡直要哭了！什麼叫頂多就是倒楣一點、作作噩夢？這已經很嚇人了吧？誰願意日日夢見死人呢！

她欲哭無淚地看著白芸。「大師，求您給我想想法子吧！這日子我是一天也不想過了，要多少錢我都願意給！」

「嗯，莫慌。」一聽到錢，白芸就不再開玩笑了，而是認認真真地想起了法子。沒辦法，這些夫人們給得實在太多了。「妳雖然是無意害人，但人家也算是間接因妳而死，這些冤親債主找上妳也不冤枉。只要妳回去跟妳家那位大夫人的亡靈解釋清楚來龍去脈，誠心給它道個歉，滿足它的要求，當然，只要不太過分，然後再到廟裡請個會超渡的和尚來給它們母子超渡，多燒點紙錢，事情自然就能解決了。」

「跟……跟大夫人解釋？如何能解釋啊？這生離死別的，大師莫要嚇我！」其他的都可以做到，柳鈺一聽還要再面對亡靈，嚇得腿都顫了。見著大夫人都是在夢裡，不由得她控制，她又是個大活人，怎麼解釋啊？

「妳有帶丫鬟來嗎？有的話讓她幫忙跑個腿吧。」白芸問了一句。

「有的。」柳鈺不知道大師要做什麼，但立即開口喚了丫鬟。「彩玲，進來。」

丫鬟彩玲進來後，白芸便對彩玲說道：「妳去喪葬鋪幫我買點黃紙，再去藥鋪幫我秤點朱砂回來，都不用太多，尤其是朱砂，來一點就行了。」說完，白芸就從錢袋子裡掏出了一塊銀元寶遞給她，心裡還有點捨不得。

那丫鬟沒接錢，而是看了一眼自家夫人。

柳鈺用腳趾頭都能想到，大師買的黃紙和朱砂是給自己用的，趕緊點了頭。「還愣著做什麼？聽白大師的，大師讓妳買妳就去買。記住，要買最好的黃紙、最好的朱砂！」又說道：「不用大師的錢，去車上拿錢買，現在就去，越快越好！」

「是，夫人。」彩玲聽見吩咐立即點頭彎腰，退了兩步就跑出去了。

白芸一聽不用自己掏銀子，就迅速地把銀子塞回錢袋子裡，把錢袋子的封口綁緊，臉在面具的遮掩下笑得很是開心。

黃紙還好，她能買得起，但朱砂就不同了，純度好的都堪比黃金了，買一點點她都肉疼，所以她剛剛盤算好了，自己先把錢墊上，一會兒再把買東西的錢算進卦金裡，她可不能虧本。

如今柳鈺出了錢，她就省去了這些功夫，說不定一會兒還能剩點材料給她，這都是純賺不虧的。

唉，這些夫人給得真的是太多了。

彩玲手腳快，馬上就把東西買回來了。白芸檢查了一遍，黃紙很厚實，朱砂也是好的。雖然她吩咐了彩玲不要買太多，但也有一小包了，完全夠用。

白芸拿起那黃紙，用手撕了兩張小黃紙人出來，把一張紙人放在自己面前，唸道：「萬神朝禮，借我雷霆之威，鬼神躲避，內有雷鳴，喚如性命，立即現身，急急如律令！」

唸完口訣，白芸眼睛的相氣立即流到紙人身上，隨後白芸又用朱砂往紙人身上留下一點紅，那紙人就像活了一樣，走到柳鈺的面前才倒了下來。

看見白芸發了神通，柳鈺眼裡全是震驚。這哪裡是人啊？這是個會法術的仙姑啊！

「這張紙人妳收好，不要摺皺、不要沾水，回家後，午夜的時候拿出來，在房間裡唸妳家大夫人的名字就好了，切記只許妳一個人。」

「曉得了。」柳鈺趕緊點頭，她早被白芸這一手驚得不知所以然了，只本能地把白芸的話記下。

白芸看她點頭，才又拿起了另一張紙人，唸道：「妖鬼散膽，精怪忘形，金光速現，覆護真人，急急如律令！」

隨著相氣再一次覆蓋在紙人身上，白芸撚起一撮朱砂，塗在紙人的頭上，然後遞給柳鈺說：「這一張是保妳平安的，若是妳跟大夫人沒談妥，拿出來放在地上，那大夫人就不能靠近妳。當然，若是談妥了最好，這一張妳就留著當護身符，封在枕頭裡也行，可以保兩個月邪祟不近身。兩張紙人用完便燒掉，明白嗎？」

柳鈺像接著什麼珍寶一樣，小心翼翼地把紙人放在手裡，小雞啄米似的點頭。「曉得了，大師。」

白芸這才點頭。「那行，剩下的就得看妳了。」

柳鈺愣了愣，覺得心裡還是有些害怕，便開口道：「不如大師隨我一道回去吧？我永家肯定奉大師為座上賓！有大師在，我也能安心些。」

白芸搖了搖頭。「這兩張紙人夠妳保命和平安了，妳安心回去吧。我眼下不能超渡，跟妳走也沒太大用處。我沒什麼時間，若是還有什麼事，李夫人能找到我。」

聽白芸拒絕了，柳鈺也沒有強留，而是問道：「大師，您辛苦了。這卦金該是多少？」

「四十兩。」白芸給了個價，還是一如既往的良心價。這一次是冤親債主的活兒，不會給她積什麼德行，她還用到了獨門秘術，收四十兩都算少的了。

柳鈺沒猶豫，掏出四十兩一張的銀票，遞給白芸。「大師，今日之事多謝了。」

白芸看了一眼那花花綠綠的紙，差點沒認出來這是什麼東西，只隱隱約約能猜出這是張銀票，面額上的數字也確實是四十沒錯，這才收了下來。

「若是沒什麼事，我就先回去了，幫我跟李夫人道別。」

「那是自然。大師要去哪兒？不如我讓彩玲送送大師？」這種厲害的人，不只李夫人願意結交，她永家更是願意結交。誰家還沒點事情？無論如何，照顧周到了，日後怎麼都好說話。

白芸不給她這個機會，搖搖頭道：「不用，我喜歡走路。」

她可不想跟顧客有什麼聯繫。有緣自會再相逢，沒緣分再親近也沒有用。而且聯繫多了麻煩也就多了，她可不傻。

聽見大師這別具一格的回話，柳鈺不敢多說啥，只是謙卑地笑著。「是是是，那我便不送了，大師慢走。日後若是有事，來我永家便是，能幫的我一定幫。」

這就是客套話了，白芸聽聽也就過了。

一番告別後，白芸就離開了茶樓，迫不及待地回家了。

第七章

今日賺的四十兩，加上之前的十五兩，給了婆婆五兩，總共還有五十兩，夠蓋房子了。

等她回去問村長借一本老黃曆，看準日子馬上動工，以後就能睡個踏實覺了！

越想越開心，白芸甚至覺得那嶄新的房子就在眼前了！蓋了房子她還得繼續努力，家具也必須換新的。

家裡的木床有些年頭了，日子久了就生蟲，一到晚上，蟲咬木頭的聲音就「吱呀吱呀」的響，很是鬧人。

坐著小牛車一路到村口，白芸下了車走路回家，路過村長家的時候，瞧見村長夫人在晾被子。

這裡春天還是有點潮濕的，白芸回家後就跟宋嵐一起，把被子和衣裳都放進竹筐裡，抬到小河邊洗。

她們倆過去的時候，發現溪流中有不少的大石頭，幾個大石頭上都坐著年輕的婦女。

洗衣服這種事情都是新媳婦做的，倒是沒見到有年紀大的婦女來。

其中有兩個女人是認識宋嵐的，她們是村裡人，嫁的也是本村的男人，兩人見到白芸和宋嵐來了，揚聲就打了個招呼。

「宋嵐，她們說妳回來了我還不相信，這下算是看見妳了！我們可是有好多年沒見著了。」

「玉蘭，聽說妳嫁給羅老三了？當初妳不是最煩他嗎？」宋嵐看見少女時期的玩伴，也有些高興，笑著就調侃了一句。

「可不是嘛，男娃小時候調皮，我最煩他，但是嫁誰不是嫁？想著離家裡近點，又知根知底的，嫁了也就嫁了。」玉蘭大大方方就承認了，早就沒有當初少女懷春的青澀了，這種玩笑在她們看來平常得很。

可到底是幾年沒見了，生活圈子又完全不同，聊了幾句陳穀子爛芝麻的舊話後，就沒話再聊了。

玉蘭給她們指了一塊大點的石頭，讓她們在那裡洗，才又轉頭和同來的人聊天。

婆婆們在一起嘮家常，不是誇兒媳，就是罵兒媳；兒媳婦們湊在一起，自然也是圍繞著婆婆和男人討論。

白芸和宋嵐聽著，也覺得有趣，洗衣裳都覺得沒那麼累了。

突然，那玉蘭像是察覺到兩人都不出聲，便探過頭來拉著她們一起說話，兩人也就跟著聊了幾句，沒說什麼特別的。

「宋嵐，妳這個小嫂嫂性子好啊，完全不像她們說的那樣。」玉蘭性格爽直，話對著宋嵐說，眼神卻是看著白芸。

白芸一笑，反問道：「玉蘭姊，她們是怎麼說我的呀？」

「啊？」玉蘭尷了個大尬，覺得自己實在是多嘴，別人背後編排人的話，怎麼好拿出來當著正主兒的面說？萬一白芸聽完一個生氣，殺到人家面前去罵，再把她給供出來，日後她得了個愛嚼舌根的名聲就不好了。

蹲在玉蘭旁邊的婦人是個心大的，聽見白芸問，她就開口說道：「那些人無非就是說妳性子悶，不愛與人走動啊，不知道是不是腦子不好？但是現在看來可不是這樣，可見傳聞都不一定是真的。」

「是啊，以前家裡活兒多，自然出門少了些。家裡那麼多口人，老的少的加起來，光是在家裡頭洗衣裳就得洗大半日呢！」白芸笑笑地說道。她不會因為別人在背後講兩句閒話，就屁顛屁顛地去罵人，又不是罵到她面前了，她沒吳桂英那麼霸道。

原主確實是不愛出門，不愛與人交流，性格又太靦覥，那都是因為吳桂英給她安排了太多的活兒，她又每天吃不飽，過得比野外求生還艱難，哪裡還有出去玩的興致？就算有，也得招來更多的活兒。

「玩的時間都沒有了，一天到晚都在幹活？怪不得我以前從不見妳出門，妳出嫁了才見到妳常出來。」

「就算是女兒家，也不該這樣吧？大家閨秀都有出門的時候呢，妳從前這日子過得也太慘了！」

「阿芸妹子，我說句難聽的，妳也別生氣。這吳婆子太不是東西了！妳脾氣也太好了，若是我，絕對不跟她來往了。」

白芸的話看似無心，髒水卻完完全全潑到了吳桂英的頭上，惹得大家都唏噓不已，鄙夷著吳虔婆的作派。

雖然女孩在家做活是理所應當的，但一天到晚不停的做活，那就是赤裸裸的虐待了，在哪裡也沒有這種道理。

而且就吳桂英那種恐怖的性格，村裡的雞聽了都聞風喪膽的，牛聽了都得打抖，打罵孫女那肯定是在所難免的，白芸又沒有親爹親娘護著，肯定就更慘了。

一時間，大家已經把白芸以往的悲慘日子重現在眼前了，對白芸的同情濃了幾分，對吳桂英的不齒也更深了一點。

白芸從始至終都是笑咪咪的，沒有反駁什麼，也沒有開口插話，任由她們說著吳桂英的壞話。

說吧說吧，說得越多越好，這都是她吳桂英應得的！

記憶裡，原主老是被家人欺負。

甚至原主爹娘死了的時候，吳桂英並沒有立即安葬，且連哭都沒有哭一聲，而是去找宋家借了五十兩銀子，說是要給原主爹娘看病，實則是拿錢給另外兩個兒子娶媳婦！養原主也是因為日後把她嫁出去，能有一份彩禮錢。

就這樣的養育恩情，實在是沒辦法讓白芸報答，甚至白芸都在想，就算吳婆子當年把她賣進富人家裡當丫鬟，大概都比在白家討生活容易。

宋嵐對嫂嫂很是感激，頭一次見嫂嫂如此柔弱可憐，心裡很是不舒服。這天殺的吳老太婆也太過分了！氣不過，她也立即加入了大家聲討吳桂英的隊伍裡。

白芸洗了衣裳又和宋嵐一起洗了被子，趁著太陽正烈，趕緊跟大家說了一聲，拉著宋嵐回去了。

兩人把被子掛起來，在太陽下烤。家裡用的都是最差的薄棉被，就是布裡鑲著一層薄薄的棉絮。

白芸估摸著太陽那麼大，不用到天黑被子就可以曬乾了。她很喜歡被太陽曬過、有獨特味道的被子，睡覺也更舒服一點。

好事不出門，壞事傳千里，村子裡的閒話都是一傳十、十傳百的，吳桂英的臭名聲在白芸的推波助瀾下，又再次沸騰起來，簡直是臭氣熏天。

就連她的兒子下地幹活，都覺得大家在看著他竊竊私語，還有點莫名其妙，不知道究竟是怎麼了。

當然，吳桂英本人不知道這事，也沒有人膽大包天敢去她面前編排。

夏季到了，降雨就多了，白芸決定最近都不去鎮上擺攤，先把房子蓋起來才是正經事。說幹就幹，白芸挑了個好天氣，去鎮上買了點乾大棗當禮品，拎著就往村長周良家走。她見過周良，人看著是不錯，一般不用拿禮人家也給辦事，但禮多人不怪，送了禮人家說不準會更上心。

白芸敲了敲村長家的門，正好有人在家。

「外面找誰呀？」

「是我，宋家的白芸，來找村長的。」

白芸自報了家門，不一會兒門就從裡面打開了。

開門的是村長夫人石丁香，看著約莫有四十多歲，衣裳穿得乾淨，頭髮用木簪子盤著，看著就比村子裡的婦人精緻許多。

「喲，是白芸啊！村長在裡面呢，快進來！」石丁香見過白芸，立即讓她進來說話，等白芸進來，又把門給關上了。

「妳先坐著，我去把村長喊出來。」雖說是見過，又是一個村的，但鳳祥村足足有上百口人，石丁香對她不熟悉，可仍是客氣得很，拉來張凳子喊她坐。

「謝謝伯娘。」白芸也乖巧地點頭，乖乖坐在椅子上，打量著周圍。

村長家的房子是村子裡最好的，用青石磚蓋的三間大瓦房，一看就是冬暖夏涼的。院子也圍得漂亮，沒有用籬笆，用的是石頭砌的，穩固得很，看著就花了不少錢。

村長家裡有田，又多了一份官府發的月例賞銀，自然比村人有錢，也蓋得起大房子，買得起牛。

她看了兩眼，周良就從屋裡出來了，跟上次白芸見到的一樣，周良人很精瘦，沒有什麼架子，看著就好說話。

因為白芸是女眷，為了名聲好，石丁香就坐在一旁繡花。

周良搬了張椅子坐在白芸對面，問道：「白芸啊，妳找我啥事啊？」

「村長伯伯，我們家的房子太舊了，好幾次下雨險些被瓦片砸到，修來修去也好不了兩天。為了避免王家的悲劇再發生，我跟我婆婆就想著咬咬牙，把房子推了重新蓋，就是不知道要不要走什麼程序，所以來問問您。」白芸把來意說得清清楚楚。

周良想了想，點頭道：「妳家那房子確實是有些年頭了，重新蓋也好。倒是沒有什麼程序要走，就是妳家若是把房子推了，那你們日後住在哪裡？」

周良這個問題問到了點子上，白芸也考慮過了。

原本她是想乾脆就在別的地方買一塊地，在那裡起新房子，可是村裡中心的地早就被人買光了，再從人家手裡買過來，就不比一手地便宜了，貴得很。

所以若是要買地，就只能從村子邊緣的地買，便宜是便宜了不少，但他們家住的大半都是女人，長期住的話很不安全，也沒有原先宋家住的位置方便。

因此思來想去，白芸還是決定來問問村長。

「村長伯伯，我也在想這個問題。我想了個辦法，想問問村長伯伯，村子裡有沒有空的房子啊？若是有，我可以找人租下來，這樣蓋房子的時候，我們一家也不用愁沒地方住了。在哪裡都沒關係。」

空房子？周良覺得這是個好主意，想了想，拍了一下大腿，說道：「確實有空房子！是何家的房子，前幾年剛蓋的，他女兒嫁到鎮上，女婿又給多蓋了一間，說是常回來陪岳父、岳母，但沒見他們回來住，房子也就空下來了。如果妳要租，我可以幫妳聯繫一下，問問何家的意思。下午我讓妳伯娘去妳家告訴妳結果。」

「好，那就麻煩村長伯伯跟伯娘了。」白芸一聽有空房子，眼睛亮了亮，又說道：「那我家的房子直接找人推了，然後再蓋起來就得了是吧？」

「沒錯，但是鄰里關係要搞好，不許大半夜動工，不然掐架了就是你們的責任。」村長提醒了一句。

「我知道了，多謝村長伯伯，多謝伯娘了。」白芸看事情有著落了，很是高興，把手中的大棗遞了出去。「這是我的一點點心意。」

「妳這是做啥嘞？」周良退後兩步。「我是村長，做這些都是應該的，我不要。」

石丁香也跟著搖頭。「是啊，孩子，妳家也不容易，趕緊拿回去吧！」

「這不是啥好東西，真的就是一點心意。日後還有得麻煩的，你們拿了我才心安。」

兩人聽白芸這話，猶豫了片刻，還是收下了，想著宋家那麼艱苦，應該是不會拿什麼好東西出來，大不了日後他們再用別的東西還回去就是了。

白芸看兩人收下，才告辭回家了。

石丁香把人送到了門口，又關了門，這才跟自家男人嘀咕道：「平日裡不見這丫頭，沒想到丫頭年紀不大，還挺會做人的，總算是個有福氣的孩子，沒被吳桂英帶歪了。」

「是啊，孩子禮數周到，日後妳再尋個由頭，送個差不多的回去。」

「這種事我還不知道嗎？你就放心吧！」石丁香嗔怪地看了一眼自家男人，這種事她都不知道做過多少回了。

把手上的紙包打開，想看看裡面是什麼東西，不料映入眼簾的是一堆圓溜溜、紅彤彤的乾棗，石丁香有點傻了。

「周良，你快來看，這孩子送來的是大棗！」

周良一聽，鬍子都快飄起來了，連忙湊過頭來看一眼，還真是，立即就著急了。「這大棗是個好東西，咱怎麼還收了？人家一家連吃飯都難啊！」

「行了行了！」石丁香看丈夫比自己還急，嫌棄地看了他一眼。「兒子前兩天不是帶回來兩包乾菇嗎？我下午拿一包送過去就行了。」

周良一聽，這才放下心來，重新笑了。

白芸不知道隨手買個大棗送人，都能給人送著急了，此時正美滋滋地跟婆婆、小姑子、兒子討論著新房子該怎麼建呢！

「娘，住的地方，村長說幫我們去跟何家問問，下午就能有答覆。我手裡現在有五十兩銀子，我想著要蓋就蓋好一點的，照村長家的三間大瓦房蓋，貴就貴點，年頭可以撐很久。」

馮珍一早就聽兒媳說了四十兩的來源，眼下已經不震驚了，高興地點頭道：「妳說得是，咱就蓋青石磚瓦房。」

「娘，村子裡誰會蓋房子，妳認識不認識？」白芸對村子裡的人不太熟，這些都得詢問馮珍。

「村西住的黃家就會，真要定下來了，我就去談。」馮珍一聽有自己可以幹的事情，立即就要把這活兒包攬下來。

白芸點頭，但又怕人家欺負馮珍性格軟，開高價，就說道：「定下來肯定是定下來了，娘去的時候可不可以把我也帶上？我好認認人，到時候才不會鬧誤會。」

馮珍點頭，覺得兒媳婦說得對。「好，妳跟我一塊兒去，正好妳機靈，有什麼我忘了說的，妳好提醒我。」

「奶奶，咱們家是要蓋新房子嗎？」狗蛋一臉天真又期待，如果他家蓋新房子，那他就可以在新房子裡玩了！

「對呀，咱家要蓋新房子了。」馮珍點頭笑道。

「好吔！好吔！」小狗蛋瞬間歡呼起來，開心得不得了。

「嫂嫂，我有啥能幫忙的？」宋嵐知道是嫂嫂出的錢，總覺得白住著有點不好意思。

「妳放心，到時候蓋房子，事情肯定很多，妳還怕沒事幹嗎？定會把妳忙得一團亂，我絕對不會手下留情的！」白芸調笑地逗著她。

「那說好了，嫂嫂千萬別客氣，妳就把我當牛使喚，我保證賣力氣！」宋嵐信誓旦旦地說道。

她這話真誠又可愛，逗得馮珍和白芸又忍不住哈哈大笑起來。

到了下午，石丁香上門來了，手中挎著個籃子，籃子裡面放著一小包乾菇。

「宋家有人在家嗎？」

「有的！伯娘，您來啦？快進來坐！」白芸看是她來了，迎著她進來坐。

「我就不進去坐了，我來給妳報個好消息，何家的人願意把房子租給你們長住，妳要是還想租，現在就上我家去跟何家的談談價格，何家的人已經在那裡了。」石丁香對白芸有點好感，說話的語氣也柔和些。

「要租的、要租的！那我跟我婆婆說一聲，這就跟您過去。」白芸點點頭，轉身就去跟馮珍說了一下，又跟馮珍說她自己去就成，讓馮珍在家忙活。

跟馮珍講完了，白芸才走到門口。「伯娘，我好了，咱們走吧！」

「欸！」石丁香點頭，卻沒有移動腳步，而是把籃子裡的乾菇拿出來，放在宋家的石桌上，笑呵呵地說道：「妳拿來的大棗我很喜歡，剛剛就切了泡水喝了，味道不錯，甜滋滋的。正巧我兒子也給我帶回來一點好東西，這是山貨，好吃著呢，就想著拿給妳娘嚐嚐。」石丁香是個聰明的，知道小丫頭機靈，就扯了個「給馮珍」的名頭，總歸她們是一家人，怎麼著都有白芸的分兒。

「多謝伯娘了，這乾菇新鮮，一看就好吃，那我就不客氣了。」白芸也不推辭，大大方方地把東西收下來。人家拿來就是情意，她要是拒絕不收，人家還以為是有什麼貓膩呢！你來我往的也挺好的，總比陌路人強。

「客氣啥？都是鄉里鄉親的。走吧，跟我回去看看。」石丁香看她的作派，更加欣賞這個聰明的丫頭了，要是她知道這丫頭這樣機靈，當初還不先一步討回家。

不過石丁香也就是想想罷了，白芸再好，也架不住吳桂英混啊！有這樣的親家在，她至少得少活二十年。

且看著吧，依吳桂英的行事風格，要是兩家相安無事還好說，可要是白家有點什麼事，宋家第一個跑不脫。

輕車熟路地跟著石丁香回家，推開門進去，就見院子裡坐著兩個人，一個是村長周良，另一個年紀跟周良差不了多少，估計就是何家的何明了。

周良看婆娘帶著白芸來了，便給雙方介紹了一番。「這是宋家的兒媳婦白芸；這是何家的何明，按輩分妳得叫他一聲叔叔。」

「不用介紹、不用介紹，這丫頭小時候常跟她爹到村西玩呢！」何明笑呵呵地說道。

「叔叔好。」白芸甜甜地問了聲好。她對這個人倒是沒啥印象，畢竟太久遠了。

「既然是阿芸想租你們家的房子，那我就做個擔保人，你們自己談吧，看看啥價錢、要租多久，定下來了跟我說，我去給你們寫租條。」周良說道。他是全村為數不多會寫字的，又是村長，寫租條自然是他的責任。

白芸和何明也覺得村長想得周到，便坐下談了起來。

「芸丫頭，我先給妳說說房子的事情，這房子也在村西，是土石瓦房，只有一個屋子，但隔有三間房，灶房也有，就是院子小了點。但我先說好，我的房子長年沒人住，院子長草是難免的，屋裡有灰妳也得自己打掃，剩下的也就沒啥了。村子裡的房子都一個樣，但我這房子是這幾年新蓋的，不會很舊。」

「叔叔，我就租兩個月，最多不超過三個月，等我家房子蓋好了，我就搬走了。您開個價吧，我能租肯定就租了。」白芸也把實際情況跟他說明白了，左右就只有何家的房子空著，一定程度來說，她除此之外別無選擇，只要屋頂沒漏雨、價錢不太過分，她全都能接受。

「我也知道妳家是啥情況，我家房子反正空著也是空著，就算妳一個月一百五十文吧。」

這個價格很不錯了，一般在鎮上租個這樣三間的房子，要五百到八百文左右，村子裡差不多是兩百文左右，所以一百五十文的價格已經很公道了。

白芸想都沒想就答應了。

何明看她如此爽快，便提出裡面還有不少半新的家具，都給她隨意使用，若是放著礙事再搬回給他就行了。

白芸沒想到還有這個意外收穫，她本來都準備把家裡的老家具搬過去湊合著用了，等新房子蓋好了再打新家具。何家的家具怎麼著都比自己家的新，她也沒客氣的接受了。

兩人談得愉快，周良就進屋寫了三份租條出來，一份給白芸，一份給何明，一份周良自己拿著。

兩人都不會寫自己的名字，便只按了手印，白芸付了何明三百文，隨後何明就把鑰匙交給白芸了。

白芸拿著鑰匙從村長家出去後，沒急著回家，而是往村西走，先去看看那邊的房子怎麼樣。

從村中心走到村西，路程並不算遠，順著何明給的方向，白芸順利找到了那間屋子。

這是一處不算小的院落，外面用土牆圍了起來，牆面被太陽曬得發白。

白芸掏出鑰匙把門打開了，說是鑰匙，其實就是一根小扁木棍，正好透過門的縫隙打開裡面的橫木。

院子裡已經雜草叢生了，長年沒有人氣，顯得格外荒涼，難怪何明的女婿沒回來住過，畢竟住一次要收拾半天，誰也不想費這個力。

院子中央有一棵大樹，看著應該有十多年了，鬱鬱蔥蔥的，想必是當初建房子的時候，特意留下來擋太陽納涼的。

讓白芸驚訝的是，這裡還有一口小水井，大概是為了防止小孩貪玩，沒人看顧時掉進去，所以用石板蓋著。日後住進來，便不用人力去河邊挑水回來喝了，很是方便。

看完了院子，白芸又往前看去。

前面是主屋，做工不錯，雖然是泥土混石頭砌的，但牆面光滑平整，瓦片也排列得整整齊齊，沒有掉下來的風險，這樣的房子，放在村子裡也是數一數二的了。

主屋裡面隔成了三個小房間，房間都很小，每個房間都放了一張床、一張桌子，堂屋裡也有幾張凳子，積了厚厚的灰，別的就沒什麼了。

白芸也沒多留，檢查完門窗的破損程度，心裡有數了以後，就轉身離開回家了。

「娘，房子我已經租下來了，看著還不錯，就是院子裡草太多了，屋子沒人住過，灰也很大，這兩天我們去打掃一下，弄乾淨就可以住進去了。」

白芸回到家後，把大致情況跟兩人說了，讓她們做好要大掃除的心理準備。

「那太好了！灰大有什麼？我們馬上就去弄乾淨了。別的沒有，我們力氣可有得是！」

「娘說得對，嫂嫂妳放心，我們馬上就去打掃，保證打掃得乾乾淨淨的。」

母女兩人身上都有勤快的基因，聽白芸說完，立刻就一個拿著鋤頭、一個拿著水桶和抹布，表示要過去把房子整理了。

「行，趁現在天還亮著，那咱們先去整理一下，也不用太急，做不完的明天再做。」白芸也沒攔著，隨手撿了一塊抹布，跟著她們又去了一次。

幾人來到小屋，馮珍就興致勃勃地去拔草了，宋嵐也搬開水井上面的石蓋，打了一桶水上來，拎著水桶去擦灰。

因為這是他們將來暫時要住的新家，身上總感覺有股使不完的力氣，打掃起來特別賣力，生怕落下一點灰。

活兒看著很多，但三個人分工下來，居然在天剛剛擦黑的時候就幹完了。

整個院子煥然一新，跟新蓋出來的沒兩樣，就連門窗的犄角旮旯的地方，都被擦拭得乾乾淨淨透著光，讓人覺得心曠神怡。

三人都很高興，如今收拾乾淨了，那想什麼時候搬進來都可以。

想了想，白芸提議乾脆明天就搬進來，後面幾天都是破拆的好日子，可以找人動工了。

對此，大家都沒有什麼意見，就這樣決定了。

晚飯時間，去外面玩回來的小狗蛋聽說有新家住了，便要求明天一起搬家，為小家庭出一分力氣。

小傢伙如此積極，白芸自然不會打消他的積極性，答應他到時候盆盆碗碗等小東西就託付給他了。

狗蛋一聽當即點頭，一股小小的責任感在心中油然升起。

想到明天還要搬家，那也是個累活，於是馮珍早早就帶著狗蛋進屋睡覺了。

宋嵐和白芸躺在床上，聊了一會兒後也閉上眼睛睡著了。

第二天一早，白芸在鳥兒的清脆啼叫聲中醒來。

她往窗外看了一眼，天氣很晴朗，有幾隻肥嘟嘟的小鳥在遠牆上蹦躂著，春天蟲子多，顯然牠們吃得飽飽的，發出了令人愉悅的叫聲。

昨天晚上估計又下了點雨，今早院子的地上有幾處小水窪，但雨過天晴後，空氣變得更加清新，還混著點泥土、青草的香味。

白芸走到屋外，深深地吸了一口氣，臉上不由自主地揚起一抹笑臉。終於要搬家了，不用再擔驚受怕的睡覺了！

白芸起來後，馮珍、宋嵐和狗蛋也陸陸續續起床了。

大家簡單地洗了一把臉，下了一鍋餅子就當早飯吃了。

吃過餅子以後，大家都幹勁十足地準備搬東西。

狗蛋率先一步把洗衣服的小木盆抱在手裡；白芸也搬了兩張凳子；宋嵐力氣也大，把鋤頭、鐽子等農具都拿上了；馮珍則留下來收拾東西放在院子裡，方便他們搬。

東西不是很多，但兩個女人外加一個小孩子，也來回了十多趟，才把大部分零碎的東西搬完。

剩下的就是床之類的大件了，白芸數了數，有兩張床、三張桌子、兩個櫃子、一個碗櫃、一個衣櫃。

所有的大件，只有衣櫃看著比較新，但是白芸都不想要了，打算等掙了錢再重新打一套，不用再聽蟲子啃木，用得也安心。

另外，碗筷都是缺邊缺角的，鍋也在上面一點的位置漏了個小窟窿，白芸也打算不要了，等今天用完，再去鎮上重新買。

大件的不用搬走，倒是省出了不少力氣，白芸就讓宋嵐去問問旁的人家，如果有人要就來抬走，想來應該會有人來的。

接下來就是去找泥瓦匠了。

白芸和馮珍便又去了一趟村西，找村子裡的黃老三。

敲響黃老三家的門後，是他媳婦兒胡月香開的。

看是這婆媳倆來，胡月香有點驚訝，問道：「妳們找誰呀？」

「黃三媳婦兒，我們來找妳丈夫的，不知道他在不在家？想問問他有沒有時間幫我們家建房子？」馮珍笑道，提到蓋新房子，臉上就喜洋洋的。

「啊，那快進來吧，我家老三在裡面呢！」胡月香一聽是上門找男人去幹活的，臉上笑開了花，殷切了許多，又朝屋裡大喊道：「老三啊，你快出來，宋家來找你蓋房子呢！」

「欸，我這就出來！」黃老三聽見外面有人來找他出工，也高興得不得了。

村裡鮮少有人要蓋房子，他們這些幹苦工的，一般都是去鎮上找活，來來回回再麻煩也經得住。

雖然鎮上有活兒幹，但幹活的人也多，最近的活兒都被別人搶了，他們慢了一步，沒辦法就回村了。

在村子裡，活兒難找得很，誰家屋子壞了都是只修不建，每次出工他都賺不到幾個子兒。

這不，黃老三一聽說有蓋房子的大活，屁顛屁顛地就踩著鞋底跑出來了。

「馮嫂子，是妳家要蓋房子？」黃老三看見來人，愣了一下，心裡狐疑地腹誹著，這宋家過的是什麼日子，他也是略有耳聞的，怎麼現在又有錢蓋房子了？

馮珍點點頭。「是，是我們家要蓋房子。我們家的房子是上一代人蓋的，已經太舊了，修了也是於事無補，倒不如咬咬牙蓋個新點的、結實點的。我聽說你是在鎮上建房子的，怎樣，你最近有空不？」她把蓋房子的原因也說了，免得村人還以為她家很有錢。

「怎麼沒空？我有空得很！」黃老三聽她這樣一說，倒是贊同地點點頭。「房子年頭久了就容易塌下來，到時候出了事可不值當，確實是蓋比修好。」

「是啊！我們打算還是在原來的地裡蓋。老三，你會不會拆房子？若是會，兩樣活兒就都交給你幹。」

「會，拆房子、蓋房子我都會。」這對於黃老三來說不是什麼難題，他們在外面，什麼工都要做一點，什麼都會一點就不會斷了活兒，一年到頭才會都有銀子賺。

「那就好，那我就不用再另外找人了。我想蓋個三間的青石磚瓦房，工錢你們是怎麼算的？」

「我們的工隊裡一共有八個人，一個人一天三十文，但是要包午飯；如果不包午飯，就是一天四十文。如果需要我們買瓦片材料的話，我們不收錢，但多出來的邊角料我們要拿走；如果你們要自己去買，就告訴我們一聲，放在工地裡就成。」黃老三把工隊的工錢講了講。

他沒有把價錢往高了要，就算要了村人也給不起。實在懂事的，動工前封個紅包，幹完活了再封一個，就已經很不錯了。

白芸坐在他們身後聽，見馮珍聽到這價錢後沒有什麼反應，就知道這是正常的價位。好傢伙，怪不得這村裡沒人蓋新房子呢，一天光是工錢就得出去三百多文，這誰蓋得起？可這是總數，其實算到每個人的身上，就沒多少錢了，這樣想想，白芸也還可以接受。

馮珍跟黃老三商量得差不多了，房子要蓋什麼樣式、蓋多大，白芸都已經跟馮珍說好了，馮珍再轉述給黃老三就成。

白芸和馮珍商量了一下，決定給三十文的工錢，然後每日辛苦一點去鎮上買菜做飯給工人送去，這樣一天能省下來不少銀子。

材料也歸黃老三買，因為她們自己去買找不到門路，說不定還會被坑，且車馬費也是一大難題。一點邊角料罷了，反正她們自己留著也沒什麼用。

黃老三沒意見，答應明天就召集工人去宋家動工，先把房子拆了。又給了馮珍一個大概的時間，兩個月內房子一定能蓋起來。

事情商量好後，白芸就先掏出了三十兩，給黃老三拿去買材料，不夠再補。

因為他們蓋的房子大一點，把屋後的一片空地都劃進去了，預計得花個四十兩左右。

黃老三也不含糊，拿了錢就給馮珍寫了張收據，才笑呵呵地送她們出門了。

婆媳兩個看事情定下來了，終於長吁了一口氣。接下來就是好好過日子，好好掙錢，好好監工，等新房子蓋起來，就有新家了。

可是，兩人還沒高興多久，就撞見個大娘急忙忙地往這邊走來。大娘看是她們兩個，立即拍了拍大腿，焦急地喊道：「馮珍啊，妳快回家吧！妳親家吳桂英帶著自己兒子往妳家去了，一路罵罵咧咧的，看著像是要去鬧事！」

「嬸子，到底怎麼回事啊？」白芸聞言，眉頭緊鎖。好端端的，吳桂英去她家鬧什麼？

「唷！阿芸啊，妳小姑子不是去各家問誰要床啊、櫃子什麼的，讓大夥兒都去看看嗎？不知道是哪個鬼見愁的，把這話傳到妳奶奶耳朵裡了，我看啊，她這是上門搶東西去了！」大娘也是好心，本來自己也是要去看家具的，沒想到路上碰到了吳桂英，又聽村人說只有宋嵐一個人在家，趕著就來找馮珍回去了。宋嵐一個沒嫁幾年的，哪裡鬥得過吳桂英？還得多找些人回去，不然家具沒有了，人還得受欺負呢！

聞言，婆媳兩個對視一眼，拔腿就走。

白芸還不忘回頭對報信的大娘道謝。「多謝大娘了，我們這就回去看看！」

等白芸她們趕回家的時候，就看見自己家門口一陣喧囂，人們堵得水泄不通。

「宋嵐，妳給我起開！我可是妳的長輩，妳要敢攔我，我就倒在地上，讓大夥兒都看看妳是怎麼欺負我這個老婆子的！」

一道尖銳的聲音從院子裡傳來，那聲音乾啞又刻薄，一聽就是她奶奶吳桂英的。

沒等白芸上去，家具裡頭那個最新的衣櫃就被她二伯白二壯抬出來了，邊抬邊打量著櫃子，看神情還有點滿意。

「娘，那個床也不差，舊是舊了點，正好夠妳孫子睡。」白二壯貪婪地說道，顯然是拿了一個衣櫃還不滿意。

吳桂英也走了出來，跟勝利的老母雞一樣，插著腰、挺著胸脯，站在那裡喊道：「這是我孫女家的家具，不要了也該是給我這個奶奶，大夥兒都散了吧！」

白二壯就知道自己娘厲害，沒人敢出言反駁她，便高高興興地抬著衣櫃往外走。

「你給我把櫃子放下！」白芸忍無可忍，越過人群衝上去，一巴掌打在那衣櫃上，使勁往下壓。

她的出現讓白二壯措手不及，那駭人的氣勢也把白二壯唬得一愣一愣的，真的就把衣櫃放在了地上。

吳桂英可不吃這一套，她早就知道這個丫頭不是省心的貨，當即扯著嗓子就問：「芸丫頭，妳這是幹什麼？妳這東西橫豎不要了，給奶奶又怎麼了？」

「我什麼時候說要給妳了？」白芸瞥了她一眼。「我說的是給有需要的人！奶奶，家裡的家具夠不夠用，我還不知道？」

「什麼夠用不夠用的？這些我拿回去，放著我也願意！再說了，妳不是不要了嗎？幹麼便宜了外人？妳是不是傻啊？」吳桂英一副蠻不講理的樣子說道。

「我不要了丟在路邊，再被妳撿回去那可以，不然妳這就是搶！別給我扯什麼外人不外人的，我家的東西，愛給誰我就給誰，我就不給妳，妳能怎麼樣？別在這裡裝不懂！」

白芸喜歡打直球，她不喜歡講那些彎彎繞繞的話，話說得自然也衝。

就如她說的，別看吳桂英這樣，就以為吳桂英不懂道理，其實這個老太婆心裡跟明鏡似的，什麼該做、什麼不該做她全曉得，她只是裝不懂罷了。

年輕的時候吳桂英也是個有小聰明的人，只是被白芸的爺爺管得死死的，聰明勁都用在對付男人身上了。自從白老爺子過世後，她就變得越發刁鑽，總是想著怎麼討便宜。

這些，都是白芸從她二伯母嘴裡聽來的。

說白了，這種人才可怕呢！別的人不講理是真不懂理，說了就懂了。

吳桂英是明明懂理，但是心腸狠，就是裝不懂，倚老賣老地害人。跟這樣的人，再怎麼講道理都沒有用。

所以白芸也不準備跟她講道理，反正她是不會讓吳桂英在她這裡嘗到一點甜頭的，否則吳桂英就能拚命嗦嘴吸她的血。

吳桂英狠狠地瞧著自己的大孫女，這大孫女機靈得讓人討厭，這股機靈勁越瞧越像是自己遺傳的。

她不再跟白芸糾纏了，而是瞪著大家夥兒們，喊道：「大夥兒都散了吧！說白了，這是我們家的東西，如果你們誰敢拿了去，我老婆子就天天去你們家門口哭墳！」

她這話一出，大家都覺得晦氣得很，紛紛退後了兩步。家裡沒死人就被哭墳，那是很惡毒的詛咒了。

大家也不是怕了她，而是覺得糟心。他們是生活困難了點沒錯，但家具還是有的，只不過是看見有不要錢的，都想著來淘一點乾淨的回去置換。但若是因為一件舊家具就被這老虔婆纏上，那絕對不值當，所以還真就沒人去想了。

吳桂英看大家都不敢要，深知自己的如意算盤打對了，這才樂呵地看向白芸。「老婆子我也不搶，妳丟吧，我也不怕撿，就是這孫女讓奶奶撿東西，也不怕被人罵是狠心腸啊！」

吳桂英這話一出，大家都有點不齒。

就算白芸真這樣做了，那也沒人會去多說什麼的，這也多虧了之前散佈出去的「謠言」，誰都知道吳桂英對白芸比對狗還差，誰又會去心疼吳桂英？

但就算不心疼吳桂英，也總會有人聖母心氾濫，覺得白芸不夠寬宏大量。

白芸樂了，冷笑道：「奶，這櫃子我還要用，既然妳不讓我送給大家夥兒，我就拿回去拆開當柴火燒了，總歸不用麻煩妳去撿。」

「這櫃子好好的，妳要當柴火使，妳敗家啊？」吳桂英橫眉豎眼的，覺得很不可思議，後來又覺得白芸是在嚇唬她，慢慢冷靜下來，嘲弄地看著她說：「好啊，那妳就燒了吧！」

「好。」白芸點點頭，撿起旁邊的石頭，俐落地「哐噹」一砸，把這裡面稍微舊一點的碗櫃砸了個稀碎。

送給吳桂英就是助長歪風邪氣，反正本來都是要丟的，砸了還能當柴火燒，她不心疼。

看白芸是來真的，吳桂英怒了。

白芸用石頭砸的哪裡是櫃子？砸的是她老太婆的臉！好好的東西，白芸居然砸了都不給她！明明都快得手的東西，如今變成一堆爛木頭，她都快心疼死了。

「死丫頭！妳幹什麼？」吳桂英看白芸又搬起石頭，準備衝向另一個櫃子，慌忙伸手跑上去要攔，一邊攔還一邊抽手拍在白芸的胳膊上。

旁邊的村民們看見吳桂英打人，驚呼出聲。

「哎喲！吳虔婆，光天化日之下，妳還敢打人？」

站在屋裡的宋嵐聞言，趕忙衝了出來，拉開吳桂英。「妳個老太婆，妳打我嫂嫂做什麼？」

馮珍也連忙上前摸了摸白芸的手臂，心疼地問道：「疼不疼啊？妳這個傻孩子，幾件破家具罷了，她要就給她拿去，讓自己受這份委屈幹什麼？」

「娘，妳別怕，妳上那邊看著別過來，我今天橫豎就是不把櫃子給她！」白芸深知吳桂英的秉性，更不想把櫃子給她，又怕吳桂英瞧準了她婆婆的軟性子，趕忙讓馮珍躲到一邊去。

吳桂英被拉開後，又想衝上前去。

白芸怕手上的石頭抱不穩，綁手綁腳地打著出了人命，就站到一旁去把石頭放下。

吳桂英這個老潑皮還真是不一般，都一把年紀了，宋嵐也抓不住她，被她兩三下掙脫開。

她很聰明，白芸放下石頭不再砸了，她的目標就轉向了小櫃子，伸手就要去扛。

白芸一個箭步上去，坐在櫃子上面，瞪著吳桂英。「幹什麼？妳明搶啊！」

「妳起開！好好的櫃子哪能讓妳給砸了！」吳桂英真的怒了，這該死的賠錢貨，三番兩次地忤逆她，難不成之前不說話全是裝的？真是可惡啊！

「我不起！妳這是強盜行為，大夥兒都能當個見證！這衣櫃是我婆家的，也不是我一個人的，妳再這樣我就把妳抓到官府去！」白芸冷眼警告著。她的耐心很有限，若是這老太婆再這樣，她一定會讓老太婆嘗嘗蹲大獄的滋味。

吳桂英笑了，做孫女的要告奶奶？天底下哪有這種事情？她不信有人敢去告官！

看白芸還是牢牢地坐在櫃子上，吳桂英抬手就想抽她。

白芸都已經準備躲開了，可吳桂英的手卻遲遲沒有打下來，而是被人從後面死死的抓住了。

緊接著，就是一股熟悉的、淡淡的藥香味傳來，她好像在哪裡聞過似的。

白芸在視角盲區，沒看到來人。

但是站在周圍的人都看到了，瞬間目瞪口呆。

「我的老天爺啊！宋清回來啦？」

宋清？這不是她那短命鬼丈夫的名字嗎？

白芸都快傻了，呆呆地歪過頭去，果然看見一個穿著藍色衣裳的男子，約莫二十出頭，臉很是俊朗，有股溫文爾雅的氣質，身上還傳來若有若無的中草藥味道。

宋清抓著吳桂英的胳膊，低沈著嗓子朝白芸問道：「妳沒事吧？」

「沒……沒事。」白芸挑了挑眉毛，只覺得天都要塌下來了！

不是說宋清病得都快死了嗎？怎麼會突然回來了？她無法接受這個事實！她才準備蓋房子致富呢，人怎麼就回來了？這可怎麼辦啊？

第八章

「哎，馮嫂子，妳還不快上前去看看？那是妳兒子啊！」有些人見馮珍還傻呆呆地站在原地，立即推了推她的手，提醒著。

馮珍這才回過神來，淚眼汪汪地走到宋清面前，等摸到兒子的胳膊才敢相信，真是兒子回來了，兒子的病好了！

宋清看著走來的馮珍，笑了笑，一把鬆開吳桂英的手。「娘，我回來了，妳哭什麼呀？」

「娘不哭，娘是高興……」馮珍說著，拿衣袖擦了擦眼淚，才重新笑了。

馮珍已經許久沒有這樣開心過了，但她是個性格內斂的人，當眾哭已是很不得了了，只哭了一會兒就站到一旁去，滿眼歡喜地注視著兒子跟兒媳婦。

眼下還有吳桂英的事情要解決，剩下的他們一家人可以回家去再好好說。

「宋清回來了？你快管管你媳婦兒！這好端端的櫃子跟床板，她要送人，我準備拿去，她又不送了，說要砸了燒掉！你說你媳婦兒是怎麼回事？」吳桂英不悅地說道。她一口一個「你媳婦兒」，把話說得要多難聽有多難聽，事情在她嘴裡就全然變了個味道。

白芸哈哈笑了兩聲，好像聽見了什麼荒謬的事情。「妳別說妳是我奶了，直接說妳是個強盜我還敬妳有三分坦誠！我不管妳怎麼鬧，這東西我不給妳！」

宋清看著坐在櫃子上一臉輕蔑的姑娘，心裡有種奇怪的感覺，這個看上去有點凶悍的姑娘，就是他的媳婦白芸了？聽說白芸是被自己奶奶賣進他家的，是個可憐人。

宋清沒多說什麼，站在白芸面前，擋住了吳桂英準備辱罵的視線。「白家奶奶，妳先回去吧。我一會兒就去鎮上報官，讓衙役來看看這件事情到底是誰對誰錯。」

他談吐文雅，可話卻犀利，像一道驚雷，轟隆一聲打在吳桂英身上。

「啥？為了這點事情你要報官？」吳桂英不敢橫了，縮了縮脖子，有點害怕。

「事無大小。妳惡意生事，搶奪財物，白芸不敢去告官，我敢。」

吳桂英還以為宋清回來了也不會怎麼樣，畢竟她是女人，又是長輩，難不成他還敢動手？可沒想到人家學著那賠錢貨，來了報官這一手，這可怎麼得了？

家裡有男人跟沒男人到底是不一樣的，先前白芸說要報官，吳桂英是一點都不怕的，一個女人罷了，能翻天啊？但是男人說的話可不一樣，男人說話向來是一言九鼎的，要是真報了官，那可就不好說了。

這件事情到底是她理虧，她也是瞧準了沒人會為了這種小事情報官，又不是人命關天的大事，犯得著嗎？所以她才敢這樣肆意妄為。

最終，有宋清在，吳桂英知道宋家人不好欺負了，即便恨得牙癢癢的，可她沒有辦法，只能帶著兒子，夾著尾巴灰溜溜的走了，總不能真的任由宋清去報官把她逮住吧？

白芸很是納悶，怎麼她說了半天都沒有用，宋清一來人就跑了？這是瞧不起她還是怎的？這萬惡的重男輕女的舊社會思想，就應該被殲滅！

下次吳桂英但凡再敢鬧出點什麼事情來，她非得把這老太婆送進牢裡，不然她就不姓白！

但是除了吳桂英的事以外，更棘手的是宋清回來了！白芸抬頭看了看這個男人。長得是還行，就是不知道性格怎麼樣？如是那種認為女人就該在家洗衣服、做飯的人，她就趁早走人比較好。

但如果他人品還可以，不過多干預她的生活，那麼她還是要留下來。

一來，剛準備建的大房子都付錢了，她捨不得。

二來，她走了也沒地方可以去，在這個對女性很不友好的時代，會遇上點什麼事都很難說。

怎麼算都是留下來更划算，她就權當家裡多了個勞動力。

宋嵐和馮珍在一旁關切地詢問著宋清的身體狀況。

「大哥，你回來得太及時了！你病已經好了嗎？」

「是啊，阿清，你身子怎麼樣了？能起身走動了嗎？要不要多休息休息？」

宋清咳了一聲，說道：「娘、妹妹，大夫說我沒事了，平時只要多活動就成。」

「是，看著確實是比以前精神多了。沒事就好，平安就好！」

「太好了，這下我們就放心了！」

白芸豎起耳朵聽著，悄悄掐了個手訣，眼裡相氣流露，掃過宋清的面相。

隨後，她發現她居然算不出宋清的未來！

奇怪，太奇怪了！

就像她沒辦法給自己算一樣，她也看不透宋清，只覺得他臉上朦朧一片，像被霧籠罩著，就算硬看，也只能看見當下的事情，算不透以後會發生什麼。

這一發現讓她很是驚愕，甚至懷疑是不是自己的相氣出了問題，直到宋嵐喚了她一聲，才把她從思緒裡拉出來。

「嫂嫂，我哥哥回來了，妳快來看看！」

「阿芸，快來，這個是我兒子，宋清。」馮珍笑道，面上都是喜氣。

白芸笑著點了點頭，心裡的疑惑只能暫時拋到一邊去，眼下還是得先想想多了一個人，以後日子該怎麼過？

「阿清，這個是阿芸，你爹應該同你說過她的事情。」

宋清同樣對白芸笑著點了點頭，倒是一派和氣。

白芸還是很為馮珍感到高興的，宋清的身子確實很好，可以說是強壯，至少目前看來很健康，之後就不知道了。

「爹爹？」

突然，一個稚嫩的聲音響起。

小狗蛋窩在牆旁邊，叫著宋清的語氣有點不確定。

然而，連白芸都聽見了，宋清卻好像沒聽見一般，站在那裡。

這當爹的居然聽不見兒子叫他？白芸在心裡吐槽了一句，便起身走過去，抱起狗蛋，把他抱到宋清面前。

到了宋清面前，狗蛋才確認真的是自己的爹，便甜甜地又喊了一聲。「爹爹！」

宋清這才反應過來，伸手接過狗蛋，抱在懷裡，笑道：「又重了些。」

小狗蛋伸手摟著他爹的脖子，奶聲奶氣地問道：「爹爹，你病好了嗎？回來了還會走嗎？」

看著小傢伙眼裡的不捨，宋清很是動容，搖搖頭。「爹爹病好了，不會走了。」

「太好啦！」狗蛋歡呼一聲。「以後我也有爹爹、有阿娘了，可以天天跟爹爹、阿娘在一起啦！」

看著小傢伙滿臉幸福，白芸突然覺得留下來或許也不錯。可能是她到年紀了，母性氾濫吧，她與這孩子有緣。

白芸下意識看了看狗蛋的父母宮，瞳孔一下子就放大了，只見狗蛋的母宮依舊是漆黑一片，代表狗蛋的母親已經逝世了。

再看父宮，居然還是如之前一樣黯淡無光，有父親久病之兆，甚至已經大限將至了！

這太不對勁了！

有相氣輔佐，她是絕對不會看錯的，也就是說，面前這個身強體壯的男人，絕對不是狗蛋的父親！

既然不是狗蛋的父親，那他就不是宋清，不是宋清又為什麼會扮成宋清來鳳祥村？

無論如何，做到這種分兒上，面前這個男人肯定是圖謀不軌。

想到這裡，白芸立刻防備了起來。看著沒有防備的婆婆、姑子和兒子只沈浸在宋清回來的喜悅之中，白芸轉身進屋拿了一把豁了口的小尖刀，藏在衣袖裡，這才悄無聲息地走到三人身邊。

「娘，家裡還沒收拾好呢，妳和阿嵐帶著狗蛋先去新屋吧，我跟宋清把這個櫃子抬回去。」白芸找了個藉口想支開三人，沒辦法，婆婆和小姑子都是沒什麼城府的人，狗蛋也還是個小孩子，她不能任由這種危險留在他們身邊。

「妳小胳膊細腿的，能抬得動嗎？妳帶著狗蛋去吧，我跟阿清來抬櫃子。」馮珍擔憂兒媳婦沒啥力氣，便想留下來。

「哎呀，娘，我們就先回去吧，我嫂嫂抬得動啦！」宋嵐立即拉住了馮珍，丟給白芸一個「我懂妳」的眼神，便拉著狗蛋和馮珍走了。

白芸無語。「……」妳懂個鬼啊！

「妳這孩子，那櫃子沉得很，妳嫂子力氣小，抬不動的，妳拉我走做什麼？」馮珍埋怨地看著自己女兒，想回去幫忙。

「哎呀！娘，嫂嫂那是想跟哥哥單獨相處，妳怎麼就不懂呢？」宋嵐嘟了嘟嘴，覺得自己很聰明，她娘真是太不解風情了。

馮珍聽見這話，「哎呀」了一聲，覺得女兒說的話很有道理。人家小夫妻第一次見面，是該給兩人一些空間！於是便不再回頭，樂呵呵地收拾新家去了。

等活寶小姑子她們走遠了，白芸才笑咪咪地瞧著宋清。「宋清，怎麼樣？你能抬得動嗎？我們一起抬回去吧？」

宋清看見面前的小丫頭雖然是笑著的，但那笑意卻不達眼底，看著好像還有一點……防備？想必是自己突然回來，人家不習慣了吧？宋清也沒有多想，點了點頭。「我可以搬的。只是妳能不能告訴我，我們家不就在這裡嗎？現在是要搬去哪裡？」

「家裡屋頂漏了，修也修不好了，我們害怕被屋頂砸到，就臨時找了個房子租著住下。」白芸咬了咬嘴唇，嘆息一聲，家裡的情況只說了一半。面前這個男人身分還不確定，她可不能啥都告訴他。

宋清沒想到家裡情況那麼糟糕，父親是教書先生，母親又勤勞肯幹，記憶中家裡條件還不錯，應該是為了給自己治病，才掏空了家底，受了不少苦吧。

「我既然回來了，妳們不會再如此辛苦了，我會想法子盡快掙錢買房子，不用再租別人家的房。」宋清說道。除了這句話，他想不出別的更實際的話。

白芸在心裡輕哼一聲，翻了個大大的白眼。

等你這個來路不明的傢伙掙銀子，一家人早就去街頭要飯了！姑奶奶自己有手有腳，已經把房子買了！

儘管心裡是這樣想，白芸面上還是和善地點點頭。「嗯，但願如此吧。」

兩人來到櫃子前，白芸示意宋清去搬櫃子。

當他彎下腰的時候，白芸迅速從袖子裡掏出那柄小尖刀，橫著放在宋清的脖子上，刀尖輕輕戳著他的皮膚。

「別動，別喊，別出聲，不然我捅死你！你最好乖乖聽話，我問什麼，你答什麼。」

「妳想問什麼？」宋清瞇了瞇眼睛，感覺到自己脖子上有個冰冷冷的東西在戳他，用腳趾頭想都知道那是什麼。這小姑娘居然拿刀威脅自己？他有些不明白到底是為什麼。

白芸冷眼看著背對自己的男人，問道：「你不是狗蛋的父親，你到底是誰？來我們家做什麼？老實交代了，我放你走。」

宋清聞言轉過頭來，眼神怪異地看著白芸，好像在看個傻子。

白芸看他還敢亂動，用刀輕劃了一下他的脖子，那血珠子細細密密地就冒出來了，很是鮮豔，隨後警告道：「讓你別動，你當聽不見是不是？以為我不敢宰了你？」

宋清似乎一點也沒有感覺到脖子上的痛意，而是似笑非笑地看著白芸，解釋道：「妳可能誤會了，我確實不是狗蛋的親爹，但我絕對是宋清。」

聞言，白芸的眉頭蹙了蹙。「什麼意思？」

「我娘沒告訴妳嗎？狗蛋不是我親生的，就連我那個過世的媳婦都不是真媳婦。她是我外婆家的表妹，大了肚子，男人卻不見了，她一個女人沒辦法，怕外人口舌是非，就躲我家裡來了。村人看見了以為是我媳婦，我們也不好否認，畢竟人家還要名聲，於是這一傳十、十傳百的，就這麼傳出去了。妳不必憂心，我實實在在就是宋清。」宋清把事情都說了出來，以免這個小丫頭以後又鬧了誤會炸毛，到時候悄悄地再給他一刀。

白芸聽說是這樣，知道自己誤會人家了，畢竟這種事情一問馮珍就都清楚了，他沒必要撒謊。她把刀收了起來，看著他流血的脖子，連忙道歉。「是我誤會你了，不好意思！你沒事吧？」

「沒事。」宋清站起身子，伸手擦了擦脖子上的血。小丫頭警覺一點是好的，就是手法不怎麼好，就剛剛那個位置，捅下去也死不了人。

他越說沒事，白芸心中就越有愧疚感，指了指旁邊的大水缸。「那邊有水，你去洗洗吧？」

宋清瞧了瞧那個水缸裡的水，搖了搖頭。「水缸裡的水不能洗，不是流動水，也沒有燒過，裡頭有很多髒東西。」

「這樣，那新屋裡有水井，我一會兒回去給你燒一鍋，保證乾淨！」白芸賣著笑，到底是自己理虧，雖然這事也不能全怪她，但她還是得彌補一下人家。令白芸刮目相看的是，大家都不知道水要煮開了，不然裡面有細菌，這個男人倒是清楚。「你會醫術？」白芸問了一嘴，覺得只有醫生才會如此注意這些細節。

宋清愣了愣，笑道：「會一點，跟家裡學的。」

白芸點了點頭，沒再說啥。

宋清轉身就去抬櫃子。「妳帶路，我抬著櫃子跟著妳。」

「啊？不用了。」白芸笑了笑。「這櫃子不要了，我們直接回去吧。」

回去的路上，兩人都沒有說什麼話。路上見到的村民都殷切地和宋清打招呼，像是在看什麼新鮮的東西。人人都說宋清快死了，但眼下他卻又好端端地站在大家面前，誰不得好奇地多看兩眼？有人和宋清打招呼的時候，白芸就在旁邊等著，宋清也識趣地儘早結束對話，往家裡去了。

等回到租屋處的時候，馮珍和宋嵐已經把房子整理出來了。

這屋子裡的灰塵被她們用水再擦了一遍，再把老何家房子裡面的雜物清理出去，就還剩一扇破了的窗戶，只要修補一下，整個房子還是非常舒適的，比原先住的房子寬綽很多。

前面的院子雖然小，但房屋後面有一塊空地，指著這地種稻穀糧食肯定是不行的，但是種一點蘿蔔、白菜卻很合適，也足夠一家人吃的了。

白芸坐在院子裡納涼，宋清看了眼破掉的窗戶，進屋找馮珍拿了幾根木條，著手開始修繕起來。

宋清對著窗戶噼哩啪啦地釘了幾下，窗戶就被他修好了，好像對他來說這非常簡單。

修好了窗戶，宋清也沒停下，又出了門，不知道從哪裡借回來一把梯子，藉著梯子爬上屋頂，把亂了的瓦片也整理了。

白芸看著男人忙活的樣子，點了點頭，沒想到這男人眼裡挺有活兒的。馮珍還真是會教育孩子，兒子跟女兒都教得不錯。

想到馮珍，馮珍就從屋裡出來了。

馮珍探頭看見兒子在屋頂上忙活，眼裡很滿意，隨後又朝白芸招了招手。「阿芸妳來，娘問妳件事。」

「欸，我這就來！」白芸跟著馮珍進了屋子。

走到房間裡，馮珍才開口問道：「阿芸，這裡有三間房，妳看是想怎麼住？」

白芸想到這個問題，立即緊張起來，怕馮珍安排她和宋清住在一起。

她跟宋清算是名義上的夫妻，在這種不認識就可以成親、洞房的年代，夫妻兩人睡在一起很正常。可她不是這個年代的人，她自然不想跟宋清一起睡，甚至想想半夜起來有一個男人躺在自己身邊，她都覺得瘆得慌！

正當她想找個藉口，跟馮珍提出與宋清分開住的時候，馮珍搶先一步開口了。

「我想了一下，我可以跟阿嵐住一間，狗蛋就和他爹睡一間，妳自個兒住一間，妳覺得怎樣？」馮珍說完，又怕白芸多想，試探地問了一句。「或者……妳想跟阿清一起住？那自然是最好不過的。娘就是怕妳不習慣，想著讓你們先熟悉熟悉，不著急。」

「娘，我可以自己住！妳說得對，我跟宋清還不熟呢，住在一起也是尷尬，先彼此熟悉熟悉，我一點也不著急！」到了腳邊的臺階，她不下就是個大傻子！

白芸簡直愛死這個婆婆了，太通情達理了！她還想著要找什麼藉口應付呢，她婆婆直接就把臺階送來了。

馮珍笑著握了握白芸的手。「妳是不是怕娘會強迫妳？娘也是這樣過來的，娘都明白。那時候我就在想，我以後做了婆婆，定然不會讓我兒媳婦也害怕。」

「謝謝娘！」白芸不得不承認，馮珍確實是一個很好的婆婆，雖然柔弱，但真的做到了把她當親女兒疼。

「妳別謝，是當初娘做錯了事情，想想對妳很是愧疚。本以為妳嫁進來後我會照顧好妳、彌補妳，結果現在反倒是妳在照顧我們，娘實在對不住妳……」

白芸聞言，知道她說的是沖喜的事情，不知道該回什麼好。

她沒辦法替原主選擇原諒誰，但她覺得這件事情，最大的責任方還是在吳桂英。馮珍想救兒子，所以要娶個兒媳婦來沖喜，但是卻沒有強迫任何人。吳桂英才是強行綁了孫女嫁去宋家，還活活把人餓死的那個惡人。

所以，她沒有理由怪馮珍。

以前的事情她阻止不了，但以後的事情她可以選擇，她選擇過好自己的日子。

半晌，白芸才安慰地說道：「娘，過去的事情就過去了，日後過好我們的日子就成，不必再說這些。」為了避免馮珍還沈浸在悲傷裡，她又說道：「娘，我明天得去鎮上一趟，明天黃叔他們就要去老屋拆房子了，我得把菜米油鹽都買好了，不然工人們中午沒飯吃。妳把要買的東西都告訴我，我來準備。」白芸不會做飯，要用什麼都得馮珍來告訴她，不然她怕自己瞎買，買回來的料還湊不夠一鍋菜。

這是正經事，馮珍當即就喊來了宋嵐，三人一起商量著要做什麼菜。

村子裡幹活包的飯馮珍也見過，大多都是青菜、鹹菜配著飯吃，隔三差五的才會買來一點雞蛋放進去，寡淡得很。

但是白芸覺得工人幹活還是需要吃點油水的，不然幹活沒力氣。吃了油水，有勁兒了，還能早一點完工。

馮珍覺得兒媳說得對，他們自己都會偶爾吃些肉了，不說給工人們吃得多好，但總不能日日大白菜吧？這樣也於心不忍。

最後她們才暫時定下了韭菜炒雞蛋、炒豬肝、豬肉燉白菜三個菜，材料每天輪著換，就著米飯、饅頭或者疙瘩湯，這樣也吃不膩。

偶爾還能去河裡看看有沒有魚或螺螄，可以炒著也算一個菜。

白芸決定去鎮上一次就買三天的飯菜回來，不用來回跑著麻煩，但是這樣的話，白芸自己肯定是拿不動的。

馮珍就讓宋嵐去外面，把正在修屋頂的宋清叫下來了。

「怎麼了？」宋清下來後，用布巾擦了擦額頭上的汗。

「哥，明天嫂嫂要去鎮上買菜，要買好多，嫂嫂一個人肯定提不動的，你可以跟著去幫嫂嫂提提菜嗎？」宋嵐眨了眨眼。她哥長得還真不賴，就是不知道嫂嫂喜不喜歡這款的？她改日得探探口風去。

「可以的。」宋清點了點頭。「但是要買那麼多菜做什麼？家裡要請客嗎？」

宋嵐拍了拍腦門，笑道：「忘記告訴你了，咱們家要蓋新房子了！」

「新房子？」宋清瞇了瞇眼睛，白芸那丫頭不是說家裡窮困潦倒，屋子漏得沒辦法了，才出來租房子的嗎？怎麼這麼一會兒就要蓋房子了？細細想來，宋清得出了一個結論——這丫頭的話不能全信，古靈精怪得很。

宋嵐不知道他們之前發生了什麼，繼續說道：「是呀，咱們家要蓋新房子了，嫂嫂出的錢。嫂嫂可辛苦了，家裡都靠著她呢！」

宋清知道小丫頭是有本事的，為了他家裡人的安危就敢把旁人都支開，獨自拿刀威脅他。看她那發了狠的樣子，若他真的是不懷好心的歹人，估計真的會被小丫頭拿刀宰了。光憑這份膽色，就比旁人高出不少。

宋清想著，突然一愣，他記憶裡這個妹妹已經嫁人了，怎麼會出現在這裡？

「宋嵐，妳夫家是不是出事了？」他把心中的疑惑問了出來。

宋嵐點了點頭，把她夫家的事情都說了出來。

宋清聽了心中有怒，他也是男人，他覺得男子應當有自己的氣魄，保護自己的家人和妻小，像妹妹夫家這種人，簡直不配為人。「有哥哥在，妳不用回去了。若是他們敢找來，就與他合離，哥哥能養活妳。妳留下來跟娘和妳嫂子作個伴也好。」橫豎日子還要過，妹妹夫家那邊的日子是過不下去了，那就回家來吧。

「知道了，哥。」宋嵐點了點頭。她娘是這麼說的，她嫂嫂也不願意她走，如今哥哥回來了也是如此。擁有這樣的家人，她底氣十足。

就算那個背德的男人敢來尋她，她也不怕了！

天色暗下來了，馮珍和宋嵐在灶房裡做飯，房間已經分配好了。

白芸託黃老三去老屋裡，和宋清抬了一張床回來，放在最大的那一間屋子裡，給宋嵐和馮珍住。

這樣一個屋子裡就有兩張床，中間再拉個布簾子，就是兩個空間，互不打擾也挺好的。

宋清和狗蛋睡在一起，閒下來了就抱著他講了不少小故事，雖然不是親兒子，但相處得很好。

白芸一個人睡在比較小的屋子裡，但這也是最合理的安排了。一個人住畢竟舒服，不用在意旁人走動，而且說小，其實也夠活動的。

馮珍也是考慮良久，畢竟兒媳婦有能耐去掙錢，她聽說這種算命的活兒最耗精神，得睡個好覺。

等吃完了晚飯，大家在院子裡坐了一會兒，就都回屋睡覺了。

次日一早，天都沒亮，白芸就起床了，剛起的時候還想著要不要喊上宋清？畢竟昨天說好了早起一塊兒去。

她出了房間，想到院子裡洗漱，本以為自己已經起得夠早了，沒想到宋清已經端坐在院子裡了。

看見白芸出來，宋清溫和地笑道：「早。」

「早。」白芸點了點頭。早上起來有點涼，宋清的嗓音也是清涼得很，白芸覺得那朦朧的睡意一下子就消失不見了。

她走到井邊打了一瓢水，洗了一把臉，整個人都精神起來了，才跟宋清說：「咱們先出門吧，去了鎮上再吃點東西。」

「好。」宋清沒什麼意見，起身跟著白芸出門了。

他身上也揹著個包袱，裡面不知道裝的是什麼。

白芸則是裝著五兩銀子，準備採買用。她今天不光要買菜，還得買鍋、買碗。工人的碗一般都是自己帶來的，她不用操心什麼，但家裡也需要買碗、筷。之前的碗不是豁口就是裂了，她乾脆通通扔掉了。

白芸看了眼走在旁邊的男人，注意到他穿的還是昨天那件衣裳，忽然想起來，他昨天回來的時候並沒有帶行李，也得買，便問道：「你沒帶衣裳回來吧？等會兒去鎮上，我給你買兩件，總不能沒有換洗的。」

宋清沒想到白芸走在前面，還能注意到自己，他笑了，叫住了她。「稍等，我正想跟妳說呢。」

白芸停住腳步，轉過頭來，以為他是想道謝。「怎麼了？你不用跟我客氣，銀子我還是有的。」

「不是。」宋清搖了搖頭，把手上的包袱遞給白芸。「這個是我帶回來的，妳收起來吧。」

「這個是什麼？」白芸狐疑地拿過他遞來的包袱，打開看了一眼，下一刻，整個人的眼睛都瞪圓了。她愣乎乎地抬頭望著面前一臉平靜的人，伸手把裡面的銀票拿了出來，看了一眼數額，有五十兩。除了這五十兩以外，包袱裡還有一些碎銀子，湊在一起大概有個五、六兩的樣子。「你做什麼把錢給我？」白芸有點琢磨不透，難道是想出錢買東西？那這也太多了一點吧？

「家裡的錢都歸妳管，這是我回來的時候掙的，都在這裡了，應該交給妳的。我不用花什麼錢，日後掙了我會拿給妳，等需要了再找妳要。」宋清理所當然地說道。

白芸看著這五十兩，突然就很想問問宋清這錢是怎麼掙來的？但是想了想又沒有問，因為她也怕宋清問她，她是怎麼掙錢的？

好奇心害死貓，她還是別問了。尊重他人命運，給予他人隱私。

既然宋清說要把家當都給她，她也就收下了。家裡蓋房子缺錢，反正他是這家裡的一分子，就當是交伙食費了。她自己也有錢，不會拿著他的錢亂花的。

等收好銀子，白芸跟宋清就繼續趕路了，路上說了些有的沒的，走到天色大亮，才到了青嶺鎮上。

街上已經有出來採買的人，各種麵館、小攤也已經支上，等待著顧客。

「你想吃什麼？」白芸問。

「我不挑食，妳想吃什麼咱們就去吃。」

白芸望向遠處，還是那個麵攤，便指著那邊說道：「咱們去那裡吃吧，那家麵的味道很好，我們之前去過。如果你不想吃麵的話，也有餃子、餛飩。」

「好。」宋清沒啥意見，兩人就往麵攤走。

「老闆娘，要一碗餛飩，湯給我多加點！」

「好嘞，快坐吧！」

白芸是常客了，走到麵館揚聲點了碗餛飩後，拉開凳子就坐好了，指了指前面的凳子，對宋清說道：「你也坐吧，想吃什麼跟老闆說。」

「嗯。」宋清看了一眼攤子上的東西，對老闆說道：「麻煩給我來一碗肉末麵，不要加蔥。」

「好嘞，稍等一會兒啊！」老闆娘應了一聲，打開熱氣騰騰的鍋，便把餛飩先下了。

等餛飩和麵都端上來的時候，白芸已經餓得不行了，聞了一口香噴噴的餛飩，食指大動，用勺子舀起一個胖乎乎的餛飩就往嘴裡送。

餛飩是青菜肉餡的，菜多肉少，但是特別香，熱騰騰的下了肚後，白芸感嘆了一聲。

「太好吃了！」

宋清看著她滿足的小臉，又看了看自己碗裡的麵，突然覺得這麵也變得格外香了，便拿起筷子吃了起來。

兩口子吃飯都很斯文，長相又好看，不像每日來攤上的那些苦力，老闆娘看了一眼便誇道：「真是郎才女貌，叫人瞧了心情好上一天呢！」

白芸知道老闆娘在說他們，她也不害臊，誇一句又沒什麼，點頭笑著說了句謝謝，又繼續低頭吃餛飩。

宋清也一樣道了聲謝，覺得老闆娘說得不錯，這丫頭吃相確實好看，讓人心情好。

等他們吃飽了，白芸從包袱裡掏錢結了帳，那老闆娘的臉色就有些奇怪起來。

一般都是男子付錢，沒見過女人來付錢的。怪不得瞧著這男人白淨得很，原來是個小白臉啊……

白芸和宋清不知道老闆娘在想什麼，付了銀子就走了。

他們先是去成衣店裡，給宋清買衣裳。

看著琳琅滿目的衣裳，白芸問他喜歡什麼樣式的，他只說樣式不重要，方便舒服就好了。

白芸點了點頭，很贊同他說的話。如果好看跟舒適不能湊在一起，那還是舒適最重要。前世的時候，她甚至可以一連穿上一個月寬鬆的道袍，就因為道袍舒服。

掌櫃是個肥胖的女人，身上穿著滑溜的綢緞襦裙，一看就是有福氣的，吃得好、睡得香。

白芸叮囑了要棉做的，掌櫃便拿著長尺子丈量了宋清的尺寸，然後拿了幾套棉做的衣裳出來。

有黑色的、灰色的、藏藍色的，還有淺藍色的，都是樣式不太繁瑣的，只在衣襬處繡著一點祥雲邊。
白芸看了幾眼，又伸手摸了摸衣裳的用料，覺得還不錯，便問道：「你喜歡哪一款？」
宋清看了一眼，指了指那件灰色的。「這件，穿著不顯眼。」
白芸搖搖頭。「可是這件好像有點厚，不適合現在的天氣。不如這件淺藍色的吧？瞧著好看。」
「好。」宋清沒有反駁，點了點頭。
白芸想了想，沒有忘記宋清的喜好，又拿起灰色的問了問掌櫃。「掌櫃的，這灰色的有沒有薄一些的？」
掌櫃想了想，進屋又拿出了一件，確實比剛剛那件稍微薄了一點，樣式差不多，看著也透氣。
「那就要這兩件了？」白芸拿著兩件衣裳，問著宋清。
宋清只管點頭。「好，就這兩件。」
「掌櫃的，我們就要這兩件，多少錢？」白芸問道。
「一共是四百文。」
白芸倒吸了一口氣，她知道成衣貴，但沒想到這麼貴，貴得像在搶她的錢似的！
但是馮珍這兩日要做飯，肯定是空不出手來給宋清做衣裳了，不然她只要買兩疋布回去，最多就花個一百多文。

宋清也是給了她銀子的，容不得她肉疼，白芸只好跟老闆娘講了一下價，最終只付了三百八十文，還幫忙改合身些，晚些時候再來拿。

買完衣裳，白芸就跟宋清去了鎮子口。第一次進城的時候，她就看到這邊可以雇整輛牛車的。

她買的東西可多了，一口鍋都是厚實的鐵鍋，個頭不小，適合家用，也適合炒大鍋菜，單單這口鍋，就算有宋清幫忙，她也得雇輛車才回得去。

這些人都是長年在這裡討生活的，牽著的都是耕不動地的老牛，只能來這裡拉拉人，宋清上去跟他們談價錢，白芸就在旁邊聽著，價格還算公道。

最後找了個要價最便宜的，十文給送到家門口，若是要隨時走，就十五文。

白芸選了個十五文的，商量好了他們買完東西就走。

訂好了車，兩人才回到菜市裡，購買需要的東西。

首先要買的就是鍋和菜刀這兩樣，也沒什麼可選的，鎮上就只有一家打鐵鋪，打鐵鋪裡的鍋只分大小，不分材質。

白芸拿了一口大的，和一把厚實的菜刀，還有一個鍋鏟子，這就花去了一兩，託攤主半個時辰後幫忙搬到鎮子口去。

白芸肉疼了半天，好在宋清把錢給她了，不然她可能還得回去撿那口破鍋用。

接下來就是買菜了，白芸看準了上次的肉攤，到那攤前，攤主還記著她呢！

「欸，妳不是上次買豬肝的那個姑娘嗎？這回買點啥回去？」攤主人很熱情，瞧見她就喊。

「老闆，給我秤十斤肉。」白芸一改上次的窮酸，出手就要了十斤。

攤販也高興她買得多。「要瘦的還是肥的？」

「瘦的，給我割那塊帶豬皮的。」白芸指著桌上的肉說道。瘦肉二十文一斤，肥肉要二十二文，多了兩文。

肥肉不過是油水更多，適合久不吃肉的人，其實並不好吃。她買的這瘦肉帶皮，皮和肉只見有一點肥肉，夠用了。

攤販俐落地給她割了十斤肉，想起了什麼，又問道：「姑娘，豬肝妳還要不要？我今早剛宰的，有兩副呢，我給收起來了。妳若是要，我拿給妳，收妳兩文錢。」

白芸眼睛一亮，她看攤上沒有，還以為是老闆沒留呢，沒想到都留著呢，於是立刻點頭。「要的，你拿來給我看看。」

老闆笑呵呵地轉頭從地上拿起一個籮筐，給白芸看。

白芸眼睛更亮了，發現裡面不只有豬肝，還有豬肺、豬腸，以及半袋豬血。

除了兩副豬肝外，她又跟老闆要了一點豬肺和豬血。豬腸沒有要，雖然是好東西，但最近不是吃的時候，洗豬腸很麻煩，要拿到河邊去洗，不然家裡一股臭味熏人，只能之後再說了。

豬肺和豬血她留著自己在家吃，因為她也不確定別人能不能接受這個。

但是豬肝還是有人會吃的，鳳祥村真的很窮，吃過的人也不在少數，都是為了補充點油水。

最後，白芸去旁邊買了個籮筐，拿著一籮筐的東西，離開了肉攤。

宋清接過她手中的籮筐，默默跟著她去買菜，像個保鏢一樣。

白菜、韭菜白芸都買了一大堆，蔥啊、蒜啊什麼的也是按把買，把菜攤包圓兒了才剛剛好夠。

正好隔壁有家糧油店，白芸讓宋清看著攤主把菜秤了，自己去隔壁糧油店買了好多的米、麵、鹽、油。

託菜攤攤主把菜給送到鎮子口裝車，自己和宋清拿米、麵、鹽、油。因為他們買得多，省了攤主一天擺攤的功夫，送個菜而已，菜攤攤主也樂意幫忙。

到鎮子口把菜肉等東西都裝了車，白芸就讓宋清返回成衣店裡，把改好的衣服取回來。

白芸算的時間很準，宋清剛走回來，跟鐵匠約定好的半個時辰就差不多到了，沒等多久人家就把鐵鍋等物品送來了。

白芸把鐵鍋橫著倒扣在車裡，兩人才坐上牛車走了。

夏天的太陽很燥熱，曬得人皮膚痛，白芸用手遮擋著陽光，臉上汗流不止。等她回到家後，一定要吊一桶家中井裡的水喝了解解暑。

正當她想著，一道陰影打在她身上，那股熱氣也散了許多。白芸看了一下，原本坐在車板上的宋清已經換了個位子，身子坐得挺直，正好替她擋住了全部的陽光。

「謝謝啊！」白芸不是扭扭捏捏的人，人家給她擋太陽，她也不會裝作不知道。

「無事，橫豎都是要曬的。」宋清無所謂地說道。反正他是個男人，曬曬太陽也沒什麼，自己把陽光遮住，還能讓白芸少曬點。

白芸笑咪咪地坐在車上，有了宋清幫忙擋太陽，牛車行駛的時候，風吹來都是涼的，舒服得很。

第九章

牛車一路到了鳳祥村，白芸沒有讓他停下，而是直接開進了村子裡。換作以前，也許白芸還會謹慎一些，偷偷把東西運回家，避免有些人眼紅，做出點什麼壞事來，徒增煩惱。

但是現在既然決定了要蓋新房子，估計黃老三已經帶著人在拆老屋了，這麼大的動靜，就算她想瞞也瞞不住，所以還不如正大光明地進村，反正也不差這一點半點了。她的銀子來路正常，誰也說不出什麼。

聽說過千日做賊的，沒有聽過千日防賊的，如果真有人要在背地裡動什麼手腳，她自然有法子擋著。

車子進村的時候，村口還沒什麼人，到了村中心時，她家老屋周邊已圍著一群人，在看她家拆房子。

白芸喊停了牛車，讓他們等一下，才跳下車湊了過去，想看看黃老三他們的幹活進度。出乎意料的是，白芸以為沒有工具爆破，拆得會很慢，但現在一看，老屋幾乎已經拆了一半。瓦片全被卸了下來，整整齊齊地排在一邊，可見幹活很是細緻。

來的工人有八個，都在賣力地砸牆，其中一個身影就是黃老三。天氣太熱，黃老三抹了一把頭上的汗，瞥見白芸站在院子外看，立即放下鋤頭走了過去，說道：「怎樣，我們幹活快吧？」

「很快，辛苦了。」白芸點了點頭，又指向那堆破瓦片，問道：「叔，那些破瓦片擺得那麼齊，是用來做什麼的？」

她以為這些瓦片是直接砸了，拉出去扔了就可以，因為品質不怎麼好，幾乎不能再利用了，砸了又快、又省事。

「哦，那個啊！舊瓦片到時候砸碎了和泥和在一起，可以充地基，就不用再花錢買別的材料了。」黃老三笑笑，解釋了一下。

都是窮苦人家，他們一般都不會去買石子蓋地基，有替代品就用，能省一點是一點。

「辛苦叔了，那我就先回去了。我買了菜，一會兒做好了就送來給你們。」白芸笑著說道。沒想到黃老三這個人還挺不錯的，幹活細緻，想得周到，還知道給屋主省錢，真是找對人了。

「行，妳先回去吧，我也繼續去忙活了。」黃老三笑了笑，又回去了，心想宋家這新媳婦還真是有禮貌，瞧著很不一般。想想人家家裡也不容易，又是按天給他們算錢的，黃老三不想磨時間，便繼續幹活去了。

白芸正想走，旁邊人卻沒那麼容易讓她走，拉著她東說一句、西問一嘴的，都是在打聽他們家怎麼突然有錢蓋房子了？

白芸不想說實話，又不好不回答，人家本來就已經是眼熱了，若她再多個不搭理人的名聲，那肯定會被別人排擠，日子就不好過了。

她可以不在意，但是馮珍和狗蛋不能，尤其是狗蛋，年紀小，需要朋友。

之前被王大財欺負的時候，狗蛋就沒有什麼朋友，整日裡孤孤單單的，一個小男孩，性子軟得像小貓。

近日來有了玩伴，才把他活潑好動的性格勾出來，膽子也大了許多，沒有唯唯諾諾的勁頭了。

「我家房子太破了，一下雨就漏水，牆也漏風，這房子是住不下去了。」白芸賣慘賣到一半，見宋清走了過來，眼睛驀地一亮，一改之前的愁容，笑道：「這不是宋清回來了嗎？給了我們銀子，才勉強夠蓋個房子，不然我們一家人還不知道怎麼辦呢，那房子真是住不得了。」

人們一聽是這麼一回事，心裡的那股不舒服也好了許多。人家家裡確實是困難，可是再困難，房子住不了人了，可不就得蓋一個嗎？這也沒什麼好說的。

只是有個別的幾個人聽白芸說錢是宋清給的，立即又打聽起宋清是不是在鎮上找了什麼活計？什麼活計能掙那麼多錢？

宋清想著那麼久了，白芸還不回來，以為她碰到了什麼麻煩，便來看看。他權當沒聽見，笑著應付了幾聲，就帶著白芸走了。

剩下的人也不在意，把宋家蓋新房子的事情奔相走告，導致時不時就有人來看兩眼，圖個新鮮。

到了家後，馮珍和宋嵐把菜和鍋接了過來，在院子裡就洗洗刷刷了起來。

天氣熱，韭菜放不住，馮珍就先洗了韭菜，把大白菜放進灶房角落，防止被太陽曬到。豬肉也切了一斤出來，把剩下的肉放進水桶下到井裡去，井裡溫度低，可以讓肉沒那麼快壞掉。

香噴噴地炒了一大鍋的韭菜炒肉，雖然韭菜多肉少，但也算是有油水了。

米飯更是蒸了一大鍋，怕工人們不夠吃，還提前去隔壁的何家置換了一袋的地瓜回來，一起放在飯裡蒸。

地瓜香甜軟糯，混著米飯煮，有一種很香的味道，讓人看了就很有食慾。

馮珍先是挖了一盆地瓜飯出來，又舀出來一盤韭菜炒肉，放在家裡給自家吃，才和宋嵐、白芸一起，端著一鍋菜和飯去到工地，留宋清在家繼續修補房頂。

正午村民們都已經回家吃飯了，沒有人在這邊守著看。

「吃飯了！大家夥兒別忙了，先來吃飯！」白芸招呼了一聲，就把鍋和飯盆都架在院牆邊，等著工人來排隊打飯。

馮珍打飯，白芸打菜，宋嵐則是燒了一鍋開水放在旁邊，讓工人們渴了方便喝。

工人們見飯來了，都紛紛停手，集體去旁邊的大水缸裡洗了個手、洗了把臉，才找出自己帶來的碗、筷，到一旁排隊。

他們幹了一個早上的活兒，肚子早就已經餓了，聞著韭菜的香味，很是饞人。

宋家端來的飯菜看著油汪汪的，一看就放了不少的油，大家就更期待了。

因為黃老三是工頭，按規矩他應該排第一個打飯。

黃老三把自己帶來的碗遞給馮珍，馮珍麻溜地接過，給他打了滿滿一碗，有地瓜有米飯，看得黃老三很是開心。「馮嫂子，妳家這飯做得瓷實，聞著就香，還打那麼多。」

「我多打點，你們就多吃點不是？都是幹活的，不怕吃不完。」馮珍笑道，又接過下一個人的碗，照樣打了滿滿一碗。

黃老三笑得喜洋洋，又把碗遞給白芸，讓她打菜。剛剛遠了瞧不真切，只覺得菜是油汪汪的，現在一看，他發現裡面竟然還有肉片，當即驚愕出聲。「呀！這菜裡放肉了？」

白芸點點頭。「是啊，叔。我娘說了，你們幹活的需要吃油水，我們便往裡面放了肉，就是放得不多，你們別嫌棄。」

「哪裡會嫌棄？可不敢嫌棄！」黃老三瞪了瞪眼，他就沒見過村裡去誰家幹活還給肉吃的，頂天了就是豬肝和雞蛋，哪裡會有肉？

而且白芸說少，在他看來已經不少了，這滿滿的一鍋菜，看著放了也有一斤肉，每人都能吃到，哪裡會少？

工人每個人排到菜這邊的時候，臉上都很震驚，覺得宋家人厚道，端著飯碗都道謝起來。

工人們打完飯，就坐到一邊去，一遍誇著馮珍做菜好吃，一邊大口地塞。

一碗飯下肚，吃得他們滿嘴油，心裡也暖乎乎的，不像在別的人家幹活，吃完飯還覺得沒吃飽。

這可是肉啊，吃了一點，他們渾身都覺得有勁。

黃老三站了出來，喊話道：「哥兒幾個下午都賣足了力氣啊！宋家給我們吃了好東西，咱可不能讓人家吃虧，大夥兒說是不是？」

「黃三說得對！咱們肯定卯足了力氣幹活！」

「這飯好吃，幹活肯定有力氣！」

他的話得到了工人們的一致回應。

了。

宋嵐、馮珍和白芸看著這一幕都笑了，給幾個飯量大的又添了點飯菜，才抬著東西回去了。

回到家裡，他們一家子才上桌吃了飯。

小狗蛋吃得肚子裡滿滿當當的，這段日子他吃得飽，臉上長了點肉，更可愛了，像個瘦版小福娃。

小傢伙很顧家，每天出去玩也不忘把柴火撿回來，偶爾還會去摘野菜。

白芸看了很是心疼，她覺得小傢伙這個年紀正是該玩的時候，便讓他別撿柴火，也別採野菜了，家裡不差吃的。

但即使她這麼說了，小傢伙不摘野菜了，卻還是會每天撿柴火回來，因為他知道家裡每天都要用柴火，實在懂事得過頭了。

白芸是越看越覺得自家兒子可愛，稀罕得不得了。

吃過午飯後，大家都進屋午睡了一會兒，只有狗蛋和宋清沒睡。

宋清看小傢伙在院子裡無聊，就帶著他去河裡玩了。

等白芸起床，就看見院子裡有許多螃蟹在爬，小狗蛋正抓得不亦樂乎，而宋清則是站在一旁看。

「這是你們抓回來的？」白芸愣了愣，指著地上肥碩的河蟹問道。

「嗯。」宋清點點頭。

小狗蛋仰著頭，臉上很是興奮。「阿娘，爹爹好厲害，去河道旁邊拿來了一種葉子，搗碎了放在幾個石頭下，就有好多螃蟹圍過來了，抓都抓不完！」

「行啊，晚上就吃了牠們！」白芸開心地點點頭。她不管宋清用什麼葉子吸引螃蟹，橫豎人家會醫術，她不會，說了她也不知道。她只想馬上把地上這些螃蟹通通變成香辣蟹，她已經很久沒有吃過河鮮了！

馮珍正好走了出來，聽見兒媳婦的話，笑了一下。「這螃蟹哪裡能吃？殼硬不說，又腥臭，吃了要拉肚子的，沒人吃這個。」

宋清朝白芸看過去，瞇了瞇眼睛，眼裡也是疑惑。這裡可沒人吃螃蟹，所以螃蟹才特別多，怎的這個小丫頭居然會吃？

白芸不慌不忙地解釋道：「娘，那是他們吃的方法不對。螃蟹吃了拉肚子，是因為他們煮了後一看見殼紅了就以為熟了，其實還沒煮透呢！而且河裡的螃蟹不能用水煮，要加點蔥、薑啥的炒著吃，老香了！我小時候沒東西吃，就經常去河裡弄。」

「真的？」馮珍沒想到是因為這樣，若真是這樣，那螃蟹或許還真的能吃。

「真的！娘，妳晚上給我做螃蟹成不成？我肯定能吃完！」白芸撒了撒嬌，她是真的很想吃螃蟹啊！

馮珍一聽兒媳婦想吃，立即點了點頭。「成，晚上娘做了試試。」

橫豎就是幾隻螃蟹，吃了頂多拉拉肚子。若是真的好吃，那河裡的螃蟹那麼多，他們也能省下一筆菜錢。

宋清沒啥意見，狗蛋也沒意見，屋裡的宋嵐更不用想，只要有好吃的，她啥也不挑。

天色將暗時，黃老三上宋家敲了敲門。他也住在村西，離得很近，便過來告訴馮珍一聲，他們已經把房子拆得差不多了，明天再拆院牆清理一番，讓人做的石牆就搬過來了，第三天估計就能開工。

一家人聽了這消息很是高興。

黃老三說完事情就走了。

白芸想了想，追了出去，問道：「叔，那些石材都是跟誰訂的？」

「都是跟隔壁村的石匠訂的。怎麼了，白丫頭？」黃老三有點擔心，怕白芸反悔，他錢都付了，若是要拿回來肯定不容易。

「喔，我就是想讓你再多訂些，院子我們家不用太大，但是要多蓋一間房，不然家裡不夠住。您看可以嗎？」

白芸是考慮到宋清回來了，而且聽他說可能他爹不日也會回來，家裡地方小，不多蓋怕地方不夠住。

一聽是這麼回事，黃老三鬆了一大口氣，點頭道：「我明白了，我明天就去隔壁村多訂些，放心，這事交給我了。」

「好嘞！那我就回去了，謝謝叔。」

黃老三點頭，回家去了。

晚上吃飯的時候，馮珍端著一盆炒得噴香的螃蟹，就是沒有辣椒，但樣子已經足夠饞人了。

炒螃蟹的香味把在場的人都香迷糊了，馮珍也很驚喜，沒想到河蟹這樣炒一炒，味道就完全不一樣了。

白芸嚥了嚥口水，眼睛盯著那螃蟹，簡直都要挪不開了，那模樣比狗蛋還像個小孩子。

沒辦法，她最愛吃的就是螃蟹了，自從穿越過來，她就再也沒吃過，她哪裡還能抗拒得了這種美味？

一家人看她這樣子，都笑了。

「給，快先吃一點！」馮珍趕緊把盆遞過去，讓她用手撚一塊出來吃。

白芸也沒客氣，抓了一塊出來就放進嘴裡，那鮮香的蟹肉從殼裡擠出來，香得她眉眼彎彎，雖然不是前世陽澄湖裡的大閘蟹，只是簡單的小河蟹，但真是太好吃了！

「娘，我嫂嫂吃肉時都沒有這個表情，這螃蟹真有那麼好吃嗎？我也嚐嚐！」

宋嵐也饞了，立即伸手過去抓了一塊出來，塞進嘴裡，下一刻，只覺得她嫂嫂也太會吃了！這螃蟹太鮮了，怪不得把她嫂嫂吃成那樣了。

馮珍看兒媳跟女兒都吃得香，笑了笑，也抓起一小塊遞給狗蛋，看小傢伙同樣吃得滿眼冒星星，才笑著把螃蟹放在桌上。「行，我再去炒個菜，就可以開始吃飯了。」

大家都在啃螃蟹，沒有嘴應答馮珍的話，只支支吾吾地點著頭。

馮珍進了灶房，又炒了一盤白菜出來，才進屋叫上宋清出來一起吃飯了。

宋清出來後，看了看桌子上的螃蟹，倒是沒有和白芸一樣用手去抓著吃，而是用筷子挾著，吃得斯斯文文的。

白芸也想衛生一點，但是她可沒法做到用筷子挾著螃蟹，還能吃得乾乾淨淨的。

這場對比遊戲，傷她綽綽有餘。

吃過了晚飯，村裡一般沒有什麼娛樂活動，就是串門子聚在一起聊天。

隔壁何明的老婆秀珍看他們已經安頓好了，吃完飯就搬了個小板凳過來跟馮珍聊天，自己還抓著一把南瓜子，分給了馮珍一些。

「這房子當初還是我女婿蓋的，我們兩口子本來想搬過來住，但是想想還是老屋住著習慣，就沒搬。怎樣，你們住得慣不？」

馮珍笑著點了點頭。「房子很好，住著很方便。」

「那就好，這房子是真的很不錯。」秀珍有點高興馮珍誇這房子好，又說道：「就是我女婿不常回來，家裡是住在鎮上的，我們這些泥腿子也不常去。不過我女兒還算孝順，經常回來看我們，估摸著最近也該回來看看了。」

馮珍愣了一下，又問道：「那萬一他們回來了要住哪裡呢？」

「唷，馮姊別擔心，我女婿說不準回不回來呢，就算回來也不會住下的，這房子除了蓋好時兩人住過一回，就一直空著了。我女婿嫌鄉下蚊蟲多，一直不肯回來住。」

各家有各家的難處，表面上大家看何家的女兒好，嫁到鎮上，不用再到地裡辛苦種糧食吃，但何家女兒是高嫁，男方難免話語權多一點，自然也嫌棄這小農村裡的日子。

馮珍拍了拍她的手，輕聲安慰了幾句。「女兒孝順就好，兒孫自有兒孫福，咱不操心那麼多。」

白芸在旁邊聽著兩人的聊天內容，也是感慨萬分。突然，白芸想起一個問題，開口問道：「秀珍姨，房子租給我們，妳女婿沒啥意見吧？」

秀珍搖了搖頭。「橫豎是蓋給我們老兩口的，他能有啥意見？等我閨女回來我會跟她說說的。妳們放心，定下的事情我們不會改口的。」

得了對方的保證，白芸也就安心了，回屋去燒了水洗了個澡，只感覺渾身舒服。

天氣熱，她現在一天洗一次澡，都覺得身上黏黏膩膩的很不舒服，但是也沒辦法經常洗澡，太麻煩了，只能端著個小盆，蹲在房間裡，一點點地往身上舀水。洗頭更是麻煩，她現在都是三、四天洗一回，還需要宋嵐和馮珍的幫助。

秀珍又和馮珍聊了一會兒，便回去了，宋家一家人這才睡下。

第二天，白芸沒有去鎮上買菜，睡得久了一些，馮珍向來慣著她，也由著她睡。

起了床後，吃了幾個餅子當早飯，家裡已經不見人了，估計是去老屋那邊監工了。白芸就拿著鋤頭把地鋤了，想著下次弄點老地瓜回來種。

地瓜種出來好吃，地瓜藤嫩的時候，那些葉子也好吃，而且密密麻麻爬一地，也是個風景。

眼看著太陽升起來，一家人就回來了，白芸出去看了一眼，發現宋清不在，疑惑地問了一句。「娘，宋清去哪裡了？」

「喔，他去鎮上了，說要去看看有沒有什麼活兒幹？」馮珍笑著回了一句。

白芸點點頭，沒說什麼。這男人確實能掙錢，一回來就給了她五十六兩。

就是這個男人神秘得很，她看不出他的面相，對他簡直就是一無所知，也不知道錢的來源正當不正當？

但她覺得應該是正當的，第一，宋清不傻；第二，她相信馮珍的家教；第三，宋清有醫術。

因為醫學方面還很落後，醫生在這個年代是很掙錢的，聽說就連頭疼腦熱的，去看大夫買一帖藥就得花一百文，大病就更不用說了。

所以普通人頭疼腦熱都是靠時間來醫治，要不就是找偏方，根本不會花錢買藥吃，基本上就是小病不用瞧，大病瞧不了。

因此，如果宋清真的會醫術，而且能力還不錯的話，那完全是有可能賺到那麼多錢的。

問題就在於宋清的醫術到底怎麼樣？聽馮珍說過，她娘家是採藥的，估計醫術也就湊合，只認識藥方的那種程度吧？

沒想出個所以然來，白芸就決定不想了，反正也不是她該管的事情，便幫著馮珍和宋嵐一起忙活著午飯了。

買回來的韭菜炒完了，今天做的就是白菜燉肉麵疙瘩了。

將洗好的白菜剁碎，先放進鍋裡煮開，香甜的湯底一下子就出來了。

水沸騰了以後，便把麵疙瘩一塊塊地丟了進去，又把切好的肉下在裡面，頓時香氣撲鼻。等疙瘩麵煮得浮起來以後，就算是煮熟了。

馮珍往裡頭倒了油跟鹽，還有點芝麻油調味，就大功告成了。

她們還是把鍋抬到工地裡，等著工人來排隊。

大家都很自覺，瞧見今天又有肉吃，個個臉上皆透露著不好意思，他們還以為昨日因為是第一次上工，所以吃得好點，沒想到今天也有肉。

今天的麵疙瘩就算是主食了，沒有另外蒸米飯，煮了滿滿一大鍋，不愁不夠吃。

大家排著隊，馮珍幫著打飯。

白芸往旁邊看了一眼，發現吳桂英居然躲在遠處往這邊望，像是在觀察著什麼，然後又往這邊走來。

吳桂英像是路過一般，不經意地往鍋裡看了看，發現疙瘩湯裡漂著一片片的肉，眼睛都瞪大了。「妳發財了？居然給他們放肉吃？」

白芸瞥了她一眼，沒搭理她，省得這老太婆蹬鼻子上臉。

周邊的工人們有點無語，啥叫給他們放肉吃？這話真是不中聽。但這是屋主的親人，他們也不好說什麼。

吳桂英摸了摸鼻子，隨後又拉了拉白芸的手，語氣溫和地說：「我跟妳說點事。」

白芸又看了她一眼，不知道吳桂英又打的哪門子主意。

「我有話跟妳說，我好歹是妳奶，養大妳的，妳總該聽我說句話吧？」看白芸不是很情願的樣子，吳桂英心裡有點堵。

「我不走遠，就在旁邊說，妳有話快說，我忙得很。」白芸不是很放心跟她走，但那麼多工人在看，她也不好把場面弄得太難看。

「行！」吳桂英難得沒糾纏，痛快地答應了，兩人就往旁邊走。

吳桂英伸手想握握白芸的手，被白芸躲開了，心中的怒氣差點壓不住，但想想她是來找孫女說話的，還是忍了下來，只是蹙著眉頭說道：「妳就這麼不待見我？妳到底在恨些什麼？妳是女娃子，本來就不能跟家裡的男娃比吃穿，男娃是家裡的香火、家裡的根，而女娃長大後都是要嫁人的。我這麼做也是為了我們白家，妳也怪不得家裡啊！妳要怪只能怪妳自己是個女娃不是？」

白芸聽見這極度雷人又封建思想的話語，心裡覺得很好笑，面上更是嘲諷一片。

吳桂英看她這樣，搖了搖頭嘆息。「妳還是不懂，女人小時候即便吃點苦，但嫁到夫家後不就沒事了嗎？妳看妳，很快就有新房子住了，這多好啊！妳能嫁進宋家都是因為我，妳怎就不知道感恩呢？」

「感恩？」白芸冷笑道：「妳把我嫁出去還債，我已經不欠妳什麼了，要感恩也是感恩我婆婆。不是說嫁出去的女兒潑出去的水嗎？我都不是白家人了，妳還來找我做什麼？」

吳桂英面色一凝。「我到底還是妳奶奶，妳話不要說得太難聽！我眼裡是有妳這個孫女的，妳怎麼就不想想家裡啊？」

眼裡還是有她這個孫女的？白芸聽了這話都忍不住搖頭，已經死去的原主要是聽見她說的這些話，不知道是該哭還是該笑呢？

把事情做得那麼絕，現在又來服軟，真當她白芸是麵團捏的不成？

想到這裡，白芸的眸子瞬間冷了下來。「這話說得就難聽了。妳把我抓來抵債，出嫁前還兩天不給我吃飯，讓我做牛做馬、沒日沒夜的幹活，給妳的孫子、兒子們洗衣服，若不是我命大，我早就死了！我還有更難聽的等著妳，妳信不信？」

白芸說話的聲音很大，不論是工地上的工人，還是周邊的人家都能聽見，紛紛停下了手中的事情往這邊看。

馮珍也沒想到兒媳婦嫁過來之前遭受了這樣的對待，頓時氣不打一處來，眼睛死瞪著吳桂英。

現場死一般的寂靜，但大家都是局外人，不敢說什麼，只心裡都在暗罵吳桂英不是人。

吳桂英也心虛，狠狠地甩了甩頭，就把髒水往大兒媳婦頭上倒。「不是我，這都是妳大伯娘出的主意，說是閨女家，再不幹活就要去幫別人家幹了。」現在想想，大媳婦說的還真是不差，瞧，這嫁了人立即就幫著別人去了，一點都不幫襯自己家！

「不管是誰給妳出的主意，決定還是妳下的。我告訴妳，光憑妳們做的這點破事，我不理妳已經是仁至義盡了，妳還要跑來我面前蹦躂？」白芸上前兩步，逼近吳桂英，冷笑兩聲，壓低聲音說：「若是妳再來煩我，我就找個沒人的地方弄死妳！妳這個老太婆總有落單的時候，妳要不信，大可以來試試看！」她眼裡散發著猶如地獄惡鬼的幽光，直勾勾地盯著吳桂英，簡直駭人得不像話。

白芸修的本來就不是正統門法，連招數都很詭異，祖師爺也是個邪相，前世她是為了生存，也無心害人，所以跟正統門派交好，才多了幾分正氣。

但總歸白芸不是一個脾氣很好的人，只要真的生氣了，身上就會多一些難以言語的恐怖氣息。

而且她眼裡有相氣，這麼盯著一個普通人，也會起到嚇人的效果。

吳桂英被嚇壞了，她覺得面前的孫女陌生得很，好像是從地裡爬出來的，靠近一點都覺得渾身冷得慌。恍惚中，她居然還在孫女的臉上看到了另外一張臉，那分明就不是她的孫女！那女子一臉的冰冷，好像真的會衝出來把她給殺了！

「妳不是我孫女……有鬼啊！我不敢了，我再也不敢了！有鬼啊——」吳桂英驚叫一聲，先是打了個寒顫，退後了兩步，緊接著就連滾帶爬地跑了。

這實在太嚇人了，一個人怎麼會有兩張臉呢？她看得清清楚楚、明明白白的，絕對沒有眼花！那臉在她腦子裡鑽呢，大夏天的都透著一股陰森。

眾人目瞪口呆，大家還以為吳桂英會跳起來罵人或者打人呢，可沒想到人卻一溜煙的逃跑了！對，就是逃跑了。

大家的眼神緩緩移到白芸身上，不知道這個小姑娘做了什麼，竟讓這樣一個素有威名的吳虔婆發瘋似的逃跑了！

白芸轉過身來，剛剛那駭人的表情已經消失不見。她皺起了眉頭，吐槽著吳桂英。「奇了怪了，這人老了就是神神叨叨的……」

眾人看白芸也是一臉不知道為什麼吳桂英會變成這樣的表情，便只覺得是吳桂英自作自受，沒把她的胡言亂語放在心上，紛紛迎合道——

「什麼神神叨叨？就是她自己做了虧心事，心虛了！」

「肯定是這樣！這麼缺德的事情也就她吳虔婆做得出來，走了還要誣衊人，我呸！」

「妳也是夠委屈的了，要我看啊，這奶奶不認也罷！若是誰要說啥，我幫妳作證。」

吳桂英已經走了，她們才敢說話，要是吳桂英還在這裡站著，她們肯定不會自找麻煩。可見吳桂英平日裡是怎麼靠自己的心眼子裝潑辣欺負人的，村裡人老實巴交的，根本應付不來。

馮珍心疼地摸了摸兒媳婦的手腕，怪不得她兒媳婦嫁過來的時候瘦得跟小猴子一樣，原來是白家幹了這麼糟踐人的事情。

「沒事的，娘，咱們回去吧。」白芸搖了搖頭，又朝剛剛開口說話的幾個人點頭。「多謝大夥兒了。」

「不謝不謝！」她們也沒幹什麼，平白得了一句「謝謝」還覺得臉紅，擺擺手就走了。

白芸心情大好，回去的路上覺得花花草草都好瞧了許多。

吳桂英今天是真的被自己嚇到了，估計未來很長的一段時間都不敢再來招惹自己了。

至於剛剛吳桂英說的，自己不是她孫女……白芸瞇了瞇眸子，覺得吳桂英不可能平白無故亂說。估計是剛剛相氣靠近了她的眼睛裡，吳桂英通過她的相氣看到了點什麼，很有可能是她的靈魂，她前世的樣子。

不過就算看到了也沒什麼，畢竟她的相氣只能在別人身體裡停留一會兒，過兩分鐘吳桂英就什麼也看不見了。

就算吳桂英日後想找道士來整她，她也不擔心，因為吳桂英能找得到的道士估計都不怎麼著，就算真的道行高深，她也完全可以應付。

至於旁人麼，只會覺得吳桂英是瘋了。

回到家後，白芸去隔壁何家倒騰回來幾個地瓜，就繼續去她的小菜園忙了。

她把地瓜有芽點的地方都切成了塊，一塊塊地埋進土裡，用土填上，又跑去井裡打了水來澆。

宋嵐坐在院子裡洗著鍋和碗。

馮珍則進屋做衣裳，夏天到了，她得把狗蛋的褲腳改長一點，不然保准曬。

到了下午，馮珍和宋嵐去地裡看稻苗，宋清則從鎮上回來了，肩上揹著個包袱。

看見白芸坐在院子裡，宋清從包袱裡掏出來一張銀票遞給白芸。「今天掙的，妳拿去。」

白芸正想著宋清回來後能不能去抓螃蟹呢，他就回來了，不僅回來了，還遞給她一張銀票，一看是三十兩，她整個人都傻了。

「你掙錢挺快的啊！」白芸拿著那張銀票，覺得拿人家的錢不太好，又遞回去給他。「你上次放在我這裡的還有很多，你自己拿去用吧，我不差錢。」

宋清沒有接，搖了搖頭。「我沒有什麼要用錢的地方，我的衣裳是妳買的，家裡也是妳去採買，很辛苦。」說完後，還順便幫白芸想了想錢該怎麼花。「妳可以買新衣裳、買新鞋、買胭脂水粉，我不太懂，總之妳喜歡的都可以買，如果錢不夠了我會掙。」

他這話倒是讓白芸高看了他一眼，不是因為他願意把錢給自己支配，而是宋清明白就算女人是待在家裡沒掙錢，也一樣很辛苦。

這種尊重他人勞動的想法，即便是前世受過高等教育的許多人也都很少具備。

最終，白芸點點頭，把三十兩收了起來。既然他願意把錢放在她這裡，她也幫忙收起來就是了。

「我這裡還有十兩。」宋清像是想起了什麼，又把剩下的十兩交給白芸。「我想跟妳商量一下，各分五兩給娘和妹妹，做個零花。」

白芸理所應當地點了點頭。「這是應該的，娘和阿嵐確實很辛苦。」

「嗯。」宋清微微點頭。

白芸看了看宋清，想著這男人會不會又突然掏出錢來，跟哆啦A夢似的，能變出一個打錢機器來。

宋清看著她好奇又煥發著光彩的眼眸，暗暗失笑，明白她在想什麼，搖了搖頭。「這回真沒有了，一兩也沒有了。」

「我沒那個意思，你別多心。」白芸微笑著掩飾自己的尷尬。這宋清太精了，什麼都看得出來！要不是這男人身上沒有什麼會道法的痕跡，她還以為他是自己的同行呢！「喔，對了。」她突然想起來一件事，便拿著銀票跟宋清說道：「咱們有錢，不如去買輛牛車吧？牛車用途多，可以在田裡使，也可以趕著去鎮上，大家都方便。」

「嗯，可以。」宋清覺得這個主意很不錯，他倒是還好，多走兩步路無所謂，但是家裡人就方便多了。

「行，那我明天就去鎮上看看！」白芸也覺得自己這個想法很不錯，想想自己快有一個座駕了，怎麼著都覺得高興。

這簡直就是古代版的大汽車啊！終於不用再等隔壁的牛車等半天，也不用走路了，隨時都可以去鎮上，這生活水平不得一下就提高了啊！

小狗蛋這時從外面瘋跑回來，正咕嚕咕嚕地喝著水，一看就是渴極了。

白芸拍著他的背，讓他慢點喝。

小傢伙點了點頭，放慢了速度，等喉嚨那股乾啞勁消失了，才笑道：「阿娘，我們今天撿了好多柴火，都放在院子外面了。」

白芸笑著點了點頭。「讓你去玩，你老是去撿柴火幹什麼？」

「愛好！」小傢伙揚了揚臉，很是驕傲。阿娘昨天誇他是聽話的小寶貝，他得特別特別聽話！看見自家爹爹也回來了，遂拉了拉他的手。「爹爹，咱們去抓螃蟹好不好？娘親愛吃！」

白芸一聽這話，感覺都要老淚縱橫了！她的好兒子真是太懂她了！

宋清看了一眼白芸後，一把抱起狗蛋，拎著籮筐就往外走。「好，我們去抓螃蟹。」

傍晚的時候，父子倆抓回來了一大堆螃蟹，足足有一籮筐，馮珍喜笑顏開地給炒了。她就知道，聽兒媳婦的準沒有錯。

這螃蟹不僅炒著好吃，吃了也沒有像以前一樣拉肚子，很是下飯，吃了還想再吃。

白芸看著滿滿炒好的螃蟹，只覺得人生美滿，不用花錢就能吃螃蟹吃到飽，突然覺得穿越了也很不錯。

她足足吃了十幾隻螃蟹，咬得腮幫子疼，要不是怕螃蟹吃多了寒涼，她還能繼續吃！

吃完飯後，一家人心滿意足地坐在院子裡乘涼、閒聊天。

「這日子是越過越幸福啊，咱們都能吃飽飯，那就是幹再多的活都好啊！」馮珍感慨著，這一切都多虧了自家兒媳婦。

白芸點了點頭，突然想起來今天宋清跟她說的事情，進屋拿出了兩錠五兩的銀子，分別遞給馮珍和宋嵐。「娘、阿嵐，這是宋清給妳們做零花的。大家口袋裡總要裝點錢，以後我們要是不在，出點什麼事情妳們也可以應付。」

「怎這麼多哩？娘不要！在家裡有吃有喝就已經很不錯了，家裡上下都是妳在打點的，妳拿著比較好。」馮珍不收，她已經很滿意現在的日子了，而且拿著那麼多的錢，她也不知道該怎麼花。

宋嵐也是一樣。「我賴在家裡已經很不好意思了，怎麼還能要妳和哥的錢？這不行。」

白芸跟宋嵐是平輩，沒有那麼多規矩，直接把銀子往她懷裡一塞。「說什麼？都是一家人，妳回來是應該的，不用覺得不好意思。大不了妳以後掙錢了，再給我買幾件好衣裳就是了。」隨後又看向馮珍，笑著勸道：「娘，我們有銀子，妳就拿著吧，這也是宋清的一點心意。再說了，以後若是家裡要添什麼東西，妳還得找我要，多不方便？妳就拿著吧！」

白芸其實也就是這麼一說，不是真為了讓馮珍幫著買什麼東西，因為馮珍這個人太實誠了，不這麼說，這錢她肯定是不會拿的。

宋清也知道白芸的意思，點頭道：「娘，收著吧。」

馮珍一聽，覺得也是這麼一回事，才收下了這五兩。「那也行，正好我想去鎮上買點針線什麼的回來。」

宋嵐拿著錢，心臟「怦怦怦」地直跳，半晌才說了句。「謝謝嫂嫂，謝謝哥哥。」

白芸和宋清都笑了。人都是將心比心的，宋嵐和婆婆都在為這個家默默地付出，有眼睛的都看得見。

兩人每天一大早就起來，第一件事就是去地裡，做飯、洗衣裳的家務活也都是兩人包下了，如果沒有她們，白芸不可能這麼輕鬆，光吃飯的問題她都無法解決。

「娘，家裡現在銀子有餘裕，我想著乾脆去鎮上買一輛牛車回來，下地方便，以後去鎮上也方便。不如咱們全家人明天一起去鎮上看看吧？」

「啥？買牛車？」馮珍愣了愣，他們家能吃飽飯她已經很滿足了，怎麼這一會兒連牛車都能買了？她有點跟不上這迅速的腳步了。

小狗蛋幾乎是從凳子上跳了起來。「阿娘，咱們家要買牛車了嗎？是哞哞叫的牛嗎？」

白芸把他摟進懷裡，笑道：「是啊，哞哞叫的牛！」

第二天一早，天矇矇亮，宋家人都起了個大早，全家換上新衣裳，就準備出發去鎮上。這麼早，隔壁村的牛車肯定沒有來，一家人就步行去了鎮上。

他們今天不光是要去買牛車的，更多的是要去買菜。為了不耽誤工人中午吃飯，他們得早去早回。

宋清也換上了新衣裳，整個人看著乾淨又清爽。

對於宋清愛乾淨這回事，白芸作為現代人都自愧弗如。

因為在這裡洗澡很麻煩，洗頭更麻煩，白芸都是三、四天才洗一次頭，但這男人不一樣，幾乎天天洗澡，兩天洗一次頭，衣裳什麼的都是自己洗。

有時候白芸真的很懷疑，這個男人是有潔癖的，如果放在現代，絕對是天天噴酒精的類型。想了想那個場面，白芸就覺得刺鼻。

一家人走到天光大亮，終於走到了青嶺鎮。

小狗蛋一句累也不喊，堅毅地跟著大人們走。

走了那麼久，大家的肚子早餓了，先去麵攤一人吃了一碗熱呼呼的麵，才滿意地離開。

「阿芸啊，我跟阿嵐去買菜，妳跟阿清帶著狗蛋去買牛車吧。」馮珍想了想說道。

小狗蛋是要去的，他很想看看自己家的牛會是什麼樣子，昨天晚上就央求了大人們帶他去看看。

白芸也同意，她是不會趕牛車的，帶著宋清去可以讓宋清趕回來。

商定了以後，大家就兵分兩路了。

「妳知道哪裡有牛行嗎？」宋清問道。

「不知道。」白芸也很誠實。她當然不知道，她剛開始就沒想過買牛，她想買的是馬！可惜，現在這個情況，她只能想想。

宋清沒說什麼，走到旁邊一個商販那邊，說了幾句話，就走了回來。「我知道了，我們走吧。」

白芸知道他去問了路，牽著狗蛋就走，三人走成一排，還真的像一家三口。

「糖葫蘆咯，酸酸甜甜的糖葫蘆咯！九文一串，脆甜咯！」

街邊傳來了賣糖葫蘆的吆喝聲，聽著好像是在糖鋪子裡。

白芸低頭看了一眼小傢伙，小傢伙的視線一直在尋找糖葫蘆，卻又沒有說想吃，聽到九文錢一串的時候，小傢伙明顯就收回了目光。

九文錢，都可以買兩碗麵條了。鳳祥村的孩子幾乎很少有吃過的，不同於電視劇裡在街邊叫賣的方式，糖葫蘆一般只有在糖鋪子裡才有得賣，不算是平民小吃。

但糖葫蘆一直都是孩子心中的念想，白芸就不止一次聽過村裡的小孩想像著糖葫蘆的味道，有吃過的孩子則是神采奕奕地站在石頭上講述著。

「狗蛋，走，咱們去買糖葫蘆吃！」白芸瞇眼一笑。反正他們家還沒窮到買不起糖葫蘆的地步，孩子想吃就買，也不是什麼金貴的東西，她不想養成孩子自卑的性格。

不容狗蛋拒絕，白芸拉著狗蛋就往糖鋪子裡走。

宋清看著一大一小興致勃勃地去買糖，覺得美好極了。

雖然接觸不多，他對這個名義上的妻子也不甚瞭解，但他總覺得，跟同齡的女孩比起來，這丫頭格外成熟、機靈。

她每天都是笑吟吟的，看著心情就好，雖然他並不認為小丫頭笑就代表小丫頭性子好，正相反，這丫頭是個有脾氣的，很獨立，也很有個性，不由自主地讓人欣賞。

「老闆，給我來三串糖葫蘆。」白芸看著糖鋪上擺著的又大又紅的糖葫蘆，張口就要了三串。

「好嘞，姑娘！」糖鋪的老闆膀大腰圓、一臉紅光，麻利地用牛紙包了三串糖葫蘆後，問道：「還要點啥不？」

白芸掃視了一眼櫃上的蜜餞，看起來也很漂亮。「老闆，你們蜜餞怎麼賣的？」

「蜜餞果子通通都是五文錢一兩。」

「還挺便宜的！」白芸點點頭，但很快就反應過來了。等等，五文錢一兩？只有一兩？

白芸看著那蜜餞，覺得那不是蜜餞，那就是銀子！

我滴乖乖，這甜的東西也忒貴了！更何況這蜜餞看著只是用糖水醃的，簡直貴得沒天理了。

「嘿嘿，是便宜！小姐來點？」老闆聽她說這話，表情瞬間變得諂媚，覺得漂亮的小姑娘太闊綽了，闊綽得他想哭！五文錢一兩都覺得便宜，肯定不是一般人家，就是穿得簡樸了些，想來是出來體驗生活的吧？

宋清看著白芸的表情，知道她是聽岔了，心裡止不住想笑，沒想到一向機靈的她居然也有這種時候。

丟什麼不能丟面子，話都說出去了，不買不行了。於是，白芸很大氣地指著那蜜餞說：「老闆，給我來二兩！」

「好嘞！」老闆也跟著笑，拿起牛皮紙屁顛屁顛地就往後走，挾了兩塊才猛地扭頭過來問：「小姐，您買多少？」

「二兩。」白芸豎起兩根指頭，義正辭嚴地說道：「買多了我兒子吃了壞牙！」

老闆臉上頓時一黑，但人家不買他也沒辦法，只當她是個愛吹牛皮的。

把手裡新的牛皮紙放回去，拿過裝糖葫蘆的牛皮紙，丟了三個蜜餞進去，包好了遞給她。「客官，一共三十七文。」就買這一點，都不值當他拿牛皮紙，一張牛皮紙也貴著呢！

白芸從錢袋裡掏出三十七文遞給老闆，接過東西就帶著兒子和宋清走了。

「這甜食太貴了，還好我反應過來是五文錢一兩，不然今天得大出血了！」等走遠了，白芸好險地拍了拍心臟道。

宋清沒忍住，嘴角上揚。「如果想吃就買。」

「嗯，以後有錢了再多買點。」白芸倒不是有多喜歡吃甜食，就是太久沒吃了，想嚐嚐味道。

這個時候的糖大多是蜜糖還有飴糖，所以都很貴，一兩重的市價在十文錢到二十文錢之間波動。

她也大概知道要怎麼做糖，但是這玩意兒得用甘蔗，她不知道要去哪裡找，加上她廚藝不精，雖然知道方法卻啥都做不出來。

如果讓馮珍做，那肯定會被懷疑。她會看相已經很扯了，再會做糖，她肯定解釋不清。

所以想了想，還是斷了自己做糖的念頭。

一家三口順著街道走，又拐了幾條小巷子，終於走到了一個牛棚前面。

牛棚裡面有好幾頭牛，腦袋大大地往外望，草料味混著牛屎味，臭烘烘的，招來了不少的蒼蠅，幾頭牛不耐煩地揮舞著尾巴驅趕著。

白芸走進了牛棚。

裡面有一個穿著短衫的牙人正在清理著牛棚裡的牛糞，聽見腳步聲才抬起頭來，詢問道：「客官，是要買牛嗎？」

「是。你們這裡就只有這些牛嗎？有沒有好點的牛？」

白芸不太會看牛，但也感覺得出來，這牛棚裡的牛都不算好，毛質粗糙，看著也沒有什麼精神的樣子，不知道是不是因為天氣太熱的緣故？

「倒是有一頭，不過是嫩牛，能拉車，拉人也沒什麼問題，但若是想用來耕地的話，還得再養幾個月。」牙人說道。他牛棚裡的都是老牛了，只是因為裡面沒地方放了，才趕到外面來，看看有沒有人願意低價買走。

「嗯，我先看看吧，如果不錯就買了。」

見白芸想看，牙人就從裡面牽出了一頭半人高的牛，渾身上下毛色統一，兩個牛角也是反著光，腿也有勁，一看就跟那些老牛不一樣。

白芸伸手摸了摸這頭牛，牙人又指引她看了看牛的牙口，說畜牲的牙口是最能說明身體條件的。

牛的脾氣也很好，任由他們摸和查看，沒有一點反抗。

白芸覺得這頭牛還不錯，回過頭來問父子倆怎麼樣，兩人都沒有什麼意見，白芸就決定要牠了。

牛確實是好牛，好牛可不會便宜，最後連著一個半包天的車廂一起，算了二十八兩。

嘖嘖嘖，太貴！

不過貴也有貴的道理，有車又即將擁有新房子住，白芸還是很滿足的。

由於白芸不會趕牛，就由宋清坐在前面趕車。

白芸抱著狗蛋一起坐在車廂裡，宋家的第一輛車就搖搖晃晃地上路了。

白芸坐著車，內心還有點小激動，畢竟這是自己家的車，怎麼坐都覺得安穩舒服。

三人坐著牛車往菜市那邊走去，誰知牛車剛剛經過一條巷子，就有一個人摔在地上，正好躺在牛車旁邊。

白芸眼疾手快地一手扶住車廂，一手護著狗蛋。

宋清也抓住牛繩，控制牛的走向，不讓牠受驚。

他們抬眸看向那摔倒的人，是個少年，躺在地上，似乎沒有意識了。

第十章

「大明，你怎麼回事啊？大明，你醒醒，你不要嚇娘啊！」旁邊跑過來一個婦人，看樣子是少年的娘，撲在地上，手足無措地看著兒子，嚎啕大哭。

路上出了這樣的事情，有很多人都圍了過來，想看看是怎麼回事。

「有沒有人幫我去找個大夫啊？我的兒子暈過去了！」婦人嚇壞了，伸手抬了好幾次都沒能把人抬起來，只能朝圍觀的人群求助。

「要下去看看嗎？」白芸看向宋清。橫豎人不是他們撞的，她也是看那婦人可憐，這附近又沒有什麼醫館，能搭把手就搭把手。

「嗯，我去看看。」宋清下了車，還不忘囑咐道：「太陽曬，你們就在車上等吧。」

婦人看見駕車的人走了過來，還以為他是來算帳的。她剛剛跟在兒子後面，看到了是自家兒子先摔倒的，差點就驚了人家的車。

她連滾帶爬地坐在少年的前面護著，哀求道：「求求你了，先讓我救救我兒子、先讓我救救我兒子……」

「我會醫術，妳先讓我過去，看看是怎麼回事。」宋清說道，眼神停在少年身上。

婦人一聽他說會醫術，本能的就讓開了，看著他像在看救命稻草。「太好了！請大夫一定要救救我兒子，我兒子還要去縣裡讀書呢！他到剛才都還好好的，不知道怎地就突然暈倒了……」

宋清沒有回應她，而是半蹲在地上，探了探那少年的鼻息，翻動著他的眼皮查看了一番，接著就把人抬了起來，放到有遮陽處的屋簷下，讓那少年靠著牆，這才轉頭對那個婦人說道：「去找碗溫水來。」

婦人一刻也不敢耽擱，拔腿就跑進了一個商鋪裡，討要回來一碗水。

宋清拿著水倒在手上過了過，又拍打著少年的額頭，還時不時掐著少年的人中，來回了十多次，那少年就慢慢睜開了眼睛。

「大明，你醒了？你現在感覺怎樣啊？」婦人一喜，伸手就想去扶少年起身。

「先不要動他，他估計還起不來。」宋清搖了搖頭，制止了婦人的行為。

「欸，好好好，我不動！」婦人聽話地收回了手，退到一邊擦著淚花。

她兒子的身子一向很好，從來就不生什麼病，連頭疼腦熱都很少有。

老聽人家說，不生小病，必生大病。

兒子突然間暈倒，她都要嚇壞了，只覺得兒子是出了什麼大問題，她哪裡敢不聽話？

宋清走到牛車邊，問著白芸。「蜜餞還有嗎？」

「有的。」白芸點頭，從牛皮紙裡拿出了一塊橘黃的蜜餞，遞給宋清。「人怎麼樣了？是不是中暑了？」她看著那少年郎的樣子，應該是中暑了或是低血糖。不過人醒了就好，如果一直昏迷還是挺危險的，搞不好真的會丟了性命。

「嗯，算是。」宋清微微點頭，轉身把蜜餞塞進少年的嘴裡，溫聲道：「能聽見我說話嗎？慢慢嚼，一點點嚼完。」

少年郎慢慢地嚼著蜜餞，又喝了一口水，才漸漸地恢復了力氣。「娘，我沒事了。」

「嗚嗚嗚……沒事就好、沒事就好！」得了大夫的允許，婦人才小心翼翼地把兒子攙扶起來。

白芸在牛車上看著，突然感覺自己好像在哪裡見過這男人一樣？但她很肯定她從來都沒有見過宋清，這感覺也僅僅存在了一瞬間便消失了，她想捉也捉不到，於是只當是自己見到的人太多了。

但話說回來，宋清這救死扶傷的樣子真的是帥炸了，尤其是他冷清清的氣質，特別像現代說的禁慾系男醫生。

宋清看人沒事了，轉頭就要走，又被那婦人叫住了。

「大夫，等等！」婦人慌慌忙忙地把一個錢袋遞給宋清，錢袋上都是補丁，裡面有十幾個銅板，她小心翼翼地說道：「謝謝您救了我兒子，這是診費，您別嫌少。」

看得出來婦人家裡的條件不是很好，兒子又是讀書的，估計活得也很辛苦。

宋清接過她手中的錢袋，從裡面拿出了四個銅板後，把錢袋子還給她，也沒說什麼話就坐上牛車，問了白芸一句。「坐穩了嗎？」

白芸笑了笑。「坐穩了，走吧。」

在眾人的注視下，牛車便搖搖晃晃地走了。

「這真是好人啊！你們母子倆算是運氣好，若是送去了醫館，肯定要收你們許多錢啊！」旁邊一個看熱鬧的大爺捋了捋鬍子，誇讚道。

「是啊，我家大明這是運氣好。」婦人看著一家三口離去的背影，心中升起無限感激。

做了好事的宋清把牛車停在菜市口，用麻繩把牛綁在柱子上，才轉身去車廂裡把狗蛋抱了下來。

白芸也跟著下了車。

三個人就往菜市裡走，尋找著馮珍和宋嵐的身影。

很快地，在入口的石臺階上見著了兩人，兩人身邊放著一籮筐的菜，臉上熱得紅撲撲的，顯然是在這裡等他們。

「娘、阿嵐，不好意思，我們回來晚了。」白芸抱歉地笑了笑。

馮珍和宋嵐看他們回來了，趕緊站起身來。「哎呀，妳說的啥話？你們去買的是牛車，又不是包子、點心，肯定要久些的。我們沒等多久，也是剛剛才出來。」

「嫂嫂，牛車買回來了？快帶我們去看看！」

白芸笑著點頭。「嗯，走吧，咱們去看看。」

要走了，宋清很自然地提起了那個籮筐，往牛車的方向走。

都是一家人，大家也不客氣什麼，跟在他的後面離開了菜市。

「就是那輛牛車了。」白芸指了指綁在柱子上的牛車。

其實她也不用指，因為這附近就只有這麼一輛牛車，馮珍和宋嵐一眼就能瞧見了。

看著大黑牛，馮珍只覺得激動，想伸手摸一摸牛背，又害怕牛發狂，於是便笑著一直說好。

剛剛聽兒媳婦說買了一頭嫩牛，她還以為是很小的牛犢子，沒想到是這麼大頭的牛，看著就有力氣。

「嫂嫂，這牛長得真威風！」宋嵐找不到別的形容詞，這是他們家的第一頭牛，看著神采奕奕的，可不就是威風嗎？

小狗蛋的臉紅撲撲的，眼睛「噌」的一下亮了。「阿娘，我們給牠取名叫威風怎麼樣？」

白芸低頭看著他可愛的模樣，伸手揉了揉他的腦袋，又一把將他抱到車廂裡。「可以呀，就叫牠威風。」

一家五口都坐上了車，還帶著一筐菜，大家都有點擔心小牛威風是否能拉得動車？還好，小牛好像並沒有什麼壓力，宋清一拍，牠就走了，比隔壁村的那頭老牛走得還要快一些，不愧是花了白芸二十八兩銀子的好牛！

那日鳳祥村的眾人看這一家子駕著一輛牛車回來了，還驚愕不已。但想想宋家不可能有那麼多銀子，又蓋房子、又買牛的，這牛興許是從鎮上租來的，也就沒有引起太大的風波。

直到隔天，有人路過村西的時候，聽見宋家新屋裡傳來「哞哞」的牛叫聲，宋家真的買了牛的消息才傳遍整個鳳祥村。

之後的七、八天，總是有人上門藉著聊天的名義，想看看宋家的大黑牛。雖然不能坐，但是能看啊，飽飽眼福也是好的。

宋家變得熱鬧了起來，小孩來得更多，幾乎全村的孩子都來了幾遍。有了大黑牛的加持，村裡大大小小的孩子都願意跟狗蛋一起玩了，狗蛋的玩伴變得特別多，每天臉上都是笑著的。

吳桂英也聽說了宋家買牛的事情，但她不敢怎麼樣，她是真的被白芸身上那股邪乎勁嚇到了。只要有宋家人在的地方，她絕對繞道躲得遠遠的，生怕被妖魔鬼怪給纏上。

有些平時跟吳桂英能說上兩句話的婦人，在她面前提起這件事情來，吳桂英總是悶悶不樂的，讓別人感覺很奇怪。

「桂英啊，妳大孫女家買牛了，沒給妳行個方便？你們家耕地啥的，都可以去借用嘛！咱們村除了村長家，就她有牛了。」

「我才不去呢！去幹麼？我又不稀罕！」吳桂英更鬱悶了，插著腰，說的話也不好聽。

「不是，妳到底為啥躲著她啊？她是妖啊還是鬼啊？妳到底是怎麼了？有啥事妳跟我說啊，我又不會告訴別人。」婦人一臉見了鬼地看著吳桂英。天不怕、地不怕的吳桂英居然怕她大孫女，這說出去都沒人信！

「妳不知道，那死丫頭邪乎得很，她真是鬼！那日我明明就看見死丫頭臉上長出了別的臉來！村長他們都被那死丫頭騙得團團轉，也是傻的，說不定日後那死丫頭給他們的錢都會變成紙錢呢！」這事吳桂英憋了好久了，說給兒子聽，兒子都覺得她是看錯了；說給媳婦聽，兒媳婦也只是敷衍她。慢慢地她也就不說了，可她快要憋死了，正好今天有一個人肯聽，她得說個爽快。

那婦人聽她這樣說，都想笑了，覺得吳桂英是在罵人，跟著她罵了幾句就回去了。

可是跟吳桂英玩在一起的能有好人嗎？第二天，那婦人就把這個話傳出去了。

於是村裡又開始有人暗罵吳桂英腦子壞了、拎不清，天天罵自己的孫女有什麼用？人家又蓋房、又買牛的，她不好好跟孫女處，反而天天謾罵，真是老不休的。

罵孫女也就算了，怎麼說都是她們自己家的事情，可好歹別帶上村長啊！村長周良的為人大夥兒都清楚，只覺得吳桂英太壞了。

這話傳來傳去，好死不死的，又傳到了吳桂英的大兒媳婦吳梅麗的耳朵裡。

吳梅麗也是個攪禍精，那一頭跟人家保證不會跟婆婆說，轉臉就跑去告訴吳桂英了。

吳桂英氣得直跳腳，拿著鋤頭就去那婦人家裡，一邊喊一邊罵，還把人家的門不小心拍爛了。

人家也不是個好惹的，平時忌憚吳桂英，那是因為挨罵又不流血、不掉肉的，沒法兒告官，只能悶聲吃虧，罵不過也沒辦法，只能怪自己技不如人。

但吳桂英這回是把她家門給拍爛了，她可不會放過這個換門的好機會，在村長家撒潑打滾地鬧了好一陣子，才由村長出面，讓吳桂英賠了一扇新門。

這消息傳到了白芸耳朵裡的時候，白芸都忍不住笑了，這就叫做惡人有惡報。

沒有了吳桂英的糾纏，萬事都變得很順，宋家人各司其職的忙活著，房子也在熱火朝天的搭建中。

直到一個月後，下了好大的一場淅瀝大雨，還打雷颳風帶閃電，老屋那邊就停工了。

宋家一家人也沒有出去，而是圍在屋簷下看雨。

一場大雨讓空氣都涼了許多，沒有前些日子那麼燥熱，心都跟著平靜下來了。

雨下得很大，雷聲也很響，轟隆隆的嚇死人，白芸卻時刻注意著閃電劈下來的方位。

雨一直下到晌午，馮珍進灶房熬了一鍋香噴噴的肉粥出來，簡單地放了幾片生薑和一點鹽，撒上一小把青菜，燉得軟乎乎地端了出來。

大家喝著肉粥，只覺得胃裡很舒服。

沒有什麼事情做，大家就都回屋睡午覺去了。

白芸也打了個哈欠，準備回屋睡覺，剛走進房間，昏暗的天空突然大亮，一道狹長的閃電劈向了對面的山峰，過了幾秒才響起一聲震耳欲聾的雷聲。

白芸透過窗子瞧見了，心裡一喜，她找了許多次都沒有找到雷擊木，說不定剛剛那一下，山上就有雷擊木了！雨停了她得去找找。

那座山不是鳳祥村的，但離得也不遠，步行能走到。

這場大雨足足下了一天一夜，直到第二天早上才停下來。

因為村裡是土路多，路上的積水都很渾濁。

白芸趁著天晴，跟馮珍說了一聲，就出門去找雷擊木了。

一路上，許多人家的屋頂都被這場雨打漏了，村民正忙著修補，看到白芸都熱情地打了招呼，白芸也禮貌地回應了。

走出鳳祥村後，又從鄉道上往東邊走，拐進了一條上山的小路。她記得昨天雷劈下來，就劈在這一片山上了。

她往山裡走，越走越深，這座山樹木很稀少，雜草很多，她只能仔細地尋找。

很快地，白芸就失望了。她走著走著，發現腳下有黑漆漆的一片，草像是被人放火燒了一樣，很明顯，昨天那道雷並沒有劈到樹上，而是劈到了地上。

不過白芸也沒有太沮喪，雷擊木本來就是很難找的，純靠機遇，沒有也是很正常的事情，因此白芸就準備回去了。

路上長滿了雜草，白芸走得小心，但即使是這樣，下過雨的泥地很滑，她還是避無可避地腳滑了一下。

這一滑不要緊，腳面卻絆到了一根草藤，身體重心不穩，眼看就要摔倒！

最要命的是，她的正前方有一塊尖尖的大石頭，這要是砸下去，非得把她砸得頭破血流不可！

白芸下意識把身子一偏，右手就重重地撞在了石頭上。

山路陡峭，她連呼痛的時間都沒有，一連滾了好幾圈，最後撞在一棵粗樹上，才停了下來。

「嘶——」白芸倒吸了一口涼氣，她覺得自己的腰都要被撞斷了，疼痛感襲遍全身。

她就這樣躺在地上，一動也不動地緩了好一會兒，身上的疼痛感才減輕了一點。

左手扶著樹坐起來，她轉過背靠在樹上喘息著，抬了抬自己剛剛撞在石頭上的右手，劇烈的疼痛就傳了過來。

「靠，這也太疼了！」

白芸摸了摸右肩突出來的骨頭，知道自己是脫臼了，又檢查了自己身上的其他地方。

除了剛剛腳扭了走不太動，以及身上被石頭劃破的小口子，別的地方都沒什麼事。

於是，她抱著右手，不敢再亂動，生怕加重傷勢，打算等腳上的浮腫好一點再走。

地太滑了，她如果貿然走回去，很有可能會再摔一跤。

雖然這回傷得不輕，但白芸還是很慶幸的，脫臼總比腦袋撞到那大石頭好得多。

白芸苦笑一聲，上次宋嵐摔倒的時候，她還囑咐人家要小心，這次就輪到自己了。

她靠在樹幹上等著，單手脫掉鞋襪，就見腳面上青紫了一塊，看起來很嚇人，也很疼。

試了一下，她根本走不動，只能等了。

一般走的人很多，才會在茂密的草林裡留下一條路來，也就是說，應該會有人路過這裡，只是早晚的問題。

手臂上陣陣的疼痛讓她只能清醒地等待著，她咬著牙，額頭上滿是細密的汗珠，時不時就滑落幾滴，實在是疼得不行。

她今天運氣非常不好，從早上等到了晌午，愣是沒有一個人經過這裡。

她開始覺得，是不是因為上次接了柳鈺的那樁生意，所以來了點違背時運的懲罰？

又等了一個時辰，終於在白芸快要痛暈過去的時候，她聽到了腳步聲。

「救命啊！」大半天沒喝一點水，白芸的嗓子都啞了，加上身上有傷，只能虛弱地喊著。

還好，那邊的人好像聽見了，腳步聲越來越近。

白芸眼睛望著上山的方向，卻沒想到來的人是宋清。

宋清也看見了靠在樹上，抱著右手的白芸，看她滿臉蒼白，關節也不規則的脫落，就知道她肯定是受傷了。他心裡一緊，沒說什麼話，而是過去拉開她的手，小心地檢查著她的傷勢。

白芸笑了一聲。「你是來找我的嗎？」

「嗯。」宋清輕輕地點頭，沒多說什麼，全神貫注地檢查白芸的手，剛碰一下，白芸就痛得冷汗直冒。

「嘶——」

宋清抬眼對上白芸痛苦的臉。「很疼嗎？」

「嗯，很疼。」白芸眨了眨眼睛，覺得自己現在真的很淒慘，像極了一個殘疾人，但她真的沒辦法啊！

「妳脫臼了，忍一忍，我幫妳接回去，很快。」宋清有數了，輕聲說道。

白芸看著離自己很近的男人，鬼使神差地點了點頭，心臟也「怦怦怦」地跳。

她發現這個男人真的很好看，以前身上總是有一股草藥的味道，最近又變成了淡淡的薄荷葉的味道，很好聞。

「妳要是太疼就握著帕子。」宋清從袖子裡拿出一塊白色的帕子來，遞給白芸。

「我沒那麼怕疼，你來吧。」白芸嘴上這麼說著，手上還是老老實實地握緊了那方帕子，閉上眼睛一副等死的樣子。

宋清只覺得好笑，手上的動作逐漸輕柔，一手抓著白芸的肩膀，一手抓著她的胳膊。

只聽見「咯噔」一聲，白芸整個小臉都皺在了一起。

宋清手法不錯，骨頭一次就接上了，雖然還是很疼，但比之前好多了。

宋清看她的面部表情，就知道她好了一點，用力一撕，把自己的衣襬撕下了一大塊，綁在白芸的手上。

白芸心裡稱奇，原來這個時代也有這種綁法？有點類似現代脫臼時醫生的綁法，就是布不是白色的。

「怎麼樣，能起來嗎？回去我再給妳找藥敷上，很快就會好了。」

白芸點點頭，但很快又搖搖頭，可憐巴巴地指著自己的腳。「腳也扭到了。」

宋清順著白芸的目光往下看，看見她腳上觸目驚心的一片，眉頭蹙了蹙。

不知道白芸經歷了什麼，怎麼手脫臼了，腳也扭成這樣，沒十天半個月的，肯定是不能好好走路了。

宋清蹲下身子，撿起她脫下來的鞋襪，又握住了她的腳，想幫她穿上。

白芸有一點尷尬，不是因為宋清碰她的腳，而是因為她記得，這男人好像有潔癖，自己的鞋襪上都是泥，別把人家的手給弄髒了。「等一下，我自己來吧。」

「妳左手也別亂動，會扯到。我是醫者，不會有齷齪心思的。」

白芸樂了，敢情這男人是以為自己不想讓他碰腳？

不過白芸也沒有解釋，橫豎他的手在給她接骨的時候已經弄髒了，再髒一點也不怕。

只是宋清那雙手在碰到她腳的時候，她還是覺得臉紅。

宋清的動作很輕，幫白芸把襪子套上，鞋子則是拎在手上，沒有給她穿。

「上來，我揹妳回家。」宋清蹲下身。

「謝謝你。」白芸眨巴眨巴眼，乖乖地俯身靠在宋清背上。

他是自己名義上的丈夫，就算被人瞧見了，也不會說難聽話。

「手抱好，我們回去了。」宋清一把將她揹了起來，手上還拎著她的鞋子，一步一步地往山下走。

白芸靠在宋清的背上，他身上的薄荷味鑽入她的鼻尖，讓人有種安心的感覺。

「你是怎麼找到我的？」白芸很好奇，因為她沒跟馮珍說自己會來山上，宋清怎麼會精準地找到這裡來？

「問了人，說妳出村了，直覺告訴我，妳在這裡。」宋清說。

白芸瞪大了眼睛，好傢伙，難道男人也有第六感？這也太準確了！如果人人都能靠感覺，那她的飯碗就保不住了！

看身後的人沒說話，宋清的嘴角勾了勾。

其實是因為下雨，地上很容易留下腳印，白芸在家門口留下了鞋印，出了村後順著鞋印找，很快就找到了。

「今天謝謝你了，救了我一回。如果你以後有什麼事情需要我幫忙的，儘管跟我說。」

白芸說。

「嗯，知道了。」

宋清揹著白芸走在鄉道上，時不時吹來一陣風，吹動兩人的髮絲，畫面竟然說不出的和諧，如果忽略掉白芸手上纏著布的話。

走回鳳祥村的時候，不少人都瞧見了這一幕。

「宋家媳婦，妳這是怎麼了？」

「嬸子，我在山上摔了一跤。」白芸答道。

那大娘一聽，像是聽到了什麼不得了的事情，驚訝道：「咱們泥腿子怎麼還能在山上摔了？妳也不小心著點，摔得那麼重！宋清啊，趕緊把你婆娘揹回去吧！」

白芸一臉窘迫，雖然不會被人說閒話，但是這大娘看她怎麼好像在看傻子一樣？太丟人了！

「這就回去了。」宋清回了一句。他感覺到白芸整張臉都埋在自己背上了，知道她不好意思，便加快了回家的腳步。

從村口走到村西，路過了不少人，白芸乾脆頭都不抬了。只要她裝暈，就沒人能跟她搭話！

回到了家，馮珍和宋嵐坐在凳子上，看白芸是被宋清揹回來的，就知道出事了。

「我的老天爺啊！這是怎麼了？怎麼出去一趟，回來成這模樣了？」馮珍坐不住了，趕緊上前去查看。

宋清沒停下腳步，一直把白芸揹到她的房間裡。

馮珍和宋嵐跟在旁邊，幫著宋清一起輕輕地把白芸放在床上。

「嫂嫂，妳哪裡疼啊？」宋嵐急得不行，看見她身上哪裡都髒。「嫂嫂，我去找件衣服給妳換好不好？」

白芸點了點頭，靠在床上，看馮珍著急，笑著安慰了一下。「娘，我沒什麼事，就是在山上摔了一跤，不打緊。」

馮珍責怪地看了她一眼，滿眼不相信。「妳這孩子報喜不報憂的，我不聽妳說！阿清，你說怎麼回事？傷得重不重？」

宋清看了白芸一眼。「嗯，傷得很重，手脫臼了，腳也扭到了。娘，一會兒換衣服的時候，妳幫著看看她身上還有哪裡有傷口？我出去採藥。」

馮珍點頭。「欸，你快去！」

白芸看著宋清離去的背影，暗暗吐槽，這男人平時看著話不多，這種時候倒是說得多了。

但人家是去替自己採藥的，白芸內心還是很感激的。

因為白芸受傷了，宋嵐和馮珍忙得團團轉，一個燒水給她清洗傷口，一個幫她換衣裳，檢查她身上那些小傷。

還好傷口不深，兩人放心了許多，不然天氣熱，傷口不好癒合，還真不知道該怎麼辦。

白芸受傷了，沒辦法，只能任由兩人擺佈著，連喝水都是剛回來的小狗蛋給她倒的。

小傢伙很是孝順，盡心盡力地伺候著她這個娘，每隔一會兒就來問她要不要拿什麼東西。

宋清採了草藥回來，都是治外傷的，處理了一下就讓馮珍給她敷上了。

給白芸上過藥以後，馮珍沒停，拿出布來裁了好幾塊，整整齊齊地擺在白芸床邊，給白芸包紮用。

「娘，別忙活了，我沒事的。」白芸覺得大家都有點大驚小怪了，不就是脫臼嘛，沒必要這樣興師動眾的。

「可不行，傷筋動骨一百天！妳別管了，有啥事就叫我們，我們給妳辦，妳就安心養著。」馮珍笑了笑，又伸手幫白芸整理了一下頭髮。「我們阿芸會好的。」

這語氣有點像哄小孩，白芸忍不住酸鼻子。

她上一世是奶奶帶大的，父母雙亡，沒有感受過母親的溫暖。

她願意留下來，是因為馮珍她們是真心對自己好，自己跟她們也有很深的羈絆，更是彌補了自己沒有娘親的遺憾。

看白芸眼眶微紅，馮珍一愣。「怎麼了？孩子，是不是哪裡痛？我讓阿清進來給妳看看！」

「沒有，娘。」白芸搖了搖頭，把頭埋在了馮珍的胳膊上。這一家子跟她沒有血緣關係，卻比有血緣關係的白家對她還好。

感情真的是處出來的，不是單單靠血緣。

馮珍笑著拍了拍她的腦袋。「阿芸辛苦了，就趁著這幾天好好休息，有我們在呢！」

白芸點點頭，在床上吃過飯以後，特別安心地睡了一個午覺。

一覺起來天已經快黑了，白芸睡得沈，但她睡覺時有一個好習慣，就是不亂動，所以右手沒有被碰到。

腳不方便下床，晚飯是馮珍給她送進房間裡吃的。

「娘，咱家哪裡來的排骨？妳去鎮上了？」白芸望著面前的排骨湯，她記得上次買菜的時候沒有買過排骨。

「是阿清，他去鎮上買回來的，說妳需要補補。快喝吧，喝了就好了。」

「嗯。」白芸點點頭，心裡對宋清的好感又多了幾分。她左手不會用筷子，馮珍就給她拿了一根勺子。

晚上做的是排骨湯，還炒了雞蛋，配上米飯，香得很。

吃完飯後，宋嵐怕她無聊，也進來和她說話。

「嫂子，我整日在家都不知道做什麼好，我也好想和妳一樣掙銀子給家裡花。」宋嵐趴在白芸床頭，一手托著下巴。

沒想到宋嵐還有這種煩惱，白芸想了想，問道：「妳有沒有擅長的東西？」

宋嵐搖搖頭，一臉不好意思的表情。「我小時候貪玩，爹想讓我學點東西，都給我鬧怕了。」

「反正妳都在家裡，不愁吃喝，慢慢想，看看有什麼能做的再去做。再說了，妳也幫了家裡很多忙，已經很不錯了。」白芸笑了，她並不覺得小姑子什麼都不會，正相反，小姑子人很機靈，性子也很溫柔，學什麼都很快，只是沒找到合適的機會。

這個時代給女性的生存空間太小了，嫁人就要被困在家裡，不嫁人更是沒有活路。

姑嫂兩人聊了一會兒，睏意就上來了。

宋嵐本來想跟白芸一起睡的，但是想了想嫂子手上的傷，怕自己睡覺不老實，動到她的傷口，還是回去跟自己娘睡了。

第二天一早，村長夫人石丁香就來了，聽說白芸受傷，代表村長前來探望，送了一點自己家種的青菜，聊了幾句就走了。

還有村西幾個住得近的也來看了，都很熱情地帶了點青菜、地瓜來。別的東西他們沒有，青菜是有的，多多少少也是個心意。

馮珍都看在眼裡，暗暗記下了人家的好意，以後有機會也好報答一些。

誰都來了，就白芸的娘家白家，一個人都沒有來，甚至連問都不問一聲，像是不知道。

宋家也沒人在意，橫豎那些人來了也不會說什麼好話，最好就是不要來，他們耳根子還能清淨。

脫臼不是骨折，白芸的手第三天就已經好得差不多了，只要不提重物，基本上沒有什麼疼痛感；腳上的浮腫也恢復得不錯，已經好了許多。

宋清看了看，跟她說能慢慢地走路了。

一聽說能下地，白芸就迫不及待地從床上下來了。這三天可把她憋壞了，躺著感覺身子都不是自己的了，就算只能在院子裡走一走，那也很不錯。

白芸能下地了，大家都很高興，但是她不能出遠門，因此宋清和宋嵐就把買菜的任務給包了，順便帶著狗蛋出去玩，一大早駕著牛車去鎮上了。

旁邊的何家好像也有喜事，透過土牆就能聽見何明在笑。

「隔壁何叔今天怎麼那麼高興？」白芸好奇地望了一眼隔壁，可什麼都沒看見。

「哦，妳何叔的女兒、女婿帶著外孫回來了，他可高興壞了。」

馮珍也為何明、秀珍兩口子感到開心，生兒養女一輩子的，可不就盼著兒孫滿堂熱鬧嗎？

「我何明叔只有一個女兒嗎？」白芸想了想，她倒是沒見過何家的兒子，一直都是老兩口一起住。

「不是，他們有一女兩子，兩個兒子也在外面找活計，幫人看莊園，不常回來。所以兩口子一直孤孤單單的，就指著女兒常回來看看了。」

白芸曉得了，就閉著眼睛坐在院子裡曬太陽，聽著隔壁的熱鬧——

「叫外公，小春，叫外公……」

「外公～～」

「哎！月月，我大外孫生得不錯啊，白白胖胖的，給我們何家長臉！不如把我大外孫留在家裡，給我們兩口子帶幾天？」

本該是闔家歡樂的，突然傳來一道不和諧的男聲——

「爹，您說什麼胡話呢？我兒子可不能住在這裡，這鄉下吃不好、睡不好的，別給我兒子鬧出病來！」

白芸眉頭一蹙，這說話的應該就是何明的女婿了，聽聲音果然跟秀珍姨說的一樣，是個眼睛長在天上的，尖酸得不行。

何明、秀珍也是稀罕外孫，好好地跟兩人詢問，他不願意也可以婉拒，怎麼說話這樣難聽？

「胡大堅！你怎麼跟我爸說話呢？」

緊接著就傳來一個年輕女人的聲音，聲音裡帶著怒氣，應該是何明的女兒何月月。

「我怎麼說話了？我說的不是事實？妳衝我喊什麼？」

「你不要欺人太甚了！好不容易跟我回來看我爹娘一回，我不要求你怎麼樣，你跟我爹好好說話不行嗎？」

「妳嫁給我胡家就是我胡家的人了，我讓妳回娘家已經很不錯了，妳可別給臉不要臉！」

聽著隔壁喜悅的氣氛一下子降到冰點，白芸睜開了眼睛，跟馮珍對視了一眼，沒有說話，而是繼續聽著。

「好了好了，都不要吵了！月月，大堅說得對，我們都是幹粗活的人，笨手笨腳的，伺候孩子不精細，一會兒你們就帶回去吧。」

何明的聲音聽著很無奈，姿態放得很低，明明心裡很生氣，但為了女兒又不敢發作。說到底，女兒還要在人家家裡生活，如果真是鬧了矛盾，苦的還是自己女兒。他們忍一忍，女兒的日子也能好過一點。

「妳看，爹自己也說了，咱就別爭了，省得麻煩爹娘帶孩子！」胡大堅得意洋洋了起來。

何月月沒吱聲，何明也沒有再說話，何家那邊陷入了死一般的安靜。

過沒一會兒，自家的門就被人敲響了，馮珍疑惑地起身去開門，這種時候誰會來他們家呢？

打開門，來人是秀珍，正滿臉淚花地站在門口，看見馮珍來開門也不說話，就一直哭。

馮珍愣了愣，忙招呼道：「快進來吧！」

因為兩家院子隔得近，看秀珍來肯定是有話想說，馮珍就把她帶進屋裡坐。

白芸拖著自己的傷腳，也跟了進去。

一進屋裡坐下，秀珍就忍不住了，哭出了聲音。「馮姊，妳說我這是遭了什麼孽喲！嗚嗚嗚……」

馮珍嘆了一口氣，倒了一杯水放在她旁邊，輕輕拍著她的後背。「我都聽到了，別哭了，身子要緊。」

聽到這話，秀珍哭得更凶了。「還在意什麼身子？我這姑爺就是個殺千刀的貨，每次回來就給我們兩口子擺臉色，次次都說不了幾句話就翻臉，當著我們的面都敢這樣跟我女兒吵，妳說我女兒在他們家裡能好得了嗎？我這苦命的女兒喲……」

白芸坐在一旁沒出聲，畢竟這是長輩的對話，又是別人的家事，她沒有什麼發言權。

「我知道，妳姑爺確實不像話。」馮珍心裡也氣，想起自己的姑爺，同樣不是個東西，立即就能跟秀珍共情了。

「若是真這麼嫌棄我們是農村的泥腿子，娶我女兒做什麼？當初說得花言巧語，到如今通通不作數了。再說了，他也就是在鎮上買了房子罷了，算什麼富貴哥兒？可憐我女兒給他生了兒子，又幫他伺候老爹、老娘，做牛做馬的，居然還要受他這樣對待！若不是怕我女兒活得不好，我真想一個鋤頭挖死他這個畜生！」

秀珍一邊哭、一邊罵，卻都咬著牙，聲音都不敢太大，怕被胡大堅聽去了。

她男人囑咐過了，不要跟女婿吵架，對女兒不好，她聽進去了。

今天也是憋不住了，怕在場跟姑爺互罵，連忙找了個藉口出門，其實是躲到了馮珍這裡來，就是為了不多生事端。

馮珍說不出什麼來，只能默默地拍著她的背，聽著她哭訴，哭出來就能好點。

白芸倒是覺得胡大堅敢這樣，都是何明和秀珍慣出來的。

胡大堅確實是個人渣，罵老婆、打老婆的都是欺軟怕硬的人渣。

如果何明和秀珍當初能硬氣一點，他也不會覺得他們好欺負，輕易就把何家一家人拿捏了，現在也不至於這樣耀武揚威，起碼會收斂一點。

但是無論如何，碰到人渣了，日子肯定都不好過，到頭來吃虧的都是何月月。

叩叩叩！

院子外再度傳來了敲門聲，馮珍只得出去開門，這回來的就是何月月了。

她站在門口，問道：「嬸子，我娘在這裡嗎？」

「在的在的，進來說話吧！」馮珍點點頭，帶著她進了屋。

何月月看見自己的娘坐在床邊，眼睛紅得不得了，顯然是大哭過一場了。

「娘，對不起，女兒讓你們擔心了。胡大堅不是人，他是怎麼也講不聽了，他跟變了一個人一樣，我也沒有辦法了。只希望他今天能安安心心吃完飯，跟我回家去。」

何月月只覺得心酸，想想自己那麼大了，還天天讓爹娘為自己傷心，還要讓爹娘受委屈，如果不是為了自己的兒子，她都想乾脆一條繩子吊死算了！

白芸看何月月面色暗黃，基礎面相來看是時運不濟的徵兆，命宮主煞，家宅不寧。

看來，何家就算再怎麼忍，今天也不會太平了。

母女倆待了一會兒，還沒到吃飯的時間，兩人都不想回去，但是又擔心何明一個人在家跟胡大堅不對盤，何月月還是先回去了。

但是過沒多久，何家居然傳來了一聲尖叫，是何月月發出的。

不等白芸、馮珍反應過來，秀珍飛一般地就跑出去了。

「你這個天殺的畜生，你幹什麼呢?!」

秀珍回到隔壁，那異常憤怒的聲音清清楚楚地傳了過來，緊接著就是一陣打砸的聲音。

這可不得了！白芸和馮珍都坐不住了，都是一個村住著的，人家家裡出事了，自然得去看看，不能待在自家看熱鬧。

白芸腳有傷，不好走，馮珍就扶著她出去了。但是出去歸出去，馮珍怕白芸衝動，一直緊緊握著她的手。

她們剛剛走出家門，隔壁的門就開了，不過是被撞開的，從裡面飛出來一個人，是何月月！

馮珍嚇了一大跳，又趕緊過去扶何月月。「何家閨女，妳怎樣啊？」

何月月小聲地嗚咽著，大聲哭都不會了，想來這種事常發生，已經是麻木了。

她一抬頭，又嚇了馮珍一大跳，她眼睛旁邊好像被打了一圈，都已經破皮了，樣子很是淒慘。

此時，從裡面走出來一個不算高大的男人，應該就是胡大堅。他走出來時，滿眼都是瞧不上的表情，瞧不上這裡的一切，連同馮珍和白芸也瞧不上。

白芸瞧著這一幕，眼神冷冰冰的。真是該死的，打了人還洋洋自得，怎麼看怎麼覺得可恨！

「你到底要幹什麼啊你？別打我女兒！嗚嗚嗚嗚……」秀珍從屋裡追出來，看見女兒站在那裡，一副可憐巴巴的模樣，只覺得天都要塌下來了。

何明也從屋裡走了出來，滿臉的怒容。「你在我家打我女兒，老子饒不了你！」說完，他從旁邊抄起一根柴火棍，衝上前就要去打胡大堅，被胡大堅抓住了。他氣不過，丟下棍子就跟胡大堅扭打在一起。

畢竟是四十多歲的人了，怎麼也趕不上年輕力壯的胡大堅，很快就被他摔到了一邊。

「造孽啊，實在是造孽啊！你這個畜生，又打婆娘、又打老丈人，你想幹什麼啊……」秀珍撕心裂肺地哭著。

連何月月的兒子都止不住地在屋裡哭，不敢出來。

聞聲趕過來很多人，看著這一幕，不知道該上前還是看著。

「娘，我叫妳一聲娘都算我尊敬妳了！這可是妳女兒先動的手，妳怎麼不管管妳女兒？她在家裡善妒，我想抬個妾她都不讓，老子真的是受夠了！」胡大堅滿臉無所謂，提到何月月也只有鄙夷。

何月月撐著身子，滿臉不可置信地說：「胡大堅，你到底有沒有心啊？你又不是家財萬貫，只是開著個蒼蠅館子，你要納什麼妾啊？家裡生意不好你看不出來嗎？你當著我爹的面說要納妾，我撓你都算輕的！」

「呵，就妳這樣的潑婦，女人敢動手打男人，好，很好，我現在就去告官，讓官府先打妳一百個大板！」胡大堅威脅道。

他這話一出，何家人的臉齊刷刷地白了。

白芸站在馮珍旁邊，不明所以。

就算去告官，也是何月月占理些，她不明白為什麼何家人那麼害怕？

馮珍看她不清楚，暗地裡解釋給她聽。

丈夫若是上衙門狀告妻子毆打，不論手輕手重，只要妻子敢動手，就杖責一百。

而丈夫毆打妻子，是妻不舉，官不究。旁人狀告沒有用，必須妻子親自到官府舉報。

且只要沒打死，一律按照打傷一般人減二等罪論，所有傷情都可以由金錢來補償。

白芸聽完後，表情依舊很淡定。她從來沒對封建社會的制度抱有希望，在這裡，女人沒有什麼人權。

妻子還算好的，可以告官，像妾室、奴僕等，除非是被打死了，否則告官都沒有用。

現在就看何家怎麼做了。

何明和秀珍兩人捏緊了拳頭，看著淚眼汪汪的女兒和大外孫，心裡是說不出的難受。

周圍的村民暗暗撇了撇嘴，對這個胡大堅不屑極了，他們泥腿子都知道，打媳婦算不上本事，沒想到這胡大堅還不知羞，想反咬一口，去衙門告自己媳婦，難道這是啥光彩的事情嗎？

胡大堅可不知道這些人內心在想什麼，他滿腦子只想著春風窯子裡的小娘子，他已經答應替她贖身了，若是能娶回家，那他就心滿意足了。

唯一不好的就是，他納妾居然還要家裡的媳婦同意了，才能在衙門錄入，真是沒天理了！女人家能懂什麼？

要不是當初娶何月月花了不少錢，又看在她生了個兒子的分上，他保證把這個女人休了！

場面僵持了幾分鐘，何月月最終還是敗下陣來，咬了咬嘴唇，淚如雨下。「你愛怎樣就怎樣吧，我不管你了！」

何明和秀珍沒開口，他們真的不知道該說什麼好了，只恨自己當初把女兒嫁給這樣的敗類，才造成今天的苦楚。

胡大堅點頭，裝模作樣地笑了一下，體貼地過去拍了拍何月月的手。「這才是我的好媳婦兒嘛！妳放心，我當著丈母娘的面跟妳保證，就算日後如娘進了我們家，妳也是大頭。」

聽了這話，秀珍冷哼一聲，只當他在放隔夜屁，膈應又噁心。

馮珍站在旁邊，只覺得胡大堅煩人得很。雖然同情何家，但這終究不是她們該管的事情。她們也沒法管，若是鬧不好，胡大堅真的去官府告何月月，那得被何家恨死。

白芸同樣也沒說什麼，這是何月月的劫，那胡大堅奸門深陷，魚尾乾枯，一看就是妥妥的剋妻相。

馮珍扶著白芸往家裡走，家裡還有雞蛋，想來秀珍應該沒有心情，她一會兒煮了送到隔壁給何月月敷臉上。畢竟是臉，馮珍不敢送草藥，只能用這個法子表達心意了。

可兩人還沒進門呢，就聽見胡大堅在喊——

「妳們怎麼進我家？」

白芸停下腳步，轉身直勾勾地盯著這個胡大堅，她怎麼就這麼想抽死眼前這個男人呢？

何月月一愣。「我不是跟你說過了嗎？這屋子咱們也不住，就讓爹娘給租借了，最多兩個月人家就搬走了。」

胡大堅打量著馮珍和白芸，搖了搖頭。「說是爹娘租出去的，可卻沒有第一時間問過我。房子是我出錢蓋的，收的錢應該給我！」

何月月氣得差點倒仰過去。「這房子是你蓋的，可是你別忘了，這是給我的聘禮，你手頭沒錢納妾，要動我家的主意？」

「夠了！」何明臉一沈，跟秀珍說了一句。

秀珍就進屋拿了一個錢袋子出來，丟給胡大堅。「三百文，都在這裡了，拿了你就回去吧！以後沒什麼事，你就別回來了！」她情願閨女自己回家，也好過帶著這麼個畜生，讓村人看笑話。

胡大堅拿了錢，卻沒有走，而是一臉不相信地說道：「兩個月才收三百文？你們這是助人為樂呢？還是讓人家占你們大便宜？三間瓦房怎麼說也得一個月五百文！」

他雖然是對何明、秀珍兩口子說的，可話裡話外都在點白芸和馮珍。

「我們走吧，能不能別再丟人了？」何月月抓住胡大堅的手，閉上眼睛，心裡第一萬次悔恨自己嫁錯了人。

「這怎麼能是丟人呢？」胡大堅一把甩開她的手，賤兮兮地走到白芸和馮珍面前。看她們在門口站了許久，家裡也沒有個男人出來說話，就知道她們家裡沒有男人，因此他的膽子也大了起來。「喂，我說，占便宜不是這麼個占法！我也不要多，一個月三百文，妳們再拿三百文給我，這房子給妳們住，不然我可不租給妳們了！」

白芸冷笑。「我們白紙黑字寫得清清楚楚，想多要三百文，你在想屁啊？」

「妳！」胡大堅被噎得沒話說。當一個人不占理的時候，他就會格外暴躁，從別人的身上找錯處來。「妳這個臭娘兒們，占便宜妳還有理了！」

白芸瞇了瞇眼睛，眼神冰冷地看著胡大堅，相氣流轉著。「你罵誰臭娘兒們？」

「罵妳！別以為妳是女的我就不敢對妳怎麼樣啊！趕緊把錢給我，不然我把妳這個臭娘兒們和妳旁邊這個老娘兒們——」

啪！

他話還沒說完，白芸揚手就是一個巴掌，打得他頭腦發懵。

沒等大家反應過來，白芸拿起旁邊的柴火棍，一棍擊打在他的腰上，胡大堅「嗷」的一聲捂著自己的腰，倒在了地上。

白芸顧不得自己的腳傷，抬起另一邊使得上力的腳，又是狠狠一腳踩在他的胸膛上。

這一下把胡大堅徹底打服了，躺在地上「嗷嗷嗷」的鬼叫。

旁邊圍觀的更是受到了驚嚇，好傢伙，知道宋家媳婦是個潑辣的，可沒想到這麼狠，竟連男人都敢打，還打贏了，這也太他娘的嚇人了！

白芸拍了拍手，冷眼看著地上的胡大堅。不是她厲害，力氣大，是她學過一點武術，知道打人哪裡最容易把人撂倒。

再加上這個胡大堅不行，沒錯，胡大堅是真的不行，腎不行，所以一打腰部他就受不了了。

別看他表面精壯有力氣，還打得過何明，其實身子早就被掏空了，眼神虛浮、奸門淫猥，一看就是腎虛陽虧，腰部肯定是日日疼痛的。

再這樣透支下去，別說她能打得過胡大堅了，就連小孩對著他的腰捏一下，他都能嗷嗷叫半天。

腰部疼痛得厲害，胡大堅沒法自己站起來，看著站在面前的女人，只覺得臉上沒光。

不應該，太不應該了！明明他老丈人都打不過他，怎麼一個丫頭片子輕輕鬆鬆就把他撂倒了，還這麼疼？

他還想再爬起來說什麼，何月月只覺得氣惱得很。平時打鬧都好，從沒有牽扯到別人家過，這回牽扯到別人家，她只覺得愧疚，不知道哪裡來的膽子，一巴掌也打在胡大堅的臉上，怒吼道：「胡大堅，你給我滾回去！」

胡大堅愣愣地看著眼前的媳婦，臉上火辣辣的疼，想發火，但莫名地就不敢了。這樣的媳婦他還沒見過，心裡有點小慫。

看他沒反應，何月月更氣，一把掐在他的腰上，這一掐不得了，胡大堅疼得想死。

「哎喲，痛痛痛！別……別打，我錯了！我回去，我這就回去！」

何月月一愣，她都做好跟胡大堅打一架的準備了，橫豎臉已經丟盡了，她無所謂，可胡大堅居然服軟了？

這可把鳳祥村的人也都看呆了。

「娘喲，這就是個賤骨頭啊！喜歡被人罵，不被罵的時候就欺負人家，犯賤得很！」

「我看也是，要是何家人早點硬起來，罵他個狗血淋頭，也不至於這麼多年都受這冤枉氣。」

「真是白瞎了何家的好閨女了，他也配要好人家的閨女？」

白芸想笑。沒看出來啊，這胡大堅怎麼說也是眾多賤骨頭裡最剛強的一個了。

「不好意思啊，馮珍姨。不好意思，白芸。」何月月回過頭，愧疚地道歉。「我們不改價格，你們該住就住著。」說完，就推著胡大堅進屋了。

白芸沒說什麼，跟著馮珍就回去了。

一關上門，白芸倏地一下就蹲下身，用手揉著自己發紅的腳。唉，她這回是傷敵一千，自損八百了。

馮珍也緊張得蹲了下來，看了看她的腳，好在只是紅了，沒什麼大問題，這才鬆了一口氣。「阿芸啊，下次受傷就別動手了，妳是個有分寸的孩子，娘一直很放心妳，這回怎麼還把自己傷到了？」

白芸笑了笑。「娘，我沒事，這樣以後旁的人才不敢隨隨便便就欺負我們家，也不會趁宋清不在就打我們家的主意。就怕外面都說妳兒媳婦是個母老虎呢！」

「妳這孩子，旁人說啥要什麼緊？娘是怕妳受傷。再說了，家裡有隻小老虎也不錯。」

馮珍笑著點了點白芸的鼻子，扶著她慢慢走進屋，又到井邊打濕了布巾，給她敷在腳上，動作溫柔細緻。

隔壁也不鬧騰了，安靜了許多，奇怪的是胡大堅也沒走，只有何明和大外孫玩鬧的聲音。

宋清趕著牛車，剛剛到村口，就發現有不少人坐在那裡閒聊天，討論得很熱烈。看見宋清他們回來了，村口的人也打了個招呼。「喲，阿清、阿嵐回來了？」宋清禮貌地點點頭，繼續往村西走，不禁挑了挑眉毛，他怎麼感覺大家看他的眼神怪怪的，似乎還有那麼一絲同情的味道？

等宋清的車走了，眾人又熱烈地在一起討論。

「你說嚇不嚇人？白芸居然敢打男人！在婆婆面前都這樣，更何況在家裡呢？這潑辣勁兒，真是跟她奶比也不遑多讓！」

「可不一樣，吳虔婆敢打架，但她可不敢打男人！我看宋清斯文得很，怕是被白芸壓制得死死的，真是可憐，不知道白芸在家會不會打她男人啊？」

「我看這樣也好，雖說白芸是潑辣了一點，但那胡大堅也太不是東西了，憑什麼只有他打女人的分兒？」

大家雖然嘴上說著白芸是母老虎，覺得白芸大膽、驚世駭俗，但心裡卻突然迸發出一個念頭——憑啥只有男人能打女人？

「好什麼好啊？她不是我孫女，我沒有這種孫女！」吳桂英冷冷地走了過來，心裡很是不爽。

自從上次在宋家老屋鬧過後，吳桂英就開始不認白芸了。她的孫女什麼樣她最清楚，她的孫女是絕對不會打人的。但是她不敢怎麼樣，她只能撇清關係。

她可不想再為了這麼個丫頭片子跟魔鬼計較，萬一那個魔鬼不高興，害了她家孫子，那就得不償失了。

眾人不敢跟她頂嘴，也沒回話，就坐在那裡，當她不存在。

吳桂英拿他們沒辦法，一肚子氣地回家去了。

——未完，待續，請看文創風1130《當個便宜娘》下

2023 過年書展 狗屋

藍爛 著

假千金玩轉身分，
烏鴉鳳凰誰知輸贏

1/10 上市

讀者期待度》》理科小能手＋驚奇發家事業＋詭譎靈魂附身 ★★★★★

怎麼剛剛還在溫暖被窩，醒來卻陷入生死一瞬間?!
接著又發現自己不但是個痴兒，還是不受待見的伯府假千金，
這尷尬身分如何是好？伯府待不下去，不如回農村過舒心小日子！

文創風 1131-1133《金匠小農女》全三冊

平平都是穿越，怎麼她一醒來卻是快被溺死之際，手裡還有武器?!
原來她不是剛穿越，而是已在這大晉朝以廣安伯府小姐身分活了十來年，
可她因記憶未融合，成了個痴兒，在伯府懵懵懂懂又不受待見地過日子；
如今真正的伯府小姐歸來，簡秋栩才知自己是被調包的假千金……
既然如此，她一刻也不想多待，包袱款款立馬跟著親生家人離開；
不過雖與廣安伯府斷得乾淨，展開了上山找木頭、下山弄竹子的生活，
另一方面，卻有人暗中監視，早已盯上她的一舉一動……

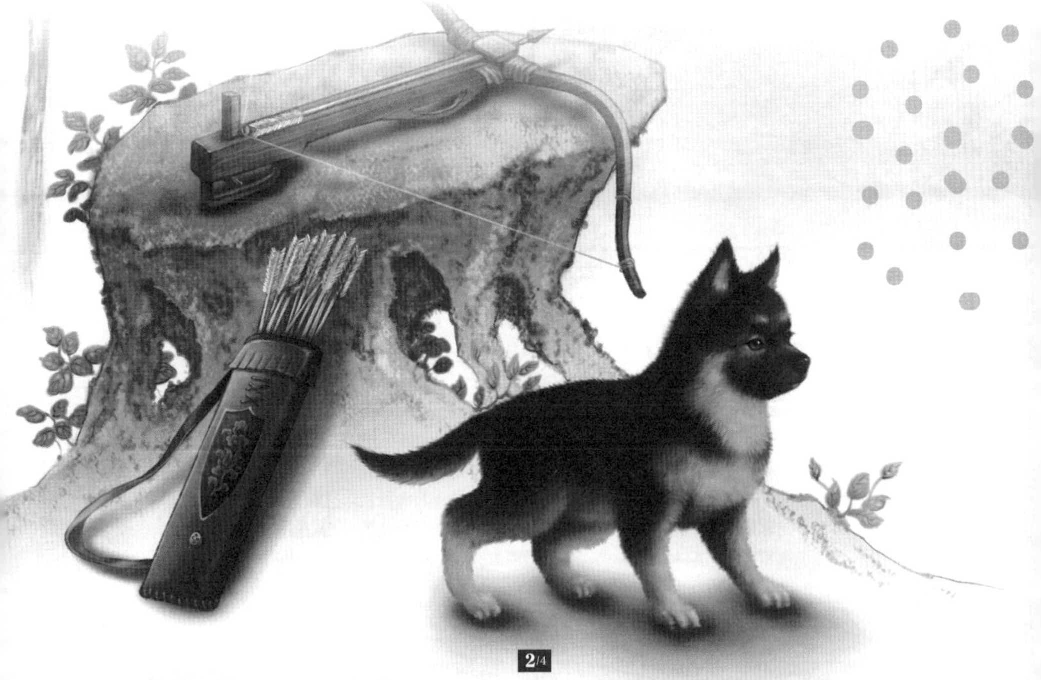

丁湘 著

初來妻到，
福運成雙

2023
過年書展
狗屋

1/17
上市

✦ 讀者期待度》》落難千金逃荒＋未婚生崽養娃＋藥庫空間金手指 ★★★★★ ✦ ✦

她的醫身好本事可是專治有緣人的，
他的疑難雜症，統統包在她身上啦！

文創風 1134-1136《醫躍龍門》全三冊

因修行岔氣而穿越到古代的海雲初很頭痛，眼下這是什麼爛劇本啊——
原身乃堂堂官家千金，無奈老爹捲進朝堂之爭，只得委身豫王世子營救入獄家人，
孰料那混蛋下了床就不認帳，竟將她賣進青樓，幸虧奶娘相助才逃出生天。
可隨奶娘避居鄉下的原身已珠胎暗結，又因洪水和奶娘一家失散，最後難產而亡，
若非她醫術高超施針自救，及時讓腹中的龍鳳胎平安出世，才不致釀成一屍三命！
如今有隨身空間的藥庫傍身，此地不宜久留，她決定帶娃上路尋找奶娘一家，
投宿破廟卻遇見突發急症的神秘公子，見死不救非醫者所為，遂自薦診治。
這公子的來頭肯定不簡單，但病殃身子實在太弱，底子差便罷，還有難纏痼疾，
醫病也須看醫緣，既然有緣相遇，他的頑疾就交給她這個中醫聖手對症下藥吧！

2023
過年書展
狗屋

繞圈轉個 surprise

活動1 ▶ 狗屋2023年過年書展問卷調查活動

抽獎辦法 活動期間內，請至 f 狗屋天地 或是掃描下方QR Code，皆可參加問卷活動。

我是QR Code

得獎公佈 2/22(三)於 f 狗屋天地 公佈得獎名單

獎項
- 2 名《醫躍龍門》全三冊
- 2 名 文創風 1137-1138《一勺獨秀》全二冊

活動2 ▶ 下單抽好禮

抽獎辦法 活動期間內，只要在官網購書並成功付款，系統會發e-mail給您，並附上抽獎專用之流水編號，買一本就送一組，買十本就能抽十次，不須拆單，買越多中獎機率越大。

得獎公佈 2/22(三)於狗屋官網公佈得獎名單

獎項
- 2名 紅利金 666元
- 5名 紅利金 300元
- 3名《金匠小農女》全三冊

過年書展 購書注意事項：

(1)請於訂購後**三日內**完成付款，最後訂購於2023/2/2前完成付款才算有效訂單喔！
(2)寄送時間：若欲在過年前收到書，請於**1/13前下訂並完成付款**。
1/14後的訂單將會在1/30上班日依序寄出。
(3)購書滿千元(含)以上免郵資。未滿千元部分：
郵資65元(2本以下郵資50元)／超商取貨70元(限7本以內)／宅配100元。
(4)特賣書籍因出書時間較久，雖經擦拭、整理，仍有褪色或整飾痕跡，故難免不如新書亮麗。
除缺頁、倒裝外無法換書，因實在無書可換，但一定會優先提供書況較良好的書給大家。
若有個人原因需要換書，需自付來回郵資。
(5)各書籍庫存不一，若遇缺書情形可選擇換書或退款。
(6)歡迎海外讀者參與(郵資另計)，請上網訂購或是mail至love小姐信箱(love@doghouse.com.tw)詢問相關訊息。

狗屋有權修改優惠活動的實施權益及辦法。

為流浪貓狗加油 和貓寶貝 狗寶貝 廝守終生(一定要終生喔！)的幸福機會

對人來說，貓寶貝狗寶貝只是生活的一部分，但妳（你）對牠們來說，卻是生活的全部，領養前請一定要考慮清楚——

▲ 美食第一的貓大王　幼咪

性　　別：男生
品　　種：米克斯
年　　紀：9歲
個　　性：親人、不挑食
健康狀況：血檢正常，愛滋白血陰性
目前住所：桃園市桃園區（新屋貓舍義工團市區送養中心）

本期資料來源：新屋貓舍義工團

『幼咪』的故事：

繼前輩包子成功被送養後，聰明、聽得懂人話的幼咪也來參一腳，希望過完年也能有新主人帶牠回家啦！

幼咪的毛髮是黑中帶白的灰色貓，親人到可以全身任人摸透透，很會撒嬌、賣萌，剪指甲也很安分，但前提是——需要有食物！因此，義工們常常笑說幼咪為了吃，什麼都能做，可能連訓練跳火圈都沒問題。

至於為何對吃這麼執著，主要是在前任主人家生活時，肚子餓了沒人理會便常自行推開櫃子打開飼料桶，因此養成不挑食的好習慣，還練就一身力氣，如果出門在外當貓老大，小弟們絕對不挨餓。

如此獨立自主有個性的幼咪，非常適合當好室友，更不需讓您操心牠生活上一切大小事，只要您願意動動手指頭，就能讓帥貓幼咪有走出貓舍的機會，歡迎親洽Line ID：@emo2390r，見個面聊聊貓咪是非也OK～～

※包子的故事，請參看第332期寵物情人，被認養後的美好生活請參看第339期寵物情人——2022年終幸福特別企劃。

認養資格：

1. 認養人須年滿23歲，有穩定工作。
2. 領養前須做好居家安全防護措施。
3. 須同意簽認養寵物切結書。
4. 領養後須捐贈2000元現金或等值飼料，以幫助跟幼咪一樣需要救援的貓咪，讓愛延續下去。
5. 能接受領養審核並定期回報，對待幼咪不離不棄。

來信請說明：

a. 個人基本資料：姓名、性別、年齡、家庭狀況、職業與經濟來源等。
b. 想認養幼咪的理由。
c. 過去養寵物的經驗，及簡介一下您的飼養環境。
d. 若未來有結婚、懷孕、出國或搬家等計劃，將如何安置幼咪？

風 文創
1129

當個便宜娘 上

國家圖書館出版品預行編目資料

當個便宜娘 / 宋可喜著. --
初版. -- 臺北市 : 狗屋出版社有限公司, 2023.01
冊 ; 公分. --（文創風 ; 1129-1130）
ISBN 978-986-509-388-4（上冊 : 平裝）. --

857.7　　111020566

著作者	宋可喜
編輯	黃淑珍
校對	黃薇霓
發行所	狗屋出版社有限公司
地址	台北市104中山區龍江路71巷15號1樓
電話	02-2776-5889～0
發行字號	局版台業字845號
法律顧問	蕭雄淋律師
總經銷	知遠文化事業有限公司
電話	02-2664-8800
初版	2023年1月
國際書碼	ISBN-13　978-986-509-388-4

本著作物由起點中文網（www.qidian.com）授權出版

定價270元

狗屋劃撥帳號：19001626

網址：love.doghouse.com.tw　E-mail：love@doghouse.com.tw